长篇社会小说

红瘦

唐大伟◎著

贵州出版集团
贵州人民出版社

图书在版编目（CIP）数据

红瘦 / 唐大伟著 . -- 贵阳：贵州人民出版社，
2024.6（2025.9 重印）

ISBN 978-7-221-17879-4

Ⅰ．①红… Ⅱ．①唐… Ⅲ．①长篇小说－中国－当代
Ⅳ．① I247.5

中国国家版本馆 CIP 数据核字（2023）第 166776 号

红瘦

HONG SHOU

唐大伟 / 著

出 版 人	朱文迅	
责任编辑	左依祎	
出版发行	贵州出版集团　贵州人民出版社	
地　　址	贵阳市观山湖区中天会展城会展东路 SOHO 公寓 A 座	
印　　刷	天津联城印刷有限公司	
版　　次	2024 年 6 月第 1 版	
印　　次	2025 年 9 月第 3 次印刷	
开　　本	787 毫米 ×1092 毫米　1/16	
印　　张	18	
字　　数	258 千字	
书　　号	ISBN 978-7-221-17879-4	
定　　价	49.00 元	

世界不只有黑白

大巴坠河、失独家庭、拆迁诉讼……都是令人瞩目的焦点、热点、痛点，由这些点交织而成的故事必然会毫不手软地揭开世界的不完美，在黑白之间添加其他诸多色彩，有绚烂朝阳，有灰白暮气，还有杂色无章。这样的故事注定充斥着硝烟弥漫、针锋相对、尔虞我诈，以及利诱拉拢、深藏不露、博弈角力。《红瘦》就是这样一本通篇读来令人心境随之起落苦闷的长篇小说，在书里不仅能读到极致细节与宏大布局紧密结合的故事，还能在故事中看到一个个人性光辉和致命弱点同时闪耀发光的人。

故事从资永大桥建设拆迁引发的索赔案件引出，由大巴坠河事故展开，经"失独"的人间悲剧推进。情节跌宕起伏，故事高潮迭起，主人公靳红克服某些利益集团设下的重重险阻，尝试各种方法和路径化解危机和压力，终于拨开迷雾，揭开了事情的真相。在这个过程中，她经历了太多的缚手缚脚、不得施展，以及揪心、悲悯和激愤。

《红瘦》的故事内核是人性和欲望。人性很贪婪，有时候它会吞噬所有。莎士比亚说过："欲望犹如炭火，必须使它冷却，否则，那烈火一定会把心灵烧焦。"适度的欲望，能激发人奋力前行。欲望过度，则会引火烧身。"病入膏肓的人只能等死，病入膏肓的企业和企业家呢？在做那些事的时候，他们会想到自己是在巧取豪夺，是在赚取肮脏腐化的钱吗？不，他们想不到。他们只会觉得荣耀，觉得自己能够瞒天过海，他们早忘记了法网恢恢疏而不漏，忘了烂透心的摩天大厦崩塌是早晚的事。"

《红瘦》里关于"失独"的内容格外令人动容。"靳红的魂儿仿佛丢了，她的整个世界都崩塌了。她能感受到自己十几年构筑的幸福在土崩瓦解，成为断壁残垣后又迅速铺盖上一层厚重的绿苔，覆盖了原来的色彩。"

人性复杂，人性难辨。作者唐大伟在现实与回忆并行的讲述中把人物的命运走向草蛇灰线伏脉千里，成功塑造了一批典型人物。知性善良、外刚内柔的法律精英靳红，外柔内刚、进退自如的副县长黎明智，精明老练、强势霸道的厅官蒋鹏程，开朗可爱、天真烂漫的实习律师覃亦心，朝秦暮楚、过河拆桥的老总罗耀辉，老谋深算、工于心计的董事长柳存礼，偏执固执、一意孤行的陈奇刚……值得称道的是，作者在刻画人物时，没有刻意地描摹，而是通过情节的推进，轻描淡写，让这些人物栩栩如生地铺陈在读者面前。

当然，小说里也有一些夸张，一些巧合，一些出人意料的地方，这些恰恰为整个故事轻轻覆盖了一层超现实浪漫主义的色彩，一些人性的光辉。

故事的结尾温情真挚又澄澈，"靳红说：'小智哥，咱们回家吧。我害口，想吃虎皮辣椒了。'"显然，作者故意给了"失独"父母新的希望。"一片红枫叶落在她的身上，叶子上面沾着雨滴，映射出润泽的光芒。"这样的结尾，显然是作者唐大伟有意为之，也可视为女作家的悲悯之心。对于此，我颇为赞赏，苍生如蚁，红尘中打滚求生已经无比残忍，或疲于奔命，或木讷惘然之中，多些温暖又何妨？

古仁福

目录_____Contents

第一章

又见故人往事沉浮

1/

走进那间办公室的前几分钟，靳红突然心悸了一下。

靳红自然不会把心悸归咎于二十多年前的往事上，就像那句流行语——"所有过往，皆为序章"，她的序章早在当年就画上了圆满的句号。

她把心悸的原因归结到了熬夜上，感叹人到中年，身体机能真是大不如前。要是二十年前，不，就算是十年前、五年前，熬几个通宵分析案情又算得了什么呢？补上一觉，又是元气满满。现在只要熬过晚上十二点，第二天早上，眼袋、黑眼圈、脸色发黄的特征就会鲜明地暴露出来，提醒她中年养生的必要性。曾经被她笑话过的"保温杯里泡枸杞"，如今成了她的生活标配。坚持固定作息和健康饮食，是她保持比同龄人外表稍显年轻的公开秘方。

幸好，事业、家庭、孩子，无论从哪个方面看，靳红都算得上别人眼里的"人生赢家"。岁月带走了一些，同样也回报给她一些。她一向不跟旁人比，只跟自己比，得到的比失去的多，现在的自己优于过去的自己，就要知足。

身边的覃亦心注意到她脚步停顿了一下，关切地问："小姨，不舒服吗？"

靳红瞪了一眼覃亦心，眼神中直射出的责怪不留任何情面。

覃亦心吐了下舌头："靳老师，我错啦！下不为例。"

靳红收回目光，算是谅解了这个新助理。

在开诚律师事务所，乃至云州律师界，谁都知道靳红绝对是精干款，从个人形象到业务水平都保持着很高的自我要求，"自律者自由"是她信奉的定律。对实习律师要求也高，专业化、负责任、人品好是她对实习律师的硬指标。也因此，在云州律师界，"靳红老师助理"相当于实习律师拿到的一份权威证明书。

覃亦心进入开诚律师事务所实习，靳红曾经犹豫过，是由别人来带这个亲外甥女，还是自己来带。毕竟圣人提倡过"易子而教"。虽然覃亦心只是外甥女，但两人之间的感情却如同母女。回想起自己当年做实习律师时的种种冷遇、坎坷和"非人性"的心理磨难，最终她还是决定亲自带，目的只有一个，实施"高标准、严要求"，尽快把覃亦心打磨成一名合格律师。当然，她也有私心，想让这个小丫头少受点儿当年她受过的罪、吃过的苦头。

何况，如今的社会和人心远比二十年前复杂得多，覃亦心的出众外貌是把双刃剑，是优势，也是风险。作为长辈至亲，靳红自然希望亦心的工作和生活更纯净些。她想，她能给亦心的照顾也就只有这么多了。路总得自己走，脚上磨出泡再结成茧，才能练出来一双铁脚板，才走得了荆棘、跃得了沟坎。

为此，靳红跟覃亦心"约法三章"，其中第一条就是明确身份——覃亦心实习阶段，自己的身份是靳老师，而不是小姨；覃亦心的身份是学生，是助理，而不是外甥女。

覃亦心自然点头称是，抱拳拱手："全依靳老师所言，学生一定谨遵师命。"

靳红嗔怪："收起你那套撒娇把戏。我可是软硬不吃，不会像你爸妈及姥姥姥爷一样惯着你。"

覃亦心表情立即严肃起来："好的，靳老师。"接着又贱兮兮地说，"你这个绝情的小姨，你心里是真的没有我了，是真的不爱我了……呜呜，我好可怜。"

靳红已经快绷不住了，明显感觉到嘴角的肌肉在向上牵引。她控制好面部肌肉，才一字一顿地吐出了下面这句："要是再撒娇一句，马上断绝师生关系！"

覃亦心这才停止了之前惯用的伎俩，一脸生无可恋。

内心里，覃亦心是欣喜的，以她对小姨的了解，小姨可能会介绍一位资深的律师做她的指导老师，暗中请人家多关照自己，也可能是请人家严厉管教自己。无论如何，也不会亲自带她这个学生。毕竟小姨一向很有原则，回避亲属关系本在情理之中。如今，居然肯亲自带她，对于小姨来讲已经是破例了。这份深情和疼爱，覃亦心是懂的。古人早说过"爱之深，责之切"，小姨对她要求严格，全是为她好，小姨是担心她成不了一名优秀的律师。

同学听说覃亦心成了靳红老师的助理，都羡慕得不行。当然，他们并不知道两人之间的亲属关系。

"亦心太幸运了，光凭靳红老师助理的招牌，云州任何一家律所都会抢着要。"

"可不，现在工作多难找啊，称心如意的工作更难找。靠上靳红老师就是进到好律所、找到好工作的保证。"

靳红也觉得覃亦心很幸运，但不是因为她做了自己的助理，而是她刚开始做实习律师，参与的第一件案子就是资永大桥建设拆迁索赔案。

作为一名资深的行内人，靳红比任何人都清楚这个案子有多复杂难搞。但是，有难度才有挑战，在实战中提高战斗本领，不仅适用于军事，也适用于不同的领域。这对覃亦心来说，绝对是老天爷赏的一份大礼包。

连续几天，靳红带着覃亦心都在分析这件案子，对方跟自己当事人星辉公司的争议焦点、理由，以及牵涉到的关系等，纠葛太多，如同乱麻。

红瘦

几天加班加点奋战，连跟男友俞彬打电话的时间都没有，覃亦心不禁感叹："这案子也太难搞了。"

靳红头也不抬地盯着材料，云淡风轻地说："要不听你爸妈的，参加公考，做个法官、检察官吧，那样可能会轻松些。"

覃亦心的脑袋瓜摇成拨浪鼓："不不，我就要做律师。像小姨……不，像靳老师您一样。再说了，公考可不轻松。当年俞彬备考差点儿没剥层皮，每天都掉一小把头发，肉眼可见发迹线后移，这才从几千人里冲杀出去。"提到男友俞彬，她的眼里全是光芒。

"那就别叫累！世上没有一个行业是轻松的。来，接着分析，逐个把问题解决才是硬道理。"靳红哂笑道。

然而，不是所有问题都能光凭人的意志得到解决。解决不了，就得寻找新的路径。生活中的事情如此，工作上也是一样。拼尽全力的意思绝不仅是说用尽自己的力量，还包括借力使力。曹雪芹在《红楼梦》里就借薛宝钗的话进行了很好的诠释——好风凭借力，送我上青云。

拜访省交通厅副厅长蒋鹏程，就是靳红找到的新路径。

约见的过程并不顺利，蒋副厅长在电话里说："我正在北京开会，之后还要去福建。这样吧，我们约在下周，下周我肯定在云州。"

蒋鹏程四十四岁，两年前从资永县县长升任资州市副市长，不到一年就又调入省里转任了交通厅的常务副厅长，可谓仕途顺畅、春风得意。当然，他的能力在全省政界是有口皆碑的，资永县在他当县长的几年里，经济增速年年都进入省内前三名。靳红所接案子中的资永大桥，就是在他任上建成的，是他的一项重大政绩。坊间传说，省委主要领导把他列为了重点培养对象。交通厅的杨厅长年纪大了，还有两年就会退居二线。蒋鹏程现在在厅里已经分管了全省高速、道桥建设等重要领域的工作，将来由他来主政交通厅的可能性极大。而蒋鹏程也意气风发，努力想要在这个新的、重要的岗位上尽快干出成绩来。因此，忙碌就成为了他的日常，经常是神龙见首不见尾。想要得到蒋副厅长接见的人如过江之鲫，但能见上他一面的人却少之又少。

幸好，靳红就是这少之又少的人里的一个。蒋鹏程再忙，靳红他也不能不见。

一周后，靳红带着覃亦心，按照约定来到了交通厅。

站在蒋鹏程的办公室门外，她隐约听到了里面的对话声，不由心里感叹，领导难得有自己的时间，不管八小时内还是八小时外，不是对着人，就是对着事。想到这里，她突然就理解了、心疼了、想念了被她戏称为"周末老公"的黎明智同志，她亲爱的"小智哥"。从恋爱到现在，她对他的称呼也没有变，"小智哥"听着像对一位亲人或朋友的称呼，却令两人的关系保持了一个让靳红觉得舒服的距离。她一向不喜欢人和人之间过于亲密无间，包括亲人和恋人。她和他之间的度，是他们一点点磨合出来的，刚好可以温暖对方，又保留了恰当的自由和独立空间。

蒋鹏程见到靳红格外热情，送走上一拨客人，他关上办公室门，亲自给靳红沏茶。

"我从福建带回来的红茶，尝尝你就知道了。"蒋鹏程说话时，身形和语气都是舒展的，多了些外人少见的放松，"这茶煮着喝味道才能出来，我这办公室里条件有限，你将就一下吧。"

这是靳红第一次来蒋副厅长的办公室。办公室面积不大，严格遵守了领导干部办公用房建设标准。装饰风格中规中矩，办公桌上的党旗、国旗格外醒目，简朴而庄严，与蒋副厅长的身份很符合。

靳红给覃亦心使了个眼色。覃亦心忙说："领导，我来。"

蒋鹏程果断拒绝："靳大律师来了，必须我亲自给泡茶。要不会显得不够重视，回头再跟明智同学，还有其他同学说我摆官架子，大家还不得口诛笔伐，群起攻之？我可承受不起。"

靳红接过茶杯，打趣他："原来师兄是怕我背后讲坏话才表现这么好呀！"

蒋鹏程哈哈一笑："靳大律师的嘴巴就是厉害，得理不饶人，无理争三分，天生就是吃这碗饭的。我是真服，心服口服加佩服。"

靳红说："真正厉害的是师兄您。如果蒋师兄没从政，云州律师界还有我的饭碗？估计我得喝西北风了。"

蒋鹏程摇头说："靳大律师这是在捧杀我啊！西北在哪边？我得先找到西北，再找找风。万一没食吃了，我也得喝点儿。"

办公室里的气氛轻松愉快，仿佛靳红完全不是来谈公事的。覃亦心早就知道小姨、小姨夫跟蒋副厅长毕业于同一所学校——全国赫赫有名的云州大学，却没想到关系好到可以这样随便开玩笑。蒋副厅长直呼小姨夫名字"明智"，亲近随意得像在叫上铺的兄弟，由此可见交情匪浅。她便安安静静地待在一旁，装成个透明人。

靳红说："你再叫我靳大律师，我就继续糖衣炮弹攻击。"

蒋鹏程乐道："你怎么做我都开心啊！天天忙工作，难得这么轻松，还是跟师妹见面好，不用顾虑那么多。深一句浅一句地随便瞎聊，畅快！"

二十多年前，蒋鹏程在靳红面前并非像现在一样轻松，"深一句浅一句地随便瞎聊"当然也不可能。那时，他在靳红面前是青涩的、紧张的、慌乱的。

作为到火车站迎接新生的学长，蒋鹏程第一眼看到靳红便心跳加速、手足无措。

云州大学法学院新生靳红是被熙熙攘攘的人流裹挟着、推挤着冲到蒋鹏程面前的，准确地说，是直冲进了他怀里。也就在那一刻，她的样子刻在了蒋鹏程心上。

那天，靳红穿着红色上衣、白色长裙，剪裁合体。纤细的腰、宽大的裙摆，巧妙地勾勒出身体轮廓，彰显着她的好身材。理顺的马尾、灵动的双眼、有些尴尬的俏皮笑容、若有似无的胭脂香气，从视觉、嗅觉、感觉等不同维度，冲击着蒋鹏程。

彼时，蒋鹏程是大三学生，校学生会副主席，同届同学中第一位入党的优秀学生，加上英俊挺拔的形象，可以说是备受全校师生瞩目的"校草"级人物。对他明送暗送各种秋波的女同学不在少数，他却一直没有明确跟哪位女同学确定男女朋友关系，于是便落下了一个"高冷校草"的花名。

蒋鹏程不认可这个花名，自己的高冷是分人的，是区别对待的。对人高冷，不过是因为对方没入他的眼，没对上他的点。若是入了眼、对了点，"矜持"两个字完全可以从他的字典里消失，他能变成飞蛾奋不顾身地向对方飞去。

大一新生靳红恰好符合大三学长蒋鹏程对女朋友的要求：形象好、性格开朗、成绩优秀、家境良好、有修养。家境良好这点，他是从靳红的穿着打扮上观察分析出来的。那个年代，还没开始流行各种大牌小牌潮牌奢侈品，大学生还不会用金银珠玉来彰显家境，但穿着合体、时尚总能让人窥出家境的虚实薄厚。至于个人修养，他是在食堂打饭时，从靳红从来不会像某些女生那样娇气地剥下馒头皮扔掉、倒掉很多剩菜剩饭上看出来的；是在校园的小路上，从靳红看似不经意地捡起别人丢下的废纸果皮扔进垃圾桶里看出来的；是在学校图书馆里，从靳红拉椅子时总是轻抬轻放，生怕影响到别人上看出来的。

之后，便有了他和靳红在图书馆里伸向同一本书的"巧合"。

"呀，是蒋学长。学长优先。"靳红侧脸看到身高出众的蒋鹏程，迅速收回了手，礼貌又客气地说。

蒋鹏程说："按照国际惯例，应该女士优先。"他的说辞很有绅士风度。他想，她肯定还会推辞，那样你来一句，我回一言，就能唠出话题了。比如平时喜欢读谁的书、有什么爱好、喜欢吃什么、喜欢这座城市的什么地方……再接下来，就可以一起吃个午餐或者晚饭。他希望最好是吃个晚饭，这样就可以在饭后一起散步。月夜星光最是浪漫，方便表达心意。如果刮起大风也是好时机，可以乘机给她披上外套，握握她的小手……想想就令人激动。

靳红的回答很直接："那恭敬不如从命。谢谢学长，再见。"迅速拿到书，挥手告别，转身而退。

蒋鹏程瞪着靳红苗条的背影，百爪挠心。只有他自己知道，为了这个看上去平常不过的巧合，他做了多少调查分析和情景设计。调查分析内容包括靳红喜欢读哪类书、会在哪个书架停留较长时间、什么时间段会来图书馆、什么时间恰好馆内老师同学比较少……他甚至还设计了一些对话和动作，比如以他的身高正好可以伸出胳膊，越过靳红的脑袋，使他的手和她的手同时摸到书。这时，他的下巴最接近她的头。如果她在这时仰头，而他在这时低头，会不会发生妙不可言的亲密接触……光是想一想，他的激动和狂喜就已经泛滥成灾了。

可是，这个靳红，怎么不按套路来？她不是应该客气一下，再闲聊点别的吗？他遇到的其他女同学不都是这样领着他的情，借机跟他表示亲近的吗？明明掌握主动权的人都是他啊！怎么到了靳红这里，就角色互换了？

这个女孩太特别，太难接近，太有挑战性了！蒋鹏程的战斗力和占有欲被全面挑起。

2/

时隔二十多年，靳红的身材不再像大学时代那样苗条。自从生下儿子，腰围从一尺八直接变成了二尺一，裙子的尺码也从 S 变成了 M。别人羡慕她身材保持得好，她却感叹脂肪对她的忠贞不渝，感叹再也回不来的青春小蛮腰和一脸胶原蛋白。

幸好，小智哥评价中肯："小妹，你现在才是标准身材。大学时你太瘦了！现在有个流行词叫什么'凡尔赛'，意思是刻意炫耀。你现在的感叹就很凡尔赛，会拉仇恨的，在外面你可要注意一下。"当年，他第一次听到她娘家人叫她"小妹"，便开始用"小妹"称呼她。如今，两人都已是不惑之年，只要在家里，只要没有外人在场，他对她的称呼仍是"小妹"。

靳红会心一笑："还是我小智哥会安慰人。"这是她最欣赏黎明智的一点，他总能发现她的美好，察觉到她的失落，给予不夸张的鼓励和赞美。

失去的青春小蛮腰和胶原蛋白会被其他的东西弥补，比如成熟女人的气韵、自内而外凸显的强大气场和遇事从容沉静的气度等。靳红笃信，什么年纪都是女人最好的时光。当然，这样的自我心理建设也是她用来应对时而冒出来的中年危机感的法宝。

在蒋鹏程面前，靳红依然是当年那样的说话方式，简单直白。

"师兄，我想了解一下资永大桥当年建设拆迁的情况。"她闻着茶香，欣赏着红亮透明的茶汤，却一口也没喝。

蒋鹏程原本兴高采烈的语气陡然降了半度，状态也从生活频道切换到了工作频道："嗯嗯，我前阵子刚参加了资永大桥的通车剪彩。"

"我在新闻里看到了，好像是一个多月前吧，传统媒体和网络媒体对资永大桥通车的评价很高，难得的口径一致了。"

"评价高是因为这项工程对老百姓有实实在在的好处。这座桥提高了资永县的整体形象，方便了百姓出行，是资永重要的对外通道，对于全县经济和社会各项事业发展也有很大的助力。"

靳红点了点头，表示赞同。

"只有资永当地人才能理解这座桥对几十万老百姓的意义。这座桥是他们盼了多年的幸福桥、致富桥、形象桥，也是党同人民群众的连心桥，加强了资永与外界的沟通联系以及经济往来，更能促进资永河沿岸旅游资源的开发，带动资永河两岸群众增收致富。"

靳红继续点头称是，眉间却令人难以察觉地一皱。蒋鹏程说的是实情，可用如此官方的语气在老同学面前一板一眼地说出来，便有了打太极的味道。

到了他们这个年纪，经历过社会的捶打磨炼后，多少都会玩点太极，关键是对谁出手、出手的方式，以及力道的大小。谁把谁绕进去，就看谁打得巧妙了。

谁会不知道蒋鹏程参加了资永大桥的通车剪彩这事呢？新闻虽然短，他却是电视镜头里妥妥的"C位"。按照省交通厅副厅长的职务，他原本不用去出席这一级别的剪彩活动。出席了，便有了不言自明的双重意义：一是省交通厅对资永大桥建设工作高度重视、大力支持、密切关注；二是作为曾经的资永县县长，他一直牵挂着曾经工作和战斗过的地方，牵挂着那里人民群众的生活出行和交通运输问题。

靳红的关注点更多在第二层意义上。资永大桥是蒋鹏程为政一方的政绩，只要是关于这座桥的信息，就一定会牵动他的神经。何况，他现在是省交通厅副厅长，关心道桥建设也是其工作内容的一部分。

蒋鹏程很快觉察到靳红点头却不接话的意思，对她微微一笑，有些难为情似的说："你看看，一提到资永，我就会感情过盛。可你知道，我在那里工作了八年，那里的每个村子我都去过，每条路我都走过……"

靳红的嘴角渐渐向上牵引，形成了一道微笑弧线。她这是拿出了洗耳恭听的架势。职场有职场的忌讳，官场有官场的规则。蒋鹏程作为曾经的资永县县长，少说甚至不说资永，这她能理解。毕竟以一个前任的身份提及曾经的辉煌，个中的意思总是有些微妙。现在，他愿意提及，正如她所愿。所以，她不怕他长篇大论，就怕他的大论里全是官话套话，跟在会场上讲话时一个样。她希望他讲点真话实话，哪怕里面的含水量像从河里捞出的超强吸水海绵一样多，她也总能挤出干货。即使不是直接的，哪怕给她个草蛇灰线，她也能沿着这条线一路探下去，最终找到她想要的东西。从事律师行业多年，积累的经验、修炼的道行，让她早就掌握了这个本事，也用熟了这个本事。

蒋鹏程自然注意到了她细微的表情变化，当然也能觉察出这些变化里的意思。

"算了，不提了，那都是过去时啦！那时人年轻，工作干劲足，总在心里跟其他区县较劲儿，总怕工作落了人后。要是哪一项工作排名靠后，比抽两嘴巴还让我脸红。打小的脾气，宁可身上受累，不让脸上受热，哈哈！"

"师兄是工作狂，政府会议经常开到半夜的事，我可听明智说过。"既然蒋鹏程打算结束官话，靳红觉得该回应两句了。

"那我请大家吃盒饭的事，你听说过没？"蒋鹏程得意地说。

"这还真不知道。"靳红没想到蒋鹏程的太极拳还有下一套，从讲官话来到了扯闲篇，只好又接了一句。

"这说明你的管理有疏漏，这么有意思的事，明智怎么能不向你汇报呢？"

"他呀，在家里很少提工作上的事。当然，我也不提。这是我们共同制定的家规，在家只说家事，只讲能让人放松的事。要不然，神经总是紧绷着，谁都受不了。"

"这个规矩好，回头我得跟你嫂子说，我们家也可以效仿一下，省得她动不动就跟我嘟囔这事那事的。说实话，她的话大多我都没听进去，听着听着就走神了。"

"师兄真是不识好人心，嫂子那是关心您呢！"

"行了，别给她戴高帽了。到了我们这个年纪，夫妻都做成兄弟了，还是特别纯洁的那种兄弟。实不相瞒，我跟你嫂子分住男女生宿舍已经小十年了。我接着讲啊，有一次会议一共开了四个小时，为了节省时间，我就给大家订了盒饭，利用会场中间休息10分钟吃饭，之后接着开……对了，明智当时也吃着了，吃得还挺香。"

靳红嗔怪："我说他在家吃饭总像上战场似的，我才吃上几口，他就吃完了，看来是让师兄给训练出来的。也正是因为你们这些领导忙成这样，资永大桥才能顺利完成建设。不过我听明智说这个项目是师兄您主抓的，他其实只是在一旁敲敲边鼓。"她不打算继续跟着蒋鹏程转圈，想办法把话绕回来。

"明智这个习惯确实是因为我，当年资永县政府班子成员吃饭快是公认的。不过，也奇怪了，这酒我怎么让他锻炼他也不行，到现在也是两瓶啤酒的量，始终没有进步。要不然，当年资永大桥建设本来该他这个常务副县长负总责的，用不着我亲自出马。"蒋鹏程终于将话题扯回到了资永大桥上。

靳红微微调整了下坐姿，眼神里满是期待。

蒋鹏程大学时的酒量并不算大，但是上了酒场能说、敢喝，不把别人说倒也要从气势上把人吓倒，喝醉了他也特别能撑，不会在酒场上当场失态。那是某次活动后的聚餐上，靳红亲眼所见。

在经历了图书馆"巧合"事件之后，蒋鹏程一周时间都在观察靳红，没有再贸然行动。他反思自己图书馆行动的失败：对于靳红这样有主见、说话办事直截了当的女孩子，什么制造偶遇啦，寻找共同话题啦，不经意地邀约吃饭啦……这些先清除外围再突破中央的战术显然并不适合。反思到这里，蒋鹏程突然萌生出一个问题——她是不给自己机会，还是不给所有男同学机会？如果靳红是不给所有男同学机会，那说明自己还有机会，关键是接下来按照什么样的节奏推进。

蒋鹏程承认，恋爱这件事真的很难，比民法、刑法、民诉、刑诉难多了。那些专业知识有规则和道理，而恋爱却是最没有一定之规，也最不讲道理的一件事。可是谁让自己喜欢上了这个挑战难度高的女孩呢？

既然之前的战术行不通，就调整打法，靶向发力，渗透到靳红的学习和生活中。这事儿看似容易，真正实施起来有着非常多的障碍。蒋鹏程和靳红虽然都在法学院，但不同系不同级，这就形成了一道天然屏障。大三学长以什么理由和身份时不时出现在大一学妹面前呢？以追求者的身份当然最直接，但被刷掉的速度也最快。

直到学生会开始纳新，蒋鹏程发现，校学生会副主席的身份是他手里的一张好牌。新学期开始，学生会组织部、宣传部、文体部、社团部、权益中心……都在纳新。在他们的大学时代，学生会是一个非常有号召力的团体。公开的好处自然人人知道——扩大社交圈子、拓展人脉关系，还能锻炼交际沟通能力、组织能力、策划能力、领导能力、执行力，等等。

除此之外，还有一些好处是心照不宣的，这些好处大致可以分成名和利。如果是为名，只要是大二大三还留在学生会的同学，入党名额一定优先考虑给他们，学生党员可是一块闪亮的招牌；如果是为利，每个学期末评优、评奖学金的时候，参加学生会自然是个加分项。而更大的好处是在毕业时体现出来的，有过学生会工作经历的同学更受招聘公司人力资源经理的青睐。至于学生会金字塔顶尖的人物，比如学生会主席的就业问题，校领导基本会亲自关心、鼎力推荐，工作自然差不了。毕竟用人单位事业发展需要源源不断的优秀人才，后续的人才引入还是离不开大学，校领导的面子当然要给。

于是在一个正午，蒋鹏程逮住靳红，发挥自己在校辩论队里锻炼出的口才，将加入学生会的诸多好处向靳红娓娓道来。

靳红听得很专注，听完感谢道："谢谢学长。难怪好多同学都想加入学生会，原来里面有这么多好处。"

蒋鹏程听到"好处"两个字，脸颊有些发烫。他担心靳红会蔑视他活得太现实，看清楚他当年加入学生会目的有多么不纯。他在她面前总感觉没有底气，有些自卑。

靳红接着叹了口气，把他的心弄得拔凉拔凉的，忙说："要是不想加入就算了，别勉强。"说完他就后悔了，怪自己怎么不努力一下再找出几条充分的理由去说服她。况且，原本都是别人求他帮忙介绍加入学生会的，现在全拧了，成他死乞白赖地求着她加入了。

不想靳红却说："我加入。谢谢学长告诉我这么多，还请学长多帮忙了。"

接下来，蒋鹏程接触靳红的机会明显增多，他开始进入她的生活，知道了她的父亲是位老师，母亲是名医生，还有一个医学院的姐姐。在她父母的规划里，她是应该做医生或者老师的，可她偏要拧着。

"看过《十二怒汉》吗？美国老电影，给我印象太深了。就是因为那部电影，我决定学法律。"靳红说。

蒋鹏程压根没听过这部老电影，他也从来不看老电影。那些老设备、老手法、老掉牙的演技，还跟得上时代吗？新电影多好看啊！不过没关系，这也让他掌握了靳红的最大爱好是看电影和纪录片。他把她喜欢的、厌恶的都收集起来，留待以后的日子里细水长流地使用。

接近有了，友谊有了，互相的好感有了，他缺少的是一个恰当的契机，把这些同窗情谊转化成爱情。于是，他在某次活动之后，跟学生会的伙伴们说："晚上我请客，咱们一起去吃火锅。"

蒋副主席的倡议得到了大家一致高呼万岁。靳红也在其中，自然不能不去。

蒋鹏程也在心里高呼万岁。他早在心里谋划了，到时候跟同学们一起喝点酒，借着酒意向靳红告白。如果她点头了，皆大欢喜。如果她拒绝，也可以当成是自己酒后胡言。这样一来，退路也有了。

席上气氛热烈喧闹，不记得是谁提议喝酒的，也不记得喝了多少，只知道，每个人脸上都开出了两朵红云。六个人，十二朵红云里，就属靳红脸上的最好看……

那晚，蒋鹏程不记得怎么回到男生宿舍的。

那晚，靳红记得自己吐到了一个男生身上。

3/

蒋鹏程的办公室里，谈话已进行了十多分钟，才刚刚进入正题。

靳红突然又心悸了一下。她不自觉地蹙了蹙眉，伴随着心悸的还有一阵不明原因的不安。她换了个坐姿，感觉好受了些。

覃亦心敏锐地察觉到了她的不安，将目光投向了她，嘴角还没张开，便被靳红扫过的眼风制止了。那是在告诫，不要开口，不要轻举妄动，不要打断谈话，不要破坏现在的节奏。以前，靳红从来没有遇到过心悸的情况，今天连续两次的心悸令她微微紧张。不久前，一位二十九岁同行的突然离世，令许多业内人士唏嘘感叹。她告诫自己，明天就去做一下全面的身体检查，绝对不能拖。毕竟到了她这个年纪，身体不只属于自己，还属于父母、爱人和孩子，绝不能出闪失。工作诚可贵，生命价更高。

这时候，蒋鹏程提到了黎明智："资永大桥的事，明智也了解一些……当然，他只参与了大桥建设的后期推进工作。"

靳红明白，后一句，蒋鹏程说的是实情。至于前一句，她自然也有掌握。没有调查，她怎么可能贸然来找蒋鹏程呢？她想从他这里了解到的，是从别处无法知道的情况。这个别处，也包括黎明智。倒不是因为小智哥故意对她有所隐瞒，或者不愿意跟她讲工作，而是他的所知确实有限。

当年，蒋鹏程和黎明智在资永县政府搭班子，共事时间一年半，蒋鹏程是县长，黎明智是常务副县长。之后，蒋鹏程在连续两次没有接任县委书记之后，调任上面资州市交通局局长，而后，顺利升迁为省交通厅副厅长。可以说，资永县交通道桥事业的发展一直没离开过蒋鹏程的工作管辖范围，这也是靳红坚定决心要从他这里了解情况的原因。毕竟，他是亲历者、见证者，谁能比他更了解资永大桥建设的全面情况呢？

黎明智虽然是主管交通工作的常务副县长，可他从省里调到资永县时，资永大桥已经进入到建设阶段。前期的项目选址、地勘、立项、设计、概算、环评、财政审批、招投标，以及后续的征地拆迁等情况，黎明智都是从各色人等的汇报里、从各种来源不同的材料里了解到的。后来，虽然他也处理过关于大桥这样那样的问题，但在没有确切的事实依据之前，他绝对不能说出任何不负责任的言论来，哪怕是对妻子靳红。这样一来，黎明智能提供给靳红的情况都是隔着纱帘，看得见却看不清。

靳红很理解黎明智，基层工作复杂又繁琐，各种突发事件层出不穷，他不可能只盯着资永大桥这一个项目。如果不是她接的这件案子直接涉及资永县，她也不会过问他的工作，不参与、不添乱是她对他恪守的规矩。

涉及资永大桥的征地拆迁，是靳红最想了解的，也是资永大桥索赔案的核心内容。这些内容都弄明白了，案子也就清晰了。

资永大桥的建设原本是由北江省路桥集团承担建设任务，后来才变更星辉建筑工程公司为总承包方。从已有的资料和掌握的情况来看，星辉公司虽然是民营企业，但确实具有承包资质，完全符合成为资永大桥建设总承包方的条件。

蒋鹏程把抛给靳红的皮球重新拉了回来："资永大桥的总承包方星辉公司，是北江省为数不多拥有一级资质的民营建筑企业。"

"星辉公司的总部在省城云州，公司的注册地却在资永县，是资永的纳税大户，也为当地老百姓提供了可观的就业岗位和经济收入。"靳红补充道。

蒋鹏程笑着说："你了解得很全嘛！"

红瘿

靳红说："还不全面，只是皮毛，所以今天才特意来请师兄指点迷津。"

面对靳红的请求，蒋鹏程无法拒绝，于是将星辉公司如何经历艰难曲折，从无到有，由小变大的故事讲了一遍。最精彩的一出戏是在千禧龙年改制转制中的"借船出海"，星辉公司从资永县一家集体企业拿到了一级资质，之后又乘胜追击，快速扩大版图，最终站稳了脚跟。

靳红的问题脱口而出："罗耀辉那时候还是个小青年吧，有这样的魄力？"

蒋鹏程笑了，笑得靳红也跟着笑了。真是的！自己怎么会问得这么弱智？罗耀辉是星辉公司现任总经理，因为代理了这个案子，靳红和他这一段时间经常接触。她对他的印象谈不上多好，也谈不上多坏。罗耀辉个人形象很好，颇有些儒商气质，儒雅里又夹杂了些商人的油滑，隐隐还有点自卑和自傲纠缠的别扭劲儿。尽管和靳红接触时，他尽力收敛隐藏，可那股子别扭劲儿还是渗透而出，落进了靳红眼里。

能在改制转制大潮中把"借船出海"这套活儿玩得如此溜的人肯定是高手，那时年轻的罗耀辉道行显然还浅薄了些。这个高手另有其人，他就是星辉公司的第一代掌门人柳存礼，真正的闯一代。

蒋鹏程感慨地说："老柳头儿可厉害了！从小过苦日子，家里穷得都揭不开锅了，为了给家里省口粮，他十几岁就出去当'盲流子'，到工地做小工，后来当上工长，又拉起一帮吃不饱饭的农民兄弟，自己做上了小包工头，一步步打下了星辉公司的江山。"

靳红愣了一下，才想起"盲流子"的意思，毕竟这个词离现在太遥远了。"盲流子"是一个特定时期的特定词汇，那是在她还很小的时候，指那些从农村盲目流入城市的人。这样一算，柳存礼应该是她父母的同代人，可能年纪稍小些。

蒋鹏程又向靳红描述了一下老柳头儿的形象：特不起眼的一个老头儿，跟公园里散步打拳的老头儿没什么区别，放在人群里一点儿也不引人注意。个头不高，身材瘦削，眼睛总是笑眯眯的，喜欢穿传统手工千层底圆口布鞋。据说是因为老柳头儿年轻时在工地干活时脚被钉子扎过，落下了病根，穿不了硬底鞋。

靳红问："那'星辉'这个名字，跟罗耀辉的名字有什么关系吗？"她脑子里蹦出了关于建筑商人的各类风流传说。

"本来没关系，后来就有关系了。"蒋鹏程吊足了靳红的好奇心。

靳红便也会意地配合着他，在脸上挂出了"师兄快讲"四个字。原本她是不喜欢听闲事趣话的，做律师的有几个嘴巴是得轻闲的？又有几个耳朵根子是清净的？平常日子里，她喜欢清净。不过，如果这闲事趣话跟案子和当事人有关，她倒是乐意听，说不定哪一句里就藏着破解案子难题的玄机。

星辉公司的第一代掌门人柳存礼，一辈子最大的遗憾是没有儿子。这个生在农村长在农村的老柳头儿，骨子里传宗接代、养儿防老的观念极强。可是，上天只给了他两个女儿，大女儿柳星，小女儿柳辉。重男轻女是老柳头儿的观念，但爱女儿也是老柳头儿的真心，所以他取了两个女儿的名字，注册了星辉公司。

老柳头儿原本的梦想只是小打小闹，当个小包工头，全家人有吃有喝，盖个高门大院，日子过得滋润就行。没想到，事业做得越来越大，心里的遗憾也跟着扩大了版图。虽然那时两个女儿已经成了他的左膀右臂，家里家外为他精心打理，他还是感叹，再大的江山将来也得拱手让给外人。不过，老柳头儿对婚姻倒是很忠诚，信奉"糟糠之妻不下堂"的古训，没像别的包工头弄出这样那样的风流韵事，家外有家生出个儿子来。传家业的大事，直到一位家族老亲给他出了主意，才算找到解决办法——给大女儿柳星招个上门女婿，生下儿子随妈姓，叫他老柳头儿爷爷。这个上门女婿就是罗耀辉。老柳头儿读书少，打心眼里喜欢和敬佩文化人，罗是大学生，名字里又有个辉字，正好合了星辉公司的名字，这为他顺利成为老柳头儿的半个儿子加分不少。

听蒋鹏程说了这段掌故，靳红一下子找到了罗耀辉的病根，找到了他那股别扭劲儿的发源地。

"老柳头儿口碑好、为人仗义。他干的楼盘，质量过硬，全都热销。资助学生，盖学校，每年春节给老家村里的老人发拜年红包……类似的好事善事他也做了不少。"蒋鹏程肯定地说道,"星辉公司拿到资永大桥总承包合规合法,严格履行了程序。当年,建这座桥遇到了多少困难啊!现在回想起来,真是一步一个坎儿。"

靳红又问道:"师兄,资永大桥从筹建到通车,用了多长时间?"

"八年多。正常大桥建设,从筹备到通车,花三到五年时间就差不多了。资永大桥用了八年多。当时最大的困难是资金,为这,我可没少喝酒。"蒋鹏程叹了口气说。

"师兄,您可是海量!"靳红早听说过,蒋鹏程白酒一斤半的量,至于红的、啤的究竟是多大的量,别人的评价是看临场发挥。

可当年那会儿,云州大学学生会副主席蒋鹏程请部下吃饭喝酒,临场发挥却并不理想。

主喝的是啤酒。因为有学妹靳红在场,还上了红酒。在座的学生会成员一共六人,醉酒五个。

醉得最惨的人是蒋鹏程,作为学生会副主席,经历了提酒敬酒、单打乱拼、多人混战各个阶段。从前期理智克制,渐渐进入中期兴奋状态,他开始"教育"这群学弟学妹:"你们一定要在大学谈场恋爱,哪怕披荆斩棘,也要走到心里的公主身边。"

蒋鹏程心里的公主自然是靳红。不论他跟谁喝,碰谁的杯,喝了红的还是啤的,他的目光都会越过一个又一个人瞟向靳红。他把她的一笑一颦尽收眼底。

原本,蒋鹏程就是带着心机来请客喝酒的。他以为能够掌控自己,在分寸刚好的时候,把心里一遍一遍打过腹稿的话,当着靳红的面讲出来。

靳红当时其实很狼狈,根本没有注意蒋鹏程那热辣但又躲躲闪闪的眼光。她喝多了,不记得怎么把自己的胳膊挂到了一个男生的肩膀上,怎么说起了选择法学的原因,絮叨着填报志愿时父母的反对,自己又是怎么修改了志愿,做了阳奉阴违的忤逆女儿:"他们想让我当医生或者当老师,可我只想当律师。我的爸爸,我爸爸的爸爸,我爸爸的爸爸的爸爸全是老师,如果到我这断了，我对不起爸爸，对不起我爸爸的爸爸……当老师挺好的，可我就是不喜欢。我不是好女儿，姐姐才是，她什么都听爸爸妈妈的，我是个不听话的小妹。"

再后来，靳红发现腿脚都不是自己的了，站也站不稳，走也走不动。那个男生的肩膀就成了她的拐杖，脚就顶替了她的脚，架着她的身子往前走。他走上一段就会停住，调整气息。等气息平稳了，再接着顶替她的脚，又把自己的胳膊当成绳索，拉住她东倒西歪的身子。

靳红依稀听到了他的责怪："一个小女生，不能喝干吗要喝？还喝这么多！看，遭罪了不是？"

她不服地说："我……我没喝多，让我自己走！"

他说："你走不了。算了，我背你吧！"

她说："我真没喝多，我能走。"但嘴巴却和身体对着干，嘴巴说能走，身子却在往前倾，径直压在了他低伏的后背上。之后，她便腾空了。

那一瞬间，她好像找回了童年贴在爸爸背上的感觉，既踏实又安心。对幼小的她来说，爸爸的后背是最坚固安稳的营房。

她调皮地伸手去摸了一下男生的耳朵，耳垂厚厚的、肉肉的，很柔软。她还能感觉出他后背的肌肉绷得很紧，她猜是不是因为自己太重了，一边嘟囔着"放我下来，我要自己走"，一边身子往下出溜。

男生是第一次背女生。从她趴到他背上那一刻，他就感觉到了一种异样。她还偏偏碰了一下他的耳垂，那要命的一碰使他的脸像火烧着了，心脏几乎要冲出胸腔来。他怕靳红察觉到，故意没好气地说："你不要来回动，我使不上劲儿了！"

"我没醉……我能走！"

"你走不了！"

"我能走！"

"你走不了！"

"放我下来！"

"不放！"

红瘦

"你停下，我要吐出来了！"话音刚落，秽物便冲出靳红的口腔，一部分吐到了地面，一部分喷到了男生的衣服上和后脑勺上。

到了这时，男生不得不放下她。她一步三晃，三晃两摇，双腿绵软，脚下没根。男生只好把她搀到路边坐了下来。

又是一阵昏天黑地地吐，她的胃终于变成了空袋子。偶尔经过的几个路人，看向靳红的眼神里尽是嫌弃和不屑，投向男孩子的眼神则满是同情和怜悯，就像在说，"多好的小伙子，可惜年纪轻轻就瞎了眼，找了这么个酒鬼女朋友！"

男生扶起她，远离那些秽物，重新在一处干净的地方坐下。

一阵风吹过，靳红清醒了些，这时才看清眼前的人是谁："天啊，对不起，黎明智，对不起。"

黎明智一脸嫌弃："气死了！明明不能喝，还逞什么女中豪杰？"

今晚，黎明智是几人中唯一没醉的人。他像他母亲一样讨厌醉酒，不，不是讨厌，是深恶痛绝。

靳红晃动着，挣扎着站起身来。黎明智重新把她按在路边。

"坐稳了，不许动！"黎明智从衣兜里掏出纸巾擦着她的嘴角，龇牙咧嘴忍受着那难闻的气味，碎碎念道："干吗要喝这么多？喝醉的人难看死了。"

靳红说："干吗说我？我又不是故意喝多的。"她竟然不争气地哭了，好像受了天大的委屈似的，好像委屈都是黎明智带给她的。

其实，这一刻的哭是靳红的小把戏，用来掩饰难堪，已经有些清醒的她意识到自己的处境太尴尬了，简直是兵荒马乱、弃甲丢盔，丢死人了！

黎明智变得严厉了，小声地吼她："你不要哭了！我提醒你，女孩子不要喝那么多酒，会出事的！"

"那我喝的时候，你怎么不拦着我？"靳红开始耍赖，她也知道自己这话讲出来是欺负老实人。

果然，老实人黎明智瞪大了黑框眼镜后面的近视眼，说道："大姐……你这就不讲理了。你不能仗着长得漂亮就欺负人吧！这也赖我？是我灌你酒了？是我逼着你喝了？我都没跟你碰杯好吗？我还说大家多吃少喝、适度适量，你听进去了吗？你跟人家喝得可起劲儿了！"

靳红绷不住了，黎明智后面的话，她听到了却没入耳，那句"不能仗着长得漂亮"倒是听得清清楚楚。谁不喜欢被人夸漂亮呢？哪怕是凶巴巴地夸出来。她脸上立刻阴转晴了，心里清楚得很，她确实是在欺负黎明智，但仗的不是长得漂亮，她也从没觉得自己长得漂亮，她仗的是他的这份耐心，这世上除了爸妈和姐姐，还有谁给过她？她其实并不是一个女酒鬼，以前喝酒都是浅尝辄止罢了，今天也不知是怎么了。酒席上，五个男生，就她一个女生。那四个男生频频向她敬酒，大声地说笑着，生怕她注意不到自己。酒酣耳热的蒋副主席在酒宴上意气风发地指点江山、激扬文字，迎来众人的夸赞吹捧，而他的眼光却常常有意无意地落在她的身上，似乎在等待她的某种反应。只有黎明智不喝酒，也不劝别人喝酒，在一边温和地听其他几个男人酒意上脸后的尬吹，偶尔不失礼貌地插上一两句笑话，逗得大家哈哈大笑。温文尔雅、理智幽默，是他给她留下的印象。

靳红没想到自己会醉得这么狼狈，要靠别人背回去，还吐了人家一头一身。但黎明智虽然嘴上说得嫌弃，从他的所作所为中却能看出他的担心。这个人不嫌弃她的狼狈，忍得了她的不堪，还没有乘人之危，可以纳入君子之流。

她仔细看了黎明智好几眼，大眼睛眨呀眨的。除了他刚才小声地吼了她这一点，她突然发现这个平常不曾留心过的男同学身上竟然有着诸多闪光点，比如学霸身份、耐心、温和、包容……还有责任心，她都醉得那么难看了，吐得那么难堪了，他也没有不管她一个人走掉。

黎明智被她看得发蒙，看了看自己身上，污秽已经擦掉了，当然，印迹肯定还有，刺鼻的味道更不用说了，这些只能回去用大量自来水配上洗衣粉搓洗了。他看靳红的大眼睛忽闪忽闪的，心想她又想把什么赖到我头上吗？

"黎明智，谢谢你！"靳红的声音很郑重、很诚恳、很温柔。

黎明智愣了一下，反而不好意思了："不用谢。你只要以后不要喝这么多就好了，酒不是什么好东西！"

"好，我答应，以后再也不喝多了。还有，你以后不要叫我大姐。我有那么老吗？哪里像你姐？"

"行，再也不叫了。那叫你什么？靳红同学，还是小妹？"

靳红也愣了，纳闷他怎么想到这么叫她："小妹？你又不是我家人，不能叫我小妹。"

"你家人叫你小妹？"

"家人可以叫，你不能叫。"

"好的，靳红同学。"

一声"靳红同学"叫得她有些失落，这样叫多生分啊！她掩饰着失落，说："唉，我好像也没喝多少啊，怎么就醉了呢？"

"以后不要这样了，幸亏今天都是同学，要不然你一个女孩子，会吃亏的。"

靳红清醒了些，有点后悔，也有点后怕，问道："他们呢？"

"他们都喝多了，只好我送你回寝室了。"

胃中又是一阵翻涌，却什么都吐不出来，靳红苦着脸道："唉，胃里好难受啊！喉咙也是。"

黎明智摇了摇头，叹了口气，从包里取出水杯打开，放到她嘴边："喝点温水吧。"

她接过杯子笑笑："你简直就是小叮当，什么都能变出来。"

水的温度刚刚好，喝着很舒服。深夜里，醉酒的靳红第一次感觉温水原来这么好喝。

4

蒋鹏程说："求人的酒，最难喝。"

半生将过，他喝过了太多的酒——亲情友情的酒、场面应酬的酒、春风得意的酒……多数时候，他都长袖善舞，应对自如。唯独求人的酒，他喝得紧张拘谨。这个时候，全身能用上的器官都要调动起来，耳朵要竖起、笑意要挂着、嘴巴要紧跟、语言要巧妙组织、节奏要灵活掌握，这样才能在酒杯碰撞之间把事情化繁为简、化不可能为可能，让被求的人从不同意到原则上不同意，再到同意，最终水到渠成。

人生其实很多时候都在循环，这一次，是他去求人，下一回，就是人家来求他。什么场合求、什么时机求、怎么样不说"求"字却能充分表达求意，分寸拿捏都显着功夫。这些是蒋鹏程一点点历练出来的，是实打实攒出来的经验。

生活里，难的何止是喝下求人的酒。眼下，靳红跟蒋鹏程的"闲聊"进行得也不易。她知道，从私人情感上来说，蒋师兄是不至于跟她打太极的。但今天她不是来叙旧的，而是来谈案子的。律师的工作性质是什么？同样自云州大学法学院毕业的蒋师兄很清楚，他作为在任政府官员，自然不能想说什么就说什么、想怎么说就怎么说。所以她得营造适宜的谈话气氛，一步步引入话题，从蒋师兄的东拉西扯中找到自己想要的东西。

这期间，好不容易营造起来的谈话氛围被打破了好多次。

第一次是厅里的下属来请蒋副厅长签字。那人进来时脸上是标准的八颗牙齿微笑，带着职业性的亲切和真诚，还有外溢的谦卑。那人也对靳红和覃亦心恰到好处地点头微笑，然后才说道："不好意思，打扰领导们了。蒋厅长，这份急件要请您签字。"

第二次是直冲进蒋副厅长办公室的某市交通局副局长。这位副局长把"急"字写在了脸上，也写在了衬衫腋窝处明显可见的汗迹里。他的目光在靳红和覃亦心身上流转了几圈，似乎在衡量有外人在场自己该怎么办。他刚开口说了两句话，蒋鹏程便说："老邓，你去会议室稍等一下吧，等我跟领导把工作汇报完。"蒋副厅长"领导"两个字发音有点重，脸上挂着一丝笑意。那人无奈地退出去，关门前不甘心地再次看了看靳红和覃亦心，补充了一句："厅长，那我等您。"蒋副厅长仍是笑了笑，以示同意。

这次打断，靳红和覃亦心都感觉气氛有点微妙，两人却没有从蒋副厅长脸上发现一丝不悦。靳红不禁在心里暗叫了声服气，蒋师兄有着超强的情绪控制能力。时间和经历真是最高明的雕刻师，把每个人打磨得既有原来的样子，又不像原来的样子。

其他的打断，来自时不时打进来的电话，可以听出有上级的工作部署，有下级的请示汇报，有相关部门的情况咨询，竟然还有购茶购酒办理小额贷款之类的推销。

靳红说："我还以为只有我们普通老百姓才会接到各种推销广告呢，原来领导的电话也能接到啊！"

蒋鹏程故作严肃地说："可不允许把我划到人民群众之外！我也是个普通老百姓，伟大领袖教导过我们，要从群众中来，到群众中去。"他接着一笑，说："不过，各种推销骚扰电话确实应该整治整治了。对了，还有那个诈骗电话，简直太猖獗了。前阵子，厅里有个同事家的老人就被骗了十多万，老人家着急上火住院了。"

靳红微笑着点点头，说："确实，现在电信诈骗案高发，已经在各类犯罪案件中排到首位了。不过，师兄主管着全省的交通运输和道桥建设工作，担子很重、任务繁重，似乎没有精力再去替我们政法战线的同志们操这么多的心了。"

蒋鹏程指了指靳红，哈哈大笑，说道："你呀你呀，就别拿我调侃了！我知道你今天不是来找我扯闲篇的。你不就是代理了星辉公司的案子，想从我这套点内幕吗？行行行，我在你这知无不言就是了。"

总算来到了正题。在蒋鹏程断断续续的介绍里，资永大桥建设工程的脉络、轮廓、结构，叠加着、交错着，在靳红的脑子里渐渐成形。

资永大桥建设中的困难很多，最大的问题是资金不足。上面给一部分资金，县里要配套自筹一部分资金。配套自筹这部分资金缺口很大，要想解决很不容易，能不能及时补上，是工程建设能不能按计划进行的关键。

一边是老百姓的强烈需求和县里各项事业发展的迫切需要，都盼着赶快建桥通车；另一边是资金不到位就没法推进工程建设。蒋鹏程形容那时的自己就像一个家庭主妇，家里饿得直叫唤的老少都在等着他做好饭菜端上桌子。可是坐等饭菜的老少们并不知道，家里的米桶早就见了底儿，菜篮子里连片白菜叶子都没有，油罐里也早已干净得像猫舔过一样。难道他这个"主妇"是民间故事里的田螺姑娘，能变出一桌子好菜好饭吗？

作为一县之长，县里的财政情况，蒋鹏程心里有数。各类专项资金不能动，刚性支出不能动，县里的预算外资金有限。仅是为了保证县财政工资按时足额发放，他平常就没少动脑筋，东挪西借，或者月中或者月尾，总算把工资都打到了个人工资卡上。至少他任县长的那些年，县上从来没有因为工资问题闹出过上访事件。老百姓靠的就是工资生活，开门七件事——柴米油盐酱醋茶，还得供孩子上各种各样的课后班，还有名目繁多的人情往来，不发工资怎么应付？保证财政工资足额发放，是他任县长期间给自己下的硬任务。这项任务的完成情况，至少他自己满意，也引以为傲。

资永大桥建设项目，蒋鹏程是作为一项民生工程来做的。民生工程是为民办好事、办实事，是为了补上发展的短板。工程涉及老百姓的切实利益，可是没有资金照样推不动。当时，他能走的只有三条路：第一条路是打报告申请解决项目资金缺口；第二条路是向银行贷款；第三条就是自己去"化缘"。

这三条路没有一条是好走的，各有各的难处。从打报告申请到最终批准，再到资金到位，步骤繁琐、程序复杂，资金什么时候能下来谁都说不好。就算他个人等得起，工程也等不起。向银行贷款更是层层设卡，关关难过，不知道卡在哪一步就推不动。"化缘"路子他倒是有些，但想出怎样做到合法合规不是易事。他并不想跟某些人一样打擦边球，害怕留下无法愈合的伤口，不小心被人掀开，露出溃烂得不能入眼的腐肉脓血。环顾四周看看，出事的例子不胜枚举，他不想自己也步入这些人的后尘。无知者才无畏，而他蒋鹏程知敬更知畏。

事难做就不做了？那不是他蒋鹏程的性格！他向来都是坐言起行，而且雷厉风行的。没有钱，就让总包方先垫着。用这个办法打个时间差，利用争取出来的时间去向上级财政争取资金，或者找到银行贷款。等县上资金到位了，有垫有还，他蒋鹏程绝不赖账。

"资金不足，也是北江省路桥集团变更星辉建筑工程公司为总承包方的主要原因。人家路桥是大集团，干工程都是挑着捡着。人家干的工程，要么能扬名立万，要么能赚大利润。资永大桥对于当地老百姓是非常重要的桥，可对于路桥集团只是个小工程，按照人家的理解是鸡肋，食之无味，弃之可惜。当然，人家不会把这样的话讲出来，不过那意思比讲出来还让人难堪。我们刚说到垫资，人家的脸虽然还是笑着，回绝得却不留一丁点儿余地。"

路桥集团拒绝垫资，靳红完全能够理解。她接过的案子里，就有不少是讨要工程款的，起因多半也就是垫资。"垫资的工程就不能干！自己的钱砸进去了，工程也干完了，累到吐血，到了结账的时候，对方能拖一天是一天。最后，不但赚的钱没个影儿，连垫的钱也要不回来了。"那些案子当事人的话，她记忆犹新。虽然她办过的那些案子基本上都胜了，但当事人也被弄得筋疲力尽、苦不堪言，没死也脱了一层皮，发誓这辈子再也不干垫资的工程了。

为了办成工程垫资，以最快的速度建成资永大桥，蒋鹏程是用了心思的。他在脑子里把北江省有实力垫资的相关企业排成了队，按等级实力筛选出几家，又在这几家里，把当家人中重利又重义的再筛选一遍。天下熙熙，皆为利来；天下攘攘，皆为利往。商人重利是常情，趋利也是商人的动力，在商言商，不赚钱为的啥？人家又不是做慈善的。可重利的同时，再重义就不同了。至少说明了人家做人仗义，做事业有社会责任感。当然，除了这些，最好还能打得了感情牌，让对方不好意思拒绝。这样筛来筛去，只剩下了一家企业——星辉公司。

按照规矩，蒋鹏程应该把这件事交给分管副县长去斡旋处理，可思谋再三，他还是决定亲自出马。

老柳头儿为人仗义，蒋鹏程自然清楚。这老头儿在资永的口碑太好了，好到让其他商人望尘莫及，好到他不自觉地把老柳头儿加入了自己的"朋友圈"，好到他也加入了老柳头儿的"朋友圈"。但他心里清楚，老柳头儿再仗义也是个商人，商人首先谋求的是利益。何况，做到名利双收的老柳头儿又怎么可能是简单的人物？把事情做到滴水不漏的人，一定深不可测。如果让别人去跟他谈，老柳头儿即便不直接拒绝，也会在那绕圈子，等把人磨得没脾气了，他才会开出让你难以拒绝的条件，将他的风险最小化，利益最大化。

蒋鹏程当然不会让老柳头儿无利可图，可是，建桥工程还在那里等着，老百姓还在那里等着，县里的经济发展也在那里等着。无论如何，他不能也等着。事情拖下去，说不定就拖黄了。他自己上，老柳头儿怎么也不敢在他面前绕圈子、玩花活儿，事情谈起来就直接得多，也快得多。他再打打乡情乡谊的感情牌，以情动人，以谊劝人，老柳头儿要还在资永地面上混，就不得不接受。

蒋鹏程印象深刻，那次对话发生地是柳存礼的私人小馆。小的是门脸，跟普通不过的民房没有差别。民房里面却别有一番景致，装修、菜品都是江南风情，唐风宋韵彰显在了细节里，也彰显在了当天的服务人员身上。低调的奢华，形容的就是柳存礼这样的人。

那天，为了保密起见，罗耀辉按照柳存礼的指示，把包间里的两名服务员换成了星辉公司的工作人员。

"……亲不亲，故乡人。柳老板，您说是吗？刚才我也说清楚了，没跟你玩花样，有一说一，有二说二，没拐弯抹角，没藏着掖着，把事情都摆在了桌面上。你帮县里垫了这个资，我蒋鹏程心里自然有数。我也敢保证，这个资金是一定能到位的。只要上面的资金一到位，首先偿还你的垫资。而且你放心，将来结算有人踢皮球，你直接来找我！"蒋鹏程打完感情牌，便直切主题。他知道，对于老柳头儿这种老江湖、太极高手，最好的破防办法就是单刀直入。当时如果不能刺刀见红，今后也就别想了。

"最后，星辉公司捧起了给资永大桥垫资这只'刺猬'，接下了工程。毕竟是几个亿的资金啊，即便前期只需垫资一部分，那也不是个小数目。柳存礼算是硬着头皮顶了上去的。"蒋鹏程向靳红感叹道，"咱们的老百姓啊，又期待大桥快点建成，又想通过拆迁一夜暴富。当年，县政府和星辉公司都顶着巨大的压力。"

通过拆迁能够实现一夜暴富好像已经成了民间的一种共识。这种现实，蒋鹏程不用举例，靳红心里可以举出一百件一千件的实例，而这正是资永大桥建设拆迁索赔案的核心，也是她今天来找蒋鹏程的目的。

蒋鹏程的手机突然又开始振动。他看了眼号码，立即接听电话，刚听了一句，脸上原本松弛的肌肉瞬间紧绷。他忽地一下站起来，大声说："什么？你再说一遍！"

与此同时，一条消息进入了靳红的手机：突发！北江省资永大桥大巴坠河事故！

第二章

天降横祸永失爱子

1/

"突发！北江省资永大桥大巴坠河事故！"

这条消息，以铺天盖地之势钻进了许多人的手机里。信息时代，消息的传播方式早已经从过去的点对多，变成了新媒体时代的多对多。新技术、新设备使消息的传播速度从过去的延时，变成了时发时传。同一新闻，不同客户端、不同新闻网站，形成了轰炸式传播。

"十时左右，北江省资永大桥上发生一起交通事故，一辆长途客车撞坏护栏从资永大桥坠下……"看到消息的瞬间，靳红又一次感到了心悸。这是她今天的第三次心悸，无理由的心悸，让她慌乱如麻的心悸。

一股不安的气息在蒋鹏程的办公室里飞速蔓延，好像抽空了氧气，让她有些喘不上气，大脑内存清空，脸色惨白，眼圈和鼻头却一下全都充血变红了。过了几秒，或者更久些，她的大脑开始恢复慢速运转，手微微颤抖着从包里取出手机，按下了数字键快速拨打1，听筒里传出标准的女声："对不起，您拨打的号码暂时无法接通……"

靳红的反常变化，覃亦心也是第一次见。小姨一向沉稳，对自己的言行举止、情绪变化掌控自如。今天资永大桥大巴坠河事故消息推进手机里的那一秒，不，也许得从来到蒋副厅长办公室的时候算起，一切以莫名其妙的方式开始滑出常轨。靳红的这种反常像是会在空气里传染的病毒一样，很快感染了覃亦心，她也开始心慌了。但她想，小姨这时候一定很需要她，于是尽力保持着平静，走到靳红跟前，半蹲下来，向小姨投去关切的目光。

　　靳红没有回应覃亦心关切的眼神，她的关注点集中在手机上，神情里尽是焦急和不知所措。那个手机号码的主人，他在哪里？他从不关手机，从不闹失联，他的调皮捣蛋从来都有度有节。她的脑海里出现了不同的画面：辣椒在品尝当地的小吃；辣椒端着单反相机，指导着小伙伴们摆出各种酷炫姿势；辣椒在给她选小礼物，是的，他总是喜欢送她一些稀奇古怪的小玩意，然后绘声绘色地讲这些小玩意的有趣之处，总能把她逗得开怀大笑……画面切换，他在水里挣扎，眼睛一直望着她，眼神里是渴望，是求助，他张着嘴一定是想叫她吧，可是他的声音还没发出来，水就灌了进去……她接受不了最后的画面，强制关闭大脑显示屏，思维重回现实。

　　覃亦心看见了靳红手机屏上的名字——辣椒，一下子明白了小姨神色变化的原因，不由得更加紧张起来。她想张口问一些问题，还想说一些安慰的话，转念间，又觉得小姨可能是过于敏感了。又不是在拍电影或电视剧，哪会这么巧？她把手放在小姨的胳膊上，安抚小姨担惊受怕的心。

　　靳红又换了一个快速键，拨通了黎明智的电话，传来的却是阵阵忙音。

　　几乎同一时间，蒋鹏程挂断了电话，对靳红说道："师妹，我得马上去资永，那里发生了重大交通事故。咱们改天再聊。你……你脸色怎么这么差？"他的眼中溢出关切，可事情不容他耽搁，转头对覃亦心说："我得去忙了，靳律师不舒服，你送她回家，好好照顾她。有什么事给我打电话。"说着起身就走。

　　"我跟你一起去！"靳红脱口而出。她站起身，伸手拍了拍覃亦心扶着她胳膊的手，这个动作是无声的语言，是在告诉亦心不要担心，她没事。

　　蒋鹏程愣了一下，好像没有听清楚她的提议。他瞬间反应过来："你是担心明智吧？他是主管交通的副县长，现在肯定已经在现场忙上了，你去了也帮不上什么忙。呃……也好，你跟我一起去吧。"他看靳红一脸焦急地看着他，压根就没听他在说什么，只好在后半句改了主意。他知道靳红和黎明智的感情，他曾经嫉妒过，经过时间的疗愈，这种嫉妒软化成了羡慕，到后来，连羡慕也变成了温和的平常心。他理解她的惦记。何况，资永大桥是靳红现在接的案子，想去现场看一看也是人之常情。

他们走出了办公室，蒋鹏程的步子迈得又快又大，靳红和覃亦心踩着高跟鞋的步伐碎而急，三个人的脚步声三种节奏，像是要在走廊上卷起一股风。

开门声和脚步声唤醒了等候在会议室已经有些困意的邓副局长。他几乎是从会议室跑了出来，以落后半步的距离紧跟在蒋鹏程身侧。

"蒋厅长，那个事特紧急，您听我汇报一下。"

"我这儿的事更急！"蒋鹏程的言语里夹着疾风骤雨，劈头盖脸砸向邓副局长。

"厅长，您就给我十分钟。"

"一分钟也不行！行了，你别跟着了，有事等我回来再说！"蒋鹏程的语气不容反驳。

邓副局长这才识趣地停下了脚步，脸上写着茫然和不知所措，望向蒋鹏程匆忙远去的背影。

车子从交通厅大院里疾驰而出。靳红的情绪稍稍平稳了些，对蒋鹏程说："辣椒是前天跟同学一起去的资永，他告诉我今天回云州，我担心他会在那辆大巴上。"

辣椒是黎、靳夫妇的独生子黎雨泽的小名，蒋鹏程是知道的。靳红说完就后悔了，自己怎么会脱口说出"儿子在事故大巴车上"这么不吉利的话！就因为脑子里浮现出的那些影像吗？那不过是一时的心魔作祟罢了。高考结束了，辣椒跟同学到资永去找当地的同学玩，放松一下身心，返程他爸会用车送他们回云州。他怎么可能会在什么坠河大巴上？她狠狠地骂自己，万万不该把事情往坏的方面想。儿子手机打不通可能是信号不好、手机没电了，最坏不过是手机摔坏了。总之，绝对不可能有什么事。连续的心悸是自己身体过度劳累闹的，怎么会跟玄学牵上了头，变得神神道道的。这么多年经手各种各样复杂的案子，她不都是在疲累与兴奋交织中过来的吗？这要是让辣椒知道了，还不得笑话她是不是更年期提前了。辣椒喜欢用这种调侃的方式跟她和小智哥沟通，以此来证明他的成熟。

蒋鹏程也觉得靳红紧张过度了，安慰道："师妹，儿行千里母担忧，你的心情我能理解，但你不要这样自己吓自己。辣椒到资永玩，明智一定会安排妥当的。孩子手机一时失联，也是正常情况。别说孩子，咱们大人难道没有手机失联的时候？再说了，每天来往云州和资永的人那么多，不可能都在一辆大巴车上吧？你先稳稳神，过会儿再给孩子打。"

覃亦心也说："小姨夫肯定能照顾好辣椒，小姨你别胡思乱想了。"说完，她就意识到自己暴露了身份，紧张地看向靳红，眼神里写着——我错了！自从成为小姨的助理律师，暴露两人的关系可是小姨最忌讳的事。

蒋鹏程望向覃亦心，眼神里有些意外，也有些惊喜："这位小律师是你大姐的女儿？"

"是，现在是实习律师，我的助手。"靳红坦然承认。亦心是担心她着急才会脱口而出，暴露了她们的关系。此时她已顾不上考虑这种问题。何况，跟联系上辣椒相比，这又算得了什么呢？

"真快啊！记得她小时候我见过她一次，梳着两条羊角辫，样子怯生生的，总是躲在你身后，现在是大姑娘了。难怪了，见到她第一眼，我就觉得跟你年轻时长得像，特别是眉眼，很神似。"蒋鹏程故意把话题扯到覃亦心身上，分散靳红的注意力。

靳红不接他的话，脑子里全是儿子，她做着深呼吸，提醒自己，关心则乱，必须分散下注意力，恢复理智才行。但她的手指根本不听从大脑的指挥，又按下了数字键快速拨打 2，听筒里传来了标准女声："对不起，您拨打的号码暂时无法接通……"

靳红的手机设置了数字键快速拨打，1 是儿子黎雨泽，2 是爱人黎明智。现在，她生命里最重要的两个人同时失联了。她握着手机，神情痴呆、内心翻腾，真是想不明白了，为什么两人会同时失联？他们都去哪儿了？发生了什么事？为什么会这么巧？

父子同时失联的情况，让蒋鹏程和覃亦心也觉得有些不太正常了。

蒋鹏程宁愿相信是靳红手机出了问题，他拨了黎明智的号码，听筒里传来的是同样的标准女声。

"明智电话怎么打不通了？不应该啊，难道也是不小心把手机摔坏了？我这个手机就是这个月摔坏了新换的。"蒋鹏程的话是自言自语，也是说给靳红和覃亦心听的，但他自己也知道这样的解释很牵强。他又说："别急，我联系下县里的其他同志。"

靳红这才醒悟，自己真是急得失智了，辣椒联系不上可以理解，毕竟她没有辣椒同学的手机号码。她从没向辣椒要过同学的号码，毕竟儿子有他自己的生活、他的朋友圈、他的小世界。父母最重要的必修课便是学会放手。陪伴孩子成长是一门功课，在孩子长大后体面地、有序地退出也是一门功课。

师兄说得也有道理，儿子的手机之前不也摔坏过吗，手机屏碎成了渣渣，简直惨不忍睹。她自己也摔过手机，这种事再平常不过。这样一想，她的情绪平复了一些。

靳红要联系黎明智，可拨打的电话就太多了，比如他秘书的、他办公室的、县政府办公室的……这些根本不是她要来的。到了资永任职不久，小智哥就把一连串电话号码存到了她的手机里。她怎么就成了一根筋，死盯着小智哥的手机号不放了呢？

手机推送信息显示，资永大桥大巴坠河事故的相关情况是这样的：当天上午 10 点左右，一辆从资永县城开往省城云州的大巴车突然撞向桥上的护栏，坠入了资永河中。事故发生后，省、市和资永县的公安、消防、医疗救护等相关救援队伍先后赶去现场参与抢救。已经发现遇难人员……

蒋鹏程的一通电话带来了靳红心心念念的消息："蒋厅长您好！黎县第一时间赶到了事故现场进行指挥，并跟救护人员一起参与抢救……"

挂掉手机，蒋鹏程开始埋怨："明智这不是胡闹吗？有专业的救援人员在，他怎么能亲自去抢救呢？专业的事要交给专业的人啊！"

得知了小智哥的消息，靳红微微放松了绷紧的神经，长长地出了一口气："现场情况肯定非常紧急。老黎受过这方面的专业培训，以前也下水救过人，应该没啥问题。"

"明智还受过这方面的培训？这我还真不知道。他是不是故意瞒着我？这家伙还会什么？"蒋鹏程惊诧地说。

"他有什么好瞒着师兄的。按他的说法，这种技术最好永远用不上。"

"这是实话。这技术用上了，肯定是有意外发生了。明智怎么想起来学这个？他的工作与救援也不搭边啊！"

"说起来，他学这个还是因为2008年汶川大地震，咱们都在电视电脑前掉眼泪，老黎说人世间意外太多了。真有意外了，会些什么总比不会强，关键时候能救一个是一个，他就特意去参加了专业的救援培训。"

蒋鹏程点头说："明智有情怀、有大爱啊！"

"师兄，您可别拔高他。现在他人都失联了，这组织纪律性得多差！"靳红脸上总算有了点笑容。

"你不要担心，事故现场还有那么多人在，明智即便在一线救援，应该也不会有什么危险。"

靳红点点头，脸色却又凝重起来，小智哥应该不会有危险，可是小智哥在事故现场救援，这足以证明辣椒没跟他爸爸在一起。那辣椒呢？他在哪里？处境安全吗？

前一天晚上，夫妻俩微信视频时，小智哥跟她讲了一肚子的委屈，说他这个做爸爸的越来越不受亲儿子待见了，辣椒到了资永只匆匆跟他见了一面，话都没说上几句，就跟同学一起住青旅、吃路边摊去了。靳红先是逗他："怎么，在儿子面前失宠了？小智哥，你平时怎么教育我的呀？儿子长大啦，要给孩子自由！"接着又埋怨说，"你可真抠，也没请那几个小家伙一起吃个饭呀？"

"哪里是我不请啊！我都提前安排好了，说请他们吃资永河的大胖头鱼，就是带你吃过的那种，一条大鱼，一半红烧，一半清蒸，鱼头鱼尾煲汤。可辣椒不给面子啊，人家非要跟小伙伴儿去找原生态美食，还说什么苍蝇小馆藏美食。"

"哟，那辣椒可亏了。那种胖头鱼的做法，顶数资永最地道。苍蝇小馆藏美食，这不是你的理论吗？他这是侵犯你的知识产权了。你得维权啊，怎么样，要不要请我做你的律师？"

"得，在你们娘俩面前，我还是甘拜下风吧！"

"所以啊，由他去吧！咱们都答应辣椒了，高考之后让人家好好放松一下，他现在最想要的就是无拘无束、自由自在。"

事实上，辣椒到资永，是否去找他爸爸，提前征求了靳红的意见。

"律师大美妞儿，我决定去资永不找我爸了。"辣椒对靳红的称呼多种多样，除了妈妈，还有红红姐、纪录片小妹等，律师大美妞儿只是其中之一。这些名目繁多的叫法，经常被靳红的父母批评没大没小。黎明智倒是很赞同，说这样的称呼可以把真实存在的年龄代沟缩小，更便于跟孩子沟通交流，父母跟孩子本来就应该成为好朋友的。不过叫红红姐确实有些乱，显得他这个老爹比较老。辣椒就会接茬："要不我也叫你小智哥？"没等黎明智回答，靳红开口了："小智哥是我叫的，我专属！你这是侵权行为。"黎明智就在一旁观战，时不时添点油、加点醋，看究竟谁能成为战胜方。而后，便是一家三口的满室笑声。

"你难得去他那儿，还是去看看他吧，陪你爸吃顿饭，住一晚。等你上大学了，就更没时间陪你爸了。"

"那就奉红红姐之命，看看我爸，吃饭、过夜就免了，那得给我爸添多少麻烦呀！工作日他是处理工作，还是管我？你不是说，我爸专心工作的样子最帅吗？我可不能影响我爸工作。再说了，我陪你俩吃饭的时候多着呢，我得陪着你们变成老头儿老太太呢，不对，我红红姐得是俊俏老太太，哈哈！"

靳红被他逗得笑成了花儿："那你出门在外要多加小心，照顾好自己，跟小伙伴们也好好相处，遇事不计较，多包容多理解。"

"放心吧！我都这么大了，肯定能照顾好自己。"

辣椒答应靳红会照顾好自己。可是，他真的兑现诺言了吗？

靳红跟着蒋鹏程来到了资永大桥事故现场，仍是没得到任何关于辣椒的消息。

拉着警戒条的事故现场，气氛紧张又沉重，公安、消防、武警、医疗……各路力量投入紧急救援。河面上有冲锋舟来回游弋，打捞船上不断有人下水，水上水下的救援人员都在紧张忙碌着。

进不去警戒线里面，围观救援的老百姓就聚集在桥下观望，时而因有人获救而拍手叫好，连声欢呼，时而因有人不幸遇难而连连感叹。

各路媒体记者也已经来到了现场，架上了各种先进的拍摄设备，现场直播着救援取得的新进展。

资永大桥全宽二十米，双向四车道，道路中心实线清晰醒目。为了防止发生次生事故，原本车流如织的大桥实施了半封闭管理，车辆明显减少。事故发生后，更多的人自发选择了绕路而行，尽可能减少一切干扰救援的人为因素。

大巴车冲出护栏的地方触目惊心，位置正好是大桥中段，那个不规则形状的大豁口，仿佛一个巨大的猛兽露出了满口的獠牙。

很快，有人来到了蒋鹏程面前，简单汇报了一下救援的进展情况。

"有八人成功获救，已经送往资永人民医院治疗了。黎县出了些意外，现在也被送去了医院。初步确定，黎县的儿子也在大巴车上。"

说最后一句话的时候，工作人员的声音很小，可还是钻进了靳红耳朵里。这句话像惊雷一样，炸得她心神俱碎。

靳红顿时眼前一黑，耳朵失聪，嘴巴失语，失去了意识。

2/

靳红是大学同学中为数不多毕业就结婚、结婚就生子的一个。也就是说，当同学们都在满怀憧憬地奔向社会，欢天喜地挥洒青春，风风火火开始事业的时候，她正在经历十月怀胎从呕吐到腰背酸痛的种种不适，要去接受饮食习惯的巨大差异，接受从很少吃辣到无辣不欢的口味转变，接受原本每天一颗蛋变为见到鸡蛋就烦躁的心理转变，然后陪伴一个小生命从胚胎现形到人类婴儿最后变成人类小幼崽。

而她的事业从辣椒一岁半之后才开始。

对此，黎明智颇为愧疚，他清楚靳红宁愿多挨些累、多吃些苦头，也想成为既能照顾好自己，又能兼顾好事业、婚姻和家庭关系的独立女性。她懂得也认可梦想和现实之间有个过程叫付出。

他们相识之初，靳红的规划是毕业就到社会上历练，把根基扎得深一些，打得牢一些，做出自己的小事业。而后边工作边进修，不断晋级。两人都认同持续学习、终身学习的重要性，既然选择了法学，就注定要执行终身学习的守则。职业性质的关系，从事法学、医学、教育等行业的人，注定要像海绵一样，不断吸收知识，要不然就会成为一块干饼，失去存在的价值。其实，何止这些行业的人要不断学习，人生不就是一辈子持续成长，不断打破自己、重建自己的过程吗？

现实与梦想的差距总是过大，靳红终究比别人晚了几年才开始发展事业。且不说毕业季各种招聘对应届生和往届生友好程度的鲜明对比，毕竟那还只是一个阶段的短暂经历，可以尽量做到忽略不计。单说真正走入职场，所谓的"男女平等"就让人心生惧意，各种明晃晃、暗戳戳的规则，把职场女性的"最佳阶段"划分得格外清晰，未婚未孕优于已婚已孕，优于已婚未孕。别人至少经历过"最佳阶段"里的"最优过程"，而她直接进入了第二阶段，根本没有选择的余地，这对她何其不公，又是多么残忍无情啊。

靳红说："正月梅花带雪开，二月茶花等月来，三月桃花粉似海……花的种类不同，开放的季节也不一样。各时有各时的景，各花有各花的美。难道说，六月的荷花不美？八月的桂花不香？人跟花一样，不必非要挤在一起开花一起搞事业。

"再说了，我为什么要跟别人一样呢？张国荣的歌词里不是唱了吗？我就是我，不一样的烟火。独立又不单指事业，独立是有选择权、有决定权。我自己的选择我自己认。我承认失去了一些机会，可我得到的也是别人得不到的，从怀孕到生子这小三年，儿子就是我的事业。事业开始得晚也不怕，落后了，我就跑步前进呀。"

靳红做人做事总是心甘情愿，全力以赴。这个女人骨子里可执着可放弃，有着压不垮击不败的韧劲儿，对黎明智有着致命的吸引力。

他说她懂情理知分寸晓大义顾小节。

她反问，忘了她的刁蛮任性了？

他怎么会忘呢？

他和她的第一次亲密接触，是他的后背紧紧贴着她的前胸，这是他成年后和女性距离最近的一次。他能真切感受到她的胸部柔软而富有弹性，弄得他脸红脖子热耳朵发烫，心脏几乎要跳出胸腔来。她偏偏还要乱动个不停，她呼出的气息弄得他耳朵发痒、心猿意马，久久无法平静。

还有，她醉酒后的难堪，她那些耍无赖的小把戏……一幕幕他都记忆犹新，仿佛刚刚发生过。

原本他是非常嫌弃醉鬼的，准确来说是厌恶，深恶痛绝。可到了她身上，就变作了惦记和心疼。可见，人的喜恶因人而异，喜欢上了，给出去的就是不讲理由的偏心和例外。

醉酒出糗事件的第二天傍晚，黎明智把装着蜂蜜、牛奶的纸袋放到靳红面前，一句话都没说，悄然闪过，好像生怕留下他曾经接近过她的证据。

纸袋里除了蜂蜜、牛奶，还有一张字条，上面写着：靳红同学，蜂蜜和牛奶对肠胃好。

黎明智的字真帅气，清雄俊逸赏心悦目，颇有古文的意韵。一看便知是下了功夫潜心练习过的。

靳红觉得他的字比他的人帅，黎明智的形象绝对不是第一眼帅哥。中等身材，中等样貌，五官并不出众。让人过目不忘的是他的皮肤白而细腻，是那种太阳晒久了也不会黑，只会变成白里透着粉红的那种肤色。有着说不出的清爽素净，让人觉得他即使去泥水里滚上一圈，再站出来也是干净的。靳红很羡慕他的肤色。白到发光本来是很多女孩子梦想的肤色，却被他这个不搽胭脂不抹粉更不做防晒的男生给占据了。还有那一身自内而外散发出的书卷气，配上那副银边眼镜，简直就是民国时期饱读诗书的文人雅士穿越到了现代社会。

欣赏归欣赏，羡慕归羡慕，靳红还是想骂黎明智，这世界上怎么会有这样的傻瓜？怎么这么不开窍？明明是个学霸，入学时的成绩全系第一，智商这么高的一个人，情商怎么这么低？他明明可以借机问候一下她的，比如，靳红同学身体好些了吗？或者还像那晚一样，小声地吼她以后不许再醉酒了。别看她表面上一副若无其事的样子，实际上心里对他愧疚着呢。当然，为了避免使她难堪，也可以跟她一起讨论法学生的人生时艰，最不济也可以深入探讨一下食堂的黑暗料理，糖醋里脊、炒橘子瓣和麻花回锅肉，即便是像英国人一样谈谈天气她也愿意。

可是黎明智偏偏弄了个不咸不淡不浪漫的字条过来。古人都说翰墨飘香书笺传情，她在他的直男字条里，言简意赅的直白表达里，哪能看出半点情分，如果非要下个定义，至多可以算是同学间的相互关心吧。不过，似乎又超越了单纯的同学关系，字条上的叮嘱让她心里生起一种莫名的亲切感，让她想起了她严肃的老父亲，是的，没错，字条上的内容的确是一句老父亲式的叮嘱。

他明明只比她大一岁呀，这是她搜集到的最新情报。

当时的靳红没有意识到，自己为什么会刻意收集他的各种信息，处处留心他的情况，又为什么会对黎明智寄予那么多的期望，在脑海里设计了那么多电影里才会出现的桥段。

内心的埋怨并没影响靳红对蜂蜜和牛奶的食用。毕竟东西人家都放下了，不吃白不吃。没想到，蜂蜜和牛奶吃下去，果然就对症了，她身体的种种不适感明显败下阵去。

其实不用黎明智同学再凶她，靳红也已经下定决心，以后再也不醉酒了。酒可能是个好东西，毕竟华夏民族的老祖宗拥有杰出的智慧，绝对不会用宝贵的粮食创造出废物。然而虽诗仙可以斗酒诗百篇，酒带给靳红的只有胃肠煎熬加头痛，以及有生之年最丢脸的行径。

那晚是靳红第一次醉酒，第一次知道了醉酒的后劲如此之大。她的肠胃一直不舒服，酸胀伴着火烧火燎，一点胃口也没有，一整天什么都没吃，头也疼得厉害。偏偏那天是连着几节大课，所有课程结束后，她觉得自己的脑袋瓜已经成功变身为臭鸡蛋，还是在行驶车辆上摇摇晃晃的臭鸡蛋。哪怕她只是轻轻歪下头，或者旁边同学说话声稍大些，都会令她难受至极。

蜂蜜和牛奶就像一剂良药，缓解了她的难受，也让她感受到黎明智同学是关心她、惦记她的。行动是最有力的证明！

其实，人家对她何止是关心。她一整天萎靡不振、没吃东西的蔫巴状态，一点儿没遗漏，全都进了黎明智眼里。他挺生气的，怪她喝醉，怪她自控能力差，人家劝酒就必须喝吗？是不是个傻姑娘。怪她从优雅高贵的女神变成了荒诞不经的女酒鬼，虽然这个女酒鬼还有那么一点点的顽皮和可爱。

法学院里的美女同学不少，可她身上有股子劲儿吸引着他。他在火车站第一次看到她，无论从视觉上还是心理上都感觉特别舒服。"舒服"这个词最准确，就是怎么看她都顺眼都得劲儿，都愿意没完没了地看下去，看多久都不会腻不会烦。

因为被吸引，所以才会格外关注。黎明智能察觉到学生会副主席蒋鹏程对靳红的留心和关照，蒋比他高大帅气，颇像某位影视明星，外形更有男子气概，这令他有些自卑。在喜欢的人面前，多少都会有些自卑的，尤其还有一个比自己优秀的潜在情敌。

黎明智还能看得出另外两个男同学会制造机会跟她偶遇，那种跃跃欲试的劲头跟她的冷淡形成了强烈的对比。她是有主见的，清楚自己想要什么，适合什么，这让黎明智又重拾了一小点勇气。

正是这一小点勇气撑起了他的决定，这才有了后来他主动给她送蜂蜜和牛奶的举动。她那么聪慧，一定能猜到他的真实意图吧。

黎明智打心眼里痛恨酒。关于酒的记忆，可以追溯到刚刚记事时，或者更久以前。那时，他坐在爷爷怀里，爷爷便用筷子在八仙桌上的酒盅里蘸了酒，再把筷子尖放到他的口中。与母乳味道完全不同的辛辣刺激，让他顿时咧开小嘴，放声大哭，一颗颗眼泪成串成行地滑下，小手小脚乱蹬乱刨。这一幕，是他记事后爷爷讲给他听的。爷爷说："这个小子，尝到酒还哭起来了，真不像黎家的子孙。当年你爸小时候尝到酒，那可是笑着的。"

是的，黎明智不像黎家人，至少对于酒的态度，他不像。

黎家许多人都贪恋这杯中之物，不见必馋，馋了必喝，喝了必醉。人人都自诩海量，人人都是真正的酒鬼。醉了之后是赤裸裸的骂人鬼、打人鬼、闹事鬼。挨骂挨打的，必是黎家的女人和孩子。

从黎明智记事起，每次爸爸喝醉就闹、就骂、就打人砸东西。本来并不富裕的家里，锅碗瓢盆或是坑坑包包，或是缺边少角，或是支离破碎。家里唯一的镜子也是龟裂般的不规则块状，映照出这个家的岌岌可危。

很小的时候，每次爸爸变成酒鬼，他都吓得全身哆嗦着藏在妈妈身后。妈妈就像一只老母鸡似的把他和妹妹拽到身后，用瘦弱的身体挡在前面，保护着他和妹妹，不让爸爸挥舞的拳头、踢出的脚掌空降到他和妹妹身上。

妈妈恨酒，恨得咬牙切齿，恨得龇牙咧嘴。她更恨那个喝醉了从人变成鬼的男人。虽然每次酒醒之后，他都会懊恼不已，发誓再也不喝醉了。可是，妈妈清楚，自己的酒鬼丈夫是没有血性的，他的血管里流淌的全是发霉粮食做成的劣质酒。

但是，在那个奉行父母之命媒妁之言，以离婚为耻为丑的年代，为了给一双儿女一个完整的家，她忍受着一个时而为人时而成酒鬼的丈夫，挨过无数次打骂，直到那个醉鬼在某个冬夜，在离家只有三百米的大树下活活冻死了。

丈夫冻死了，手里握着一只空酒瓶，脱光了上衣，身体蜷缩着。她却没有流一滴眼泪，她冷静地处理丈夫的后事，让他体面风光地入葬，保全他最后的体面，履行着一个发妻的责任。人们都夸这个女人真刚强。

后来，她告诉一双儿女，她的眼泪早就被酒沤没了，那个酒鬼男人也不配享有她的眼泪。是的，她恨酒鬼男人，更恨酒。从此，黎明智家里再没有酒。

红瘿

黎明智第一次真正意义上喝酒是收到高考录取通知书那天。他和几个要好的男同学一起喝了酒，喝得并不多，他只喝了两瓶啤酒。第一次喝酒带给他的体会太深刻了，端起杯子，脑海里浮现出父亲醉酒后抡起的拳头，还有父亲那副凶神恶煞的模样。这两瓶啤酒，他是在同学们的劝说下才喝下去的。喝完第一瓶，他清醒如初，不，是神智更加清楚了，大脑细胞格外活跃，再喝完一瓶，大脑运转得更快了。就像别人用茶提神、用咖啡提神一样，酒精对他来说竟然有提神的功效。这让他既惊讶又恐惧，他感受到了基因的强大，迅速按下了暂停键。

"不行了，再喝就醉了。"他求饶道。

同学被黎明智的红脸红脖子以及红手掌吓到了，忙劝道："你别喝了，这脸色太吓人了。"

回到家里，即便处于清醒状态，黎明智也被妈妈痛打了一顿。妈妈用鸡毛掸子打他，边打边骂他是个小酒鬼，血管里面流的就是酒鬼的血，往下传八十代也改不了这个劣根性。

妈妈的打骂根本不带歇气的，动作和语言珠联璧合。他明白妈妈为什么打他。妈妈是在打骂被酒沤没的眼泪，被酒喝散的家庭，是在打那个给了她半生屈辱和不幸的被冻死的男人，以及那个男人的祖辈遗留的酒鬼血脉。

黎明智躲闪，却不反抗，他的眼泪直泻而下。他清楚，妈妈比他还要痛不欲生。

拿到录取通知书的那一天，因为酒，黎明智先是挨打，然后又被妈妈罚跪了两个小时。跪到最后，整个人都是打颤的，膝盖青肿了好多天。

妈妈消失了多年的眼泪像泉水一样涌出。那天以后，妈妈再没动过他一根指头，只是告诫他："黎家，再不能出酒鬼了。"

黎明智执着地跟自己的基因对抗，跟祖辈们给他的血脉对抗。即使再重要的场合，面对再重要的人，他也只喝两瓶啤酒。实际上，自己的酒量有多大，他也不清楚。幸好白得发光的皮肤给他打了最好的掩护，喝完酒，他的脸、脖子、胳膊都会变得通红。所有人都说，他对酒精一定是重度过敏。他总是笑着说："生命诚可贵，喝酒有风险。我是真没量，我认尿了。"

这些都是两人正式公布恋情之后，黎明智告诉靳红的。

黎明智说："酒桌上，我就是个尿人。我也知道很多人会因此觉得我不像大男人，何况我的皮肤本来就白，不少人都说我是小白脸。"

靳红说："咱们干吗要管别人怎么说，他们那么讲是羡慕嫉妒恨，是吃不着葡萄还要说葡萄酸，在我心里，小智哥就是个真正的大男人。"

其实，第一次听到那些，靳红的心里有惊有敬，惊的是小智哥的家族基因，敬的是那个带大一双儿女的要强女人。靳红看过那个女人的照片，女人看上去很是弱小，好像风大了都能把她刮走似的，可她又是一个内心强大的女人，独自咽下了生活和命运抛头砸下的苦难。未来婆婆是一个值得敬佩孝敬的女人。

靳红听得又怜又爱，她的小智哥竟然有这样的经历，竟然有这么强大的自控力。她原以为，这样不堪的家庭生活和父亲，只会出现在小说里、影视剧里。可见，文艺创作源于生活，果真不假。

自律者得自由，自控者得自己。黎明智实现了妈妈的梦想，黎家没出酒鬼。酒鬼基因，在他这里被硬生生掐断了。

黎明智也实现了自己的心愿，抱得美人归。他厌恶酒，也感谢酒，要是没有靳红的第一次醉酒，两个人就不会那么顺利地恋爱结婚。当然，更不会有新婚之夜那个奇怪的梦。

新婚之夜，靳红枕着黎明智的胳膊入梦。梦里，是一望无际的辣椒园，火红的辣椒成串地挂在辣椒树上。是的，她在梦里看见的辣椒是长在树上的，巨大的辣椒树，生机勃勃，枝繁叶茂。

靳红把辣椒树的梦讲给姐姐听，姐姐告诉她那是胎梦。"哪有新婚之夜就做胎梦的，姐，你太坏了，总是逗我。"她以为姐姐是打趣她，当然也不排除真心希望她早生贵子。

后来，靳红的小腹渐渐隆起，口味从之前的微微辣变成了无辣不欢。她这才相信，她的医生姐姐所言非虚。黎明智为此颇为自豪，说自己是一枪十环，正中靶心。

因此黎雨泽的乳名才叫辣椒。可是，这个小辣椒，改变的不只是靳红的口味，在出生时，还差点儿要了靳红的半条命。

3/

黎雨泽在资永大桥大巴坠河事故失踪名单里。这是黎明智第一时间掌握的，也是他最不想听到的情况汇报。

同样不想听到这种情况的还有靳红，偏偏这个消息直截了当地砸进她耳朵眼里了。

那些原本是汇报给蒋鹏程的事故情况，本来就应该是公开透明的，需要及时告知媒体和社会大众。于是，蒋鹏程身旁的靳红听得一字不漏。关于小智哥和辣椒的消息，令她如遭雷击，恐惧把她整个人都浸透了、浸傻了，让她瞬间失聪失语失去了知觉，仿佛进入另外一个时空，与这个世界失去了连接。

很快，靳红在人中穴的疼痛中清醒过来。她没注意是谁在掐她的人中，只知道掐的人下了狠手。是谁都不重要了，重要的是，她恢复了神智，重新与人世间的一切连接。

清醒后的靳红，第一反应是要跳到资永河里。她的速度之快，令人惊诧。

别人还没来得及看清楚靳红的动作，她的上半个身子已经探出桥面，幸亏身后的蒋鹏程和覃亦心手疾眼快一把拉住了她。

蒋鹏程脱口而出，腔调严厉中夹带着责怪："你怎么能做傻事？！"

覃亦心声音颤抖地说："小姨，你不能做傻事！"

是啊，按照正常思维推理，人们应该都以为她想自杀吧。尤其是蒋鹏程和覃亦心，毕竟事故现场，他们是最了解她的人。

接下来的时间里，靳红只能瞧见蒋鹏程和覃亦心的嘴巴在不停地开合，周围人的嘴巴也在不停地开合。她恍惚间觉得他们不像人类，他们像某种生物，对了，像鱼，吐着泡泡的鱼。在她百看不厌的 BBC 纪录片《蓝色星球》里，就有好多鱼，大的小的，凶猛的温顺的，狡猾的呆萌的，不停地开合着嘴巴，吐着泡泡，自由畅快，轻松愉悦。此时，她的辣椒也像纪录片里的鱼一样在水里吐着泡泡吗？鱼无论在深海还是浅海都能活下去。可是她的辣椒呢？沉入水里的辣椒呢？

事实上，靳红不是想自杀，她是想去河里寻找儿子辣椒。那一刻，她忘记了自己是不会游泳的，那一刻的她不属于自己，也不属于这个世界，只属于儿子。

曾经有过一道知名的选择题——妈妈和爱人同时落水，先救谁？当年，她刚抛出这个问题，辣椒就脱口而出："当然要先救我红红姐，红红姐不会游泳，又超级笨，怎么也学不会。"小智哥说："别，你去救你爱人。我的爱人我来救。还有，不要用同样的问题考验我，这个问题对我来说根本不成立。你奶奶不会掉水里，奶奶绝对不会干那么危险的事。你红红姐可说不准，一冲动真敢往水里蹦。"

小智哥太了解靳红了，早早就预言了她的选择。没错，为了儿子，哪顾得上会不会游泳？去救孩子是每一个母亲的本能。辣椒是她靳红丢了半条命才生下的儿子，辣椒出事，等于要了她的命。不，比她自己丧命还要痛上一万倍。等于用最钝的刀子，硬生生剜她的心头肉。等于命运的大手，活剥硬拽撕裂她的身体和灵魂。

靳红的本能反应，与黎明智不谋而合。这是两人在资永县人民医院病房见到彼此时，从对方眼睛里确认出的答案。两人都是想径直跳进河里找辣椒，不同的是一个跳进去了，一个被人拦下没能跳进去。

从恋爱到婚姻，二十多年的时光一起走过，两人沟通交流有些时候是不需要语言的，或者使用非正常语言便能及时完成。她在他面前的状态和在外人面前的状态完全判若两人。外人面前的她是干练的智慧女人。在小智哥面前，她更像一个还没完全长大，需要人宠溺的大孩子。比如平常日子里，原本正在看着电视，她的眼神瞟向茶几上的坚果，然后又瞟向小智哥，在坚果和小智哥之间来回流转。他就明白，她是想吃又想偷懒。他便默不作声地拿出工具，一粒一粒地剥好。比如他每个周一早早离开家去资永，她总会趁着辣椒没注意，偷偷伸出双臂，赖皮赖脸地要一个拥抱。他一脸嫌弃地小声嘟囔着老夫老妻了，却又毫不犹豫地抱上一抱，最后还会拍拍她的背。再比如，她在紧张时说的"那啥"，他总能准确地明白指的是什么。又或者她说，"那什么"怎么不见了呢？他总能准确地把"那什么"送到她手里。

默契这东西，有些玄妙。有些人朝夕相处一辈子也不会有，有些人一接触就会触动那根弦。靳红跟黎明智之间的默契，是在她第一次趴在他后背上那天就开始生根发芽，而后茁壮成长为一棵参天大树的。

黎明智与靳红在医院对视的第一眼，眼神是复杂的，却也是靳红第一时间就能读出来的，凭的就是二十多年的感情和默契。他的眼神仿佛在说：你怎么来了？你来了真好。我也在找儿子，但是没找到。我对不住辣椒，对不住你。除此之外，他的神态还告诉她，他现在无力又无助，需要她的支撑。

在靳红心里，小智哥是个非常有责任心的大男人。他形象不高大，在人群里并不显眼。可他做人做事却十足大男人的范儿，给予她和辣椒踏实安心的担当和温暖。从他嘴巴里说出爱的次数少到可以忽略不计，但爱的行动却多到数之不尽。是典型的内心波涛汹涌，表面风平浪静。从恋爱到现在，他的性情一直如此，很多不好的情绪他都自己一个人承受。靳红总是后知后觉，然后再愧疚地表达歉意，他总是笑着说都过去了，别放在心上。

眼下他需要她的支撑，这种情况很少见，他一向都是她的依靠。不，准确地说，大多数时候他是她的支撑，而在他需要她的时候，她也会坚定地站在他身边。长久以来，他们是彼此的依靠，用各自的方式为对方付出着。

病房里除了黎明智，还有医院的院长、一位主任、一名医生和一位护士。

"这是姜院长、李主任、王大夫和小杨护士，这是我爱人和外甥女。"黎明智介绍着病房里的几个人。

双方寒暄握完手，主任简单介绍了一下黎明智的病情，接着医院的几位就识趣地出去了，姜院长在前，其他人按照职务依次在后。

临关门前，小杨护士停了一下，转身回头说："黎县，有需要您随时找我，按床边的红色按钮。"

黎明智点头致谢。他清楚地记得，之前在资永河岸给他包扎的就是这位小护士，她说了她的名字，好像还戴着写有名字的胸牌。可他只记住她姓杨，姑且叫她小杨了。

靳红也挤出了一丝微笑点头致谢。天知道她这个笑容是费了多大劲儿才挤出来的，几乎调动了她还能指挥的全部情绪以及脸部肌肉。她看得出，那位护士的笑容跟她一样也是挤出来的。想来，这场事故把很多人的微笑功能暂时封闭了，事关那么多鲜活的生命，谁的心情能不沉重呢？

那几位医护人员出去后，靳红才注意到，这是一间普通的三人间病房。能看出病房的卫生不是特别到位，床头柜上残留的果汁痕迹清晰可见，床脚有一块不大不小的橘子皮，以及一张被团成了球状的包装纸。不过，病房还算清静，因为里面只住了小智哥一个病人。

不用猜靳红也能推测出，医院的领导一定会给小智哥安排特殊病房，或许还是医院里空着的豪华病房。据说，现在医院的病房分类复杂，顶级病房跟星级酒店的高级套房有一拼，各种设备一应俱全，护理照顾特别周到。虽然费用昂贵，但仍被人们追捧，特别是当有新生命降临，很多家庭都愿意为之付出高额费用。这样的特殊病房也常常会提供给特殊病人使用。但是不搞特殊化，是黎明智参加工作以来坚守的原则。靳红有时会批评他"低调到令人发指"。他反驳说："咱有啥理由不低调，本来就是微不足道的人。"他还经常用曾国藩"教子法"，把自己的诸多规矩言传身教给了辣椒。辣椒表面嗯嗯哈哈，心不在焉的样子，好像全没在意，实际上把爸爸的教导全记在心里，十之七八都遵守着。另外的两三分，留给了青春的自由、民主和随性。毕竟，他还只是个孩子。

也是因为这样的遵守，辣椒才会出现在事故大巴里。黎明智想狠狠地抽自己几个大嘴巴。可是即使抽了，又能补救什么呢？

覃亦心也在问候过小姨夫之后，走出了病房。辣椒出了意外，她也很难过。在她心里，辣椒是自己的亲弟弟，但她明白，最难过的人还是小姨和小姨夫。她把空间和时间留给了小姨和小姨夫，她想，他们一定有话要讲，她不想也不能做这个旁听者。

病房里只剩下了靳红和黎明智，安静得能听清楚两人的呼吸声。

"小妹，坐这儿来。"黎明智拍了拍床边，他的喉咙有些紧，鼻腔有些潮。那一声"小妹"叫得有气无力，又像是用尽了全身力气。他是盼着她来的，他知道无论发生什么，她都能跟自己携手去面对。他又是怕她来的，怕她问怎么没找到辣椒，怎么把他们的儿子弄丢了。

"小智哥，辣椒他……"靳红坐下，两人的手便握在了一起，两人的心也在这一刻联结在了一起。她的眼睛热烫起来，那个瞬间，她感觉小智哥和自己都苍老了。四目相对，两人的眼眶都要盛不住眼泪了，彼此雾气朦胧地望着对方。

靳红没有跳下资永大桥，没有进入冰冷的水里，可她跟着小智哥，把事故发生后的情形了解了个全面，她也跟着小智哥"扎进水里"把辣椒搜寻了一个遍。

事故发生后，黎明智第一时间赶到了事故现场，安排救援事宜。人命关天，抓紧一分钟，受难群众就会多一分生还的希望。他不允许自己有丝毫懈怠，也不允许别人有一丝怠慢。那个时候，他严厉得不近人情，因为救援第一，生命第一。

水文资料、现场气象条件、河上和地面搜救人员及装备集结情况、后方医疗准备情况，很快都在掌握之中。其他各个事项也在推进，黎明智对身边的人说，救人是第一要务，只要有一线希望，就绝不放弃。

很快，水下机器人开始第一次下潜，通过携带的高清摄像设备，将相关视频信息传输给救援人员。随后，救援人员进入资永河中，分批次、分地点潜入水下……

争分夺秒期间，一份事故涉及人员名单送到了黎明智手上。夹在众多人名中间的"黎雨泽"三个字，如同巨石砸进了他的眼里，也砸进了他的脑子里。他的脑袋轰地一片空白，心猛地一紧。他反复地盯着那三个字，没错，是"黎雨泽"，白纸黑字的三个字，清清楚楚，明明白白。

"名单核实确认了？"黎明智不甘心，不愿相信似的问旁边的工作人员，声音有些颤抖。

"仍在进一步核实中。不过，已经基本可以确认，毕竟现在购票都是实名制了。"

是啊，国家推行实名制购票，不就是为了给老百姓方便吗？不仅让"黄牛党"无机可乘，也是从旅客的安全考虑，如果发生车辆事故、突发事件等情况，可以及时查明乘客身份信息……

黎明智从没想过，这样的安全考虑会在自己身上得到实际应用。最初听到事故情况汇报时，他第一时间想到的就是儿子辣椒。因为按照儿子的行程安排，他今天要坐大巴回家。

当时黎明智还问了句："要不再多待两天，我陪陪你，等周末咱俩一起回家。"

儿子说："爸，您总是加班，哪有时间陪我呀，我可不给您添乱了。不用担心啦，我有同学一起呢。"

黎明智想想也是，晚上加班、周末加班是自己的工作常态，所谓的陪陪儿子恐怕又会以失信告终。小妹和辣椒对此好像早就习以为常了，确切地说，是理解他的身不由己。

黎明智叮嘱道："那你注意安全，到家打个电话或发条微信。"

"放心吧，咱大中国最安全了。"黎雨泽坚定相信，自己的国家最安全。

当年，黎雨泽最要好的初中同学去国外留学了。两人通过微信交流，对方一个劲儿地诉苦，说晚上根本不敢在街上乱逛，遇到抢劫的概率大到超出想象。最关键的是，想念家乡的各种美食，十几岁的孩子硬是把自己锻炼成了初级厨师水准。"哥们儿，咱现在做的蛋炒饭，粒粒裹蛋，色香味俱全。不过，大米太难买了。超市里的大米可少了，关键还不好吃。"

黎雨泽通过微信语音传递过去吞咽口水的声音，对好友的手艺表示了高度的敬重和盼望："那我更得去了，晚上闲逛给你做伴，省得你胆小如鼠。再说了，单单为了吃你做的蛋炒饭，我也必须得去啊。"

对方坚定地强调："黎雨泽，相信我，千万别出来，汉堡比萨能吃到你怀疑人生。咱大中国最安全，美食也最多。就是为了好吃的，你也不要出来。重要的事说三遍，不要出来，不要出来，不要出来。火锅、烤串、小龙虾它不香吗？"

辣椒想说，留学只是为了美食吗？离家求学不是为了增长见识学本事吗？再说了，哪有完美这一说啊，肯定是各有各的好，各有各的不好。想了想，还是打住了。毕竟自己在家里可以吃到各种口味的火锅、烤串、小龙虾，还是别气人了，把太平洋那头的好哥们儿馋哭就不好了。

不过，这次对话倒是让他打消了想要出国留学的念头。

这件事，父母听从了他的选择。原本在教育问题上，靳红和黎明智的态度都是民主的，学什么，去哪儿学，全由辣椒做主，他们只给他参考建议。他们认为只要大方向不跑偏，就尽量让孩子在成长的路上撒欢。

黎雨泽从此兴趣满满地投入到了原本还有些抵触情绪的高中生活，成绩直线上升。高考的表现，他自己满意，家长满意，老师、学校也满意。按照班主任的想法，可以冲刺一下清北，将来再进入国外常青藤学校深造。黎明智的建议是求稳，他不希望曾经发生在自己身上的事在儿子身上重演。辣椒听从了爸爸的建议，第一志愿报了自己喜欢的大学。

按照高考成绩估计，辣椒的录取通知书应该快要送达了。可是，他还没收到，也还没看到，他内心是多么期待啊。他曾跟父母描绘了对大学生活的种种构想，比如一定得学好主业，那是将来自己在社会上的立身之本。再利用闲暇时间把半途而废的绘画接续上，羽毛球也要练得更好些，以及他一直喜欢的摄影，当然，还有一个重点项目——像红红姐和小智哥一样，谈一场纯粹美好的恋爱。

那么，辣椒看到的是什么，是暗流汹涌的资永河水，还是和他一样求救的人们？抑或是资永河水深处藏匿的污浊？黎明智只恍惚了片刻，接下来，他注意到又一批救援人员在紧张忙碌地准备下水，便说："加我一个。"

身边的工作人员忙拦着："黎县，您别亲自去救人啊……太危险了。"

"没事，我有经验。"黎明智拒绝了"别亲自"的建议，力所能及的事为什么不能亲自？现在动不动就"亲自""别亲自"，吃饭难道不是亲自？睡觉难道不是亲自？救人为什么就不能亲自了？

黎明智曾救过两回人，一回是在公园人工湖里，一回在路过的无名河坑里。都是偶然，人救上来了，他就功成而退。

事后，靳红逗他："小智哥变身超人了。"

他说："你呀，就是电影看多了，拿我打趣。"

靳红不说话，眼神里的敬佩径直落在他的脸上。

他感叹道："谁能忍心眼睁睁看着一条命没了啊。咱一个普通人能力有限，能救一个是一个吧。"

可遗憾的是，这次黎明智却没救到儿子辣椒。他沉进水里，看得清楚水里的杂物，感受得到水流的暗涌，他甚至还跟着其他人一起救上来了一个人。他没能找到辣椒，一直到他的头被什么东西磕到，出血，让人拉上岸，被护士包扎好，又送到医院，他仍没有看到儿子。

"小妹，我找不到我们的儿子了……"

4/

黎雨泽从靳红和黎明智的世界里消失了，没有告别，没有挥手，再没了以往出门前对红红姐"操碎了心"的碎碎念。

从他读高中开始，母子俩的位置时常颠倒，嘴唇边刚刚长出绒毛样胡子的黎雨泽开始时不时"彰显"大男人英雄气概，仿佛红红姐是个孩子，得要他这个做儿子的来细心照顾。比如投进她手提包里的创可贴是为了有效缓解高跟鞋磨脚造成的伤害，比如小饼干、小干果之类的零食是为了让她临时充饥，有效预防低血糖症状的出现。

也没了黎雨泽对小智哥不着痕迹的关怀，比如放进衣兜里的独立小包装牙线，放在书案上的最新款眼部按摩仪和各种护眼贴。

靳红和黎明智时常感叹："都说女儿是贴心小棉袄，咱这儿子一点儿也不差啊，标准的暖男。"虽然偶尔也会有些小别扭，比如因为打游戏时间长引发的"内部战争"，比如"我不要你们决定我做什么，我要决定我做什么"

之类的"青春期战争"。不过让夫妻俩欣慰的是，无论战争是激烈辩论还是冷战处理，最终总是能够和平解决，化干戈为玉帛。

靳红说："辣椒就是那类来报恩的孩子。要不，怎么又懂事又有担当呢？我听老师说，他们班有个男生受伤行动不便，他跟几个同学轮流背着那个男生上下楼。他回家里一句都没提，这性格太像你了，不动声色地善良，做了好事也不说。"

黎明智说："孩子都是自己的好，你只要提起儿子，眼睫毛里都是喜欢。忘了他把你气得肝颤了？忘了你生气时说怎么生下这么气人的孩子了？还说人家是你上辈子的债主，这辈子就是找你讨债的，还有……"剩下的话，被靳红的眼神拦腰切断了。

靳红歪着头看他，眼神里尽是藏不住的狡猾。

他明白她什么意思，他太懂她的小伎俩了。她在他面前，跟在外人面前，完全是两种状态。哪种状态都真实，都是她性格的映照。只不过，眼前这种状态只会在亲人面前呈现。比如这一刻，她关注的重心已经从辣椒身上转到了黎明智身上。她的眼神是在接他那句"孩子是自己的好"的下一句，"老婆都是别人的好"。

"不要浮想联翩。在我心里老婆大人排第一，绝对没有并列。"

"又在哄我。你心里呀，工作才是第一。我可不敢争第一，能排个前三就满足啦。"

"工作和家庭要兼顾嘛。两者平衡，相互作用，相互促进，共同发展。正是因为小妹你守住了安定的大后方，给我无条件支持，我才能安心投入工作嘛。"

"哎呀呀，嘴巴这么甜，是不是又要连续加班了？还是又要连续出差，所以先给我颗甜枣尝尝？"

"这几天应该没有太多加班和出差任务。不过，临时性的事情太多了。我就是感慨，温馨家庭的重要性。小妹，我的观点和你的不太一样，仅代表我个人观点。不能把孩子分成报恩、报怨的，要我看，这世上的孩子都是来报恩的，不过是个人有个人的报恩法。有的孩子是学习好、事业好，给父母赚足了面子，但可能就要远离父母，忠孝两难全。有的孩子学习成绩一般，事业发展一般，但是能够好好陪着父母，生活各方面都有照顾，让父母尽享天伦之乐。总之这世上哪有十全十美的好，能占上六七分就已经相当不错了。当然，也有特殊例子，比如反社会人格等，我们今天不讨论。"

"你说得更客观，我接受。那你觉得咱儿子是哪一种报恩法？"

"哪一种不重要，从出生到现在，辣椒给咱们带来的快乐就是报恩了。我只要他快快乐乐生活，平平安安长大，将来有美满的婚姻，幸福的家庭。像我们一样，虽然有些小摩擦，但及时沟通，互相妥协，目标一致，就很好了。"

"你想得太远啦，感觉把将来做爷爷的事都规划好了。眼下他只要不再闹什么青春期的小别扭，我就知足了。"

"现在的孩子比咱们当年复杂多了。他们青春期的事还少吗？你忘了那谁家的小孩，动不动就来个离家出走爱自由，就差报失踪人口，启动定位系统寻人了。咱儿子真是不错了，至少不论把你气成什么样，都会来有言去有声吧。"

黎明智说的是实情，辣椒从来不会悄无声息地不告而别，哪怕是跟父母闹起了小脾气，或是生起了闷气，也会先打个招呼，而后在篮球场上的运动中，在跟小伙伴的游戏里，或者其他方法里，慢慢消化那些小别扭，甚至有时还会跟父母沟通感受，寻求解药。

沟通是这个家庭破解问题的良方，无论是夫妻间还是亲子间。沟通让这个家里有了温情，这份幸福里，辣椒的功劳最大，他是捣蛋鬼、淘气包，也是开心果和父母的奋斗之源。

当年，生辣椒差点儿要了靳红半条命。

靳红对辣椒早期胚胎时的记忆就是乖巧懂事。其他准妈妈都被孕吐折腾得死去活来，辣椒在妈妈肚子里时却安静温和，以至于靳红都在怀疑自己是否真的怀了宝宝。

她把这个问题抛给黎明智，面带委屈和不解："感觉自己像是假装怀上了，不但没反应，还食欲大增，胃口大开。"

"你是真的怀上了，绝对百分百，瞧瞧你那个围度。"黎明智先是指了指靳的红的肚子，接着又把眼光定格在了她的胸部，眼睛里闪着狡黠。

靳红的脸庞立刻滚烫，小声说道："坏蛋！流氓！"

黎明智哈哈大笑。

自从怀孕，她的胸部因为二次发育，围度呈现出直线上升的趋势，偶尔还会出现刺痛、胀痛，仿佛那两坨肉里发生着天翻地覆的化学反应。肚皮正中央出现了一条又直又粗的线，从心口一直延伸到了隐秘部位。最让她害怕的是，肚皮和大腿内侧出现了许多或长或短，或宽或窄，或粉红色或紫红色的波浪花纹。

最初，她有些不适应这样的变化。自己的身子怎么就莫名其妙变得这么丑陋了？原来引以为傲的光滑白皙的皮肤是要更新换代吗？要更要换也应该变得更美更好才对啊，哪有越变越丑的道理。

她把变得"丑陋"的皮肤给姐姐看。姐姐的安慰是教科书式的："十月怀胎、一朝分娩是每个育龄妇女的必经之路，在陪伴宝宝成长的过程中，经历着喜悦、烦恼、困惑，同时也有遗憾，比如妊娠纹，或多或少会给人造成一定的自卑感，你要积极乐观地理解，妊娠纹就是一枚军功章，证明你成功地孕育了一个小生命，带着他来到了这个世界。"

靳红眼睛瞪得圆溜溜的："靳医生，是不是你们这些医生看惯了生死，就会变得特别冷血呢？我讨厌这样的解释！是不是我这点儿问题，在您老人家眼里根本就是小题大做，是矫情，是大小姐脾气呢？"随着最后一个字落下，她又用鼻腔连续发出了几声冷哼。

姐姐唉了一声："瞧你的律师嘴巴，真不知道明智怎么忍下来的，也是，一物降一物，他不用忍，他那个性子能制住你，你就吃他那套。"

"瞧你这张医生脸，一脸严肃，怎么又扯到他身上了。他跟我一样学法律的好吧！他的专业课比我牛，全系第一。不说他了，接着说你，你为什么胳膊肘往外拐，总是帮他说话……让你给带歪了。说重点，您老人家先解决一下我的问题呀。这些妊娠纹也太丑了，我的皮肤是不是再也回不到从前了？"

"你啊，就是让家里人给惯的。医生看过太多，所以比普通人更明白，比起生死，其他都是小事。"姐姐把自己的"花肚皮"展现了出来，"哪有人随便就当妈妈呀，我的肚皮可比你的丑多了。以前不给你看是怕吓到你，怕你恐婚恐育。你忘了我怀着亦心时吃什么吐什么，从怀上吐到她出生，这条命差点儿折腾没了。你呢？吃啥啥香！睡眠也没受什么影响，生活规律也没打乱。你就知足吧！这孩子是你的福星。"

姐姐说的是实情。

别人都是孕吐得天昏地暗，靳红是食欲大开，见到什么都想尝一尝，酸甜苦辣咸鲜麻，样样都喜爱。就连看到路边小朋友手上的零食，她也想尝一尝，央求着对她实行饮食"严格管控"的黎明智，"我就吃一口，就尝一点儿，肯定不吃第二口。"

黎明智说："你每次都这么说，可是根本做不到。上次的冰激凌，你吃得完全停不下来。上上次的重庆九宫格火锅，毛肚、肥牛、鸭肠你一样都没少吃。还有那次的冰糖葫芦，你也说只吃一颗，最多不超过三颗，结果呢，吃完一串还要吃第二串……"

"这可怎么办啊？我是见什么都想吃，吃了也不吐。这不符合科学道理啊！"

"你可不能这么炫耀，这对别人是赤裸裸的伤害。"

"不过，我是不是吃辣太多了？"

"是有点儿多。小妹，大姐可叮嘱了，孕妇吃辣太多不好。"

"我这不是控制不住嘛。我以前没这么能吃辣，应该是孩子想吃，孩子随你了，超级喜欢吃辣。"

"这个有可能，孩子随爸爸也有道理。"

以前，确实是黎明智更能吃辣，靳红是在中辣和微辣之间切换。自从怀孕，她对辣椒简直到了每餐必吃的程度，看着红红绿绿的辣椒，她就会满心欢喜。

孕期反应小到几乎没有孕吐，喜辣……综合各种情况之后，七大姑八

红瘦

大姨认定靳红怀的是个女孩子。毕竟民间俗语有言"酸儿辣女",劝小夫妻去做个测试,毕竟大姐是医生,有这个便利,先看看到底是男是女。

黎明智果断拒绝:"为什么要看男女?都什么年代了,还要看男女?孩子平安健康就好!"

靳红给小智哥竖起了双份的大拇指。

给孩子取名的事犯了难,是取个女性的名字,还是男性的名字呢?是请长辈取,还是自己取?是找人算算生辰八字查查天干五行,还是由着自己的喜好来呢?

家里长辈倒是开明:"你们取吧。"长辈们只提了一个要求,现在重名的多,别取两个字的,重复的几率大。也别取四个字的,听着别扭,容易跟日本人的名字弄混了。再说,太长了不好记,孩子签名麻烦。弄得太复杂了,也是给别人添麻烦。老祖宗取名都是三个字,要取名就取三个字的吧。长辈们一致坚持,老祖宗的规矩肯定都是有道理的。讲不出道理的,是咱们这些后辈的悟性差,总之老祖宗都是对的。

两人在乳名上的想法倒是出奇一致。既然在娘胎里那么喜欢辣椒,乳名就叫辣椒吧,简单直接,朗朗上口。

黎明智让靳红取,她说只要不叫"黎靳",硬把父母的姓捏一块,别的都由小智哥定夺。

对于把父母姓氏加一起取名这件事,两人的想法高度一致。如果朗朗上口,自然无可厚非。但如果爸爸姓肖,妈妈姓张,难道给孩子取名叫"肖张"?名字叫出来是"嚣张",那不是给孩子添乱吗?

最后,黎明智给孩子取名黎雨泽。

"《礼记·礼器》,是故天时雨泽,君子达亹亹焉。雨,润天地万物。泽,惠泽天下。无论男孩女孩都可以用的名字。"

一切安排就绪,静待小生命的到来。

让妈妈在孕期水肿,小腿皮肤按下去就会明显下凹,过了好久也恢复不了,鞋子要穿大两个码,好像除此之外,肚子里的小辣椒没给妈妈捣蛋添乱。但是,总有"但是"让人猝不及防。与在母体中的安稳不同,黎雨泽的出生要了靳红半条命。

产前检查一切正常，骨盆正常、胎位正常、羊水正常，各种仪器一路查看过来，也都正常。可是，到最后胎位却不正常了。

经历了五个小时的阵痛，催产针也打了，医生告诉靳红，小辣椒在妈妈肚子里打了个滚儿翻了个儿，只能顺转剖，遭"二茬罪"。

靳红后来想，顺产是她自己的妄念。人家辣椒都让她平平静静度过孕期了，哪能让她一路顺下去呢？这个调皮的孩子就想在她的"花肚皮"上再补上一刀，而且是以惨烈的方式。

那天，手术室的麻醉师是姐姐的闺密，她平常日子里也把靳红当成小妹，亲热得不得了。身为技术骨干的麻醉师，在这次手术时更是精益求精，不敢有半点闪失，每一步都是精确无误。时间、麻药用量无一不精，无一不准。

可是，手术刀在靳红肚子上划开的时候，她发出了所有人都不敢相信的杀猪一样的惨叫。声音刺进她的耳朵里，令她不敢确定是自己的声音。可事实告诉她，是的，就是她的声音。

麻药为什么没有效果，为什么这么疼？不是应该在麻药劲过了之后才会疼吗？怎么现在就开始疼了？

"抗麻体质"四个字进入了她的耳朵。这个专业技术词汇是说，麻醉之后效果不理想。

"马上补麻药。"

药很快补上了，只能以适当的分量。如果这个时候再加大麻药用量，就会对她和孩子造成伤害。

药效仍不理想。接下来的过程，靳红只能用庄子老人家"生有何欢，死又何惧"的理论来形容，或者说不如死了更痛快。

有人把疼痛列为十级，"生剖"之痛应该列为几级她不知道。最直观的体会是，医生硬生生地切开她的肚皮，取出孩子，然后一层层地缝合。每一刀，每一针，都把她的心揪起来，都伴着她的嘶叫和哭号。

她隐约听见旁边的护士哭了，嘴里还嘟囔着："这还是人遭的罪吗？太让人心疼了。"

她还听到小智哥说要来手术室陪她，但好像让人给硬拦下了。

接着，她又听到了孩子嘹亮的哭声，那哭声非常有穿透力，好像在向全世界宣布，他来了。没错，一定是他，而不是她。从声音就能听出来，那是强壮有力、极有穿透力的声音。

果然，有人说："是个男孩，大胖小子……"

靳红的嘴角向上牵动了一下。她想开心地笑，可是身子一丝力气都没了，她的嗓子是哑的，连眼皮都抬不动。太累了，连呼吸都在消耗气力。她的身体渐渐沉睡，大脑神经却异常活跃，利用听觉、嗅觉、感觉搜集着周遭的信息，汇总后，成纲成目成条地收纳到大脑里。

而后，更可怕的事出现了。血从靳红的身体不断往外涌。她感觉越来越累，身子越来越沉，身体像被打开了水龙头，有液体不断涌出。她沉沉地睡去，只能感觉到身边的人在忙碌着……

靳红做了一个深沉的梦，梦中她走在黑暗长廊里，里面阴冷潮湿，水从四面八方淋在她身上，赤裸的脚下也是湿漉漉的，弄湿了脚趾，水好像还在不断上涨，像要漫过脚面，到达脚踝。她感觉很冷，全身渐渐冰冻的冷。她环顾四周，想找到一件衣裳或者披肩、围巾、毛毯之类的东西裹在身上，四周空荡荡的，除了阴暗冰冷再无其他。她麻木地向前走着，拖着没有知觉的身体。突然，她又听到了孩子的哭声，哭声像音乐一样悦耳，带着立体声混响。接着，哭声带来了一束光，光从黑暗长廊尽头穿入，温暖紧随而来，包裹住了她冰冷的身体……

真要感谢先进的医学技术，感谢那些不顾一切保护患者的白衣天使，靳红的血终于止住了。等她醒来，小辣椒已经躺在了她身边。

靳红看向刚来这个世界几个小时的小生命，感觉他们母子俩是穿越了生命的轮回，重逢在了人间。她笑了，小辣椒像是感知到了她的笑，也笑起来……

靳红顿时想到了刚才的梦，梦里的那束光分明就是儿子的笑。

第三章

夫妻罅隙婉拒芳心

1/

事故发生的第二天，黎雨泽最后一次躺在靳红面前。他比睡着时还安静，身材比平常站着时更显颀长。

与日常睡觉时又完全不同，床上的黎雨泽从头到脚蒙着白布。白布，原来也可以让世界变得醒目，变得刺眼揪心。白布，原来也可以成为诛心利器，比什么枪械火炮都有杀伤力。

靳红恨这块白布，它冷酷无情地把人心蒙得骨断筋折，千疮百孔。白布隔开了生死，隔开了她和儿子。不管她愿不愿意接受，白布把死亡硬生生地铺陈到了她面前。

以前，在她的认知里，死亡是名词，代表结束。现在，她突然省悟，死亡是动词，代表原本活生生的儿子从她的世界毫不留情地消失远去。两人之间从此不再有分享和安慰，不再有怄气和争吵，也不再有牵肠挂肚和冷暖相系。好的坏的，浓的淡的，爱到骨子里的一切，都在这白布前消失了。

突然之间，死亡给靳红原本生机勃勃的好日子画上了句号。谁不想让好日子一直延续下去呢？她曾想过，即使生活出现句号，也应该由她自己来定。自己和小智哥逐渐年迈，以尽量体面的方式告别这个世界，退出儿子的生活。而不是现在这样猝不及防的离别，白发人送黑发人，连句再见都无法奢求！这个世界怎么了，变得这么不讲道理，不讲程序，不守规矩，连个缓冲和过渡都不给。生老病死的自然法则到哪里去了？辣椒才刚刚成年，怎会直接迈入了死亡？！

在她对未来的憧憬里，有和小智哥退休后的幸福时光，比如一起参观很多博物馆，感受民族、祖国和全人类的伟大。一起漫步在全国或世界的各所大学校园里，从另一个角度体会青春的美妙和知识的浩瀚。一起去看在纪录片里见识过的地方，体验镜头与现实的差异，品尝不同地方的特色美食，感受不同地域的民俗风情……这些都被她列在了心愿清单里，等有闲了，就去逐个实现。

靳红对未来的设想更多还是以儿子辣椒为主，包括儿子考入理想的大学，谈一场纯粹的恋爱。大学毕业最好能继续深造，毕竟现在社会对人的要求越来越高，学海无涯。再说了，还有比校园时光更美好的人生阶段吗？她多么热爱和留恋美好的大学时光啊，那是她再也回不去的青春。她希望儿子的美好人生可以拉长些，再拉长些……

而后，儿子再进入事业与家庭的赛道，过上平凡但幸福的生活。

她曾经还猜测过，儿子会喜欢什么样的女孩。高高大大的儿子有时候会逗她"娇小玲珑红红姐"，生气时还会叫她"小矮人红姐"，口气里尽是嫌弃，眼神里尽是宠溺。那他应该会选择一个身材高挑的女生吧。不，专家不是说过，男孩子在选择伴侣时，经常会不自觉地选择与自己母亲相像的女人吗？不过也不能以貌取人，人跟人能长久相处，灵魂一定要深度契合。所以那一定是个能跟辣椒说到一起、学到一起、玩到一起的女生，一定是个善良温和又有主见的女孩子。他们会一起确定人生的方向，彼此照顾，共同成长，在人生的道路上相偕相伴……

靳红绝不会催婚，她希望辣椒为了爱和幸福结婚。她设想自己会做个可爱的婆婆，适当支持，不越界，不参与，给儿子和儿媳充分的空间和自由；也设想过自己会做个调皮的奶奶，跟孙子们抢零食，玩游戏。如果可以，她会跟小智哥一起带着孙子们去体验世界的美好，比如去大山里找户人家住上几天，带着孙子们去田地里，跟农民一起种水稻、收玉米，用实践来告诉孩子们什么叫粒粒皆辛苦；或者去体验一下渔民的生活。那样的人生光是想想，就幸福得冒泡了。

她喜欢这样的胡思乱想，珍惜这样踏实安稳的幸福。而这一切的男一号是儿子黎雨泽，她和小智哥都只是儿子人生的配角。

现在，突如其来的事故割裂了她的幸福。

儿子不在了，靳红还有未来吗？跟儿子相比，旁人眼里的事业成功算什么？法律精英这样的称谓，经营多年的一切，跟儿子比起来，都显得苍白无力。

空气里到处都能闻到悲伤的味道。

黎雨泽安静地躺着，他身边围着十几个人，父母、朋友和其他亲人，他们一个个都安静得不像话，能听得见的声音只有呼吸和抽噎，像是怕打扰了他，又像是怕撕裂了悲伤。

人们的安静把悲伤的氛围渲染得更加浓烈，更加悲怆，也更加让人无处躲藏。不，氛围里又何止悲伤呢？更多的是诗句里所描述的那样，无处话凄凉。原来，真正的凄凉是遍体通凉，却找不到恰当的句子形容。

靳红的魂儿仿佛丢了，她的整个世界都崩塌了。她能感受到自己十几年构筑的幸福在土崩瓦解，成为断壁残垣后又迅速铺盖上一层厚重的绿苔，覆盖了原来的色彩。

她身体的水龙头再一次被打开，如同小辣椒出生那天。不过那一次流出的是血液，她的内心在欢喜地迎接新生命的到来。这一次流出的是泪水，除此之外再无其他。没有哭号，没有捶胸顿足。

原来悲伤到了极致，她的表现是心如死寂。

靳红一直透过泪眼看着床上的儿子，儿子被包裹成了泪人，世界成了泪的海洋。

红瘿

靳红和黎明智从医院出来后，一直守在资永河边。

黎明智叮嘱覃亦心照顾好不吃不喝也不说话的靳红。

最初，黎明智是陪在靳红身边的。她的痛，他感同身受。辣椒是他们的儿子，她当妈妈的会担心、会惦记，他当爸爸的也一样。他的担心焦急，并不比她少半分。但他的爱一直是静水深流，深藏于心。何况，他告诫自己，这时候更要挺住，要是自己也撑不住了，小妹就一点依靠也没有了。他是男人，男人就要有男人的样子。

黎明智刚到靳红身边，她就撵他走："你陪着我有什么用，你去找儿子啊！去帮忙救人啊！救一个是一个！"她说这话时，语调里夹杂着怨气。黎明智感到有丝丝寒气直抵自己的心。他听得出来，她对他有怨，怨他也怨她自己，对儿子辣椒的关爱不够，叮嘱更不够。他和她一样，也在脑子里推演了种种设想，如果自己坚持不让辣椒坐大巴车回省里，如果坚持让辣椒周末回省里，或者坚持不让辣椒坐大巴，而是安排别的车专程送辣椒一下，如果自己多些坚持，多些强硬，多些霸道，结果会不会完全不同？可人生没有那么多如果，生命也不能重新来过。

靳红的情绪跟着救援进展发生剧烈变化。每当一个人获救，听到人们热烈的欢呼和掌声，看到获救人家属喜极而泣，她就看到了希望。

她跟黎明智说："小智哥，下一个被救上来的人可能就是咱儿子，咱可不能放弃，全世界都放弃了，咱也不能放弃。咱儿子年轻，体力好，获救希望大得很呢。"说这话的时候，她的眼睛里闪着希望的光。

靳红焦黄的脸色、惨白的唇色、坚定的语气和眼神，弄得黎明智鼻子一酸，眼里立马蒙了一层水雾。他扭过头去，不敢再看她的眼睛，怕那层水雾凝结成泪水。多少年了，他的眼睛里不曾有过的水雾，在事故发生之后，却间歇性地一次次升起，又被他一次次给压下去。

靳红跟覃亦心说："不用担心，咱们要相信辣椒一定能获救。辣椒从小就幸运，紧赶慢赶，总是能躲过灾祸。你还记得不，小时候他同学扔飞镖，正中他的脸上，当时就把他弄出血了，老师都吓得哆嗦了，惹事的孩子更是号啕大哭。大家都以为辣椒的眼睛完了，保不住了，当时吓得我腿都软了，也不记得怎么赶到医院的。医生检查之后，确定辣椒只是伤在眼眶上，差几毫米就伤到眼睛了。你说，多吓人。还有那次，几个孩子在楼梯上闹来闹去，辣椒一脚踩空滚了下去，结果只是擦破了皮，腿上青紫了几块。还有那次……"她细数着儿子从小到大种种化险为夷，遇难呈祥的经历，庆幸着儿子一次又一次的好运气。

"好运气一直跟着辣椒呢。这次肯定也是，说不定辣椒已经让谁给救下了，只不过消息还没传过来……辣椒说不定是被吓着了，一时间失忆，忘了自己是谁，忘了爸妈是谁。电影不都是那么演的嘛，好多小说也是这样写的。艺术来源于生活，这样的事肯定是存在的，我记得以前在新闻里也听到过……"

覃亦心听不下去了，她闪到一旁蹲下身子，不住地抽泣。小姨是在鼓励她吗？不，小姨是在给自己打气，也是在胡思乱想。这样情绪失控的小姨，是她自小到大从来没见过的。一阵子安静得一言不语，一阵子又不停地碎碎念，念叨的全是辣椒从小到大的各种趣事。这样的小姨神思混乱，情绪失控。再继续下去，小姨会完全崩溃。

果然，每当救援队找到一具遇难者的尸体，靳红的情绪就会瞬间崩溃，哭得跟遇难者家属毫无差别。有人说，世界上没有感同身受，针扎谁身上谁疼。但这一刻，靳红跟受难者家属的情绪是紧密联结的。命运的大针，实实在在扎在了她身上。疼啊，真疼，揪心地疼。平时辣椒小磕小碰，她都会心疼得不得了，何况，眼睁睁看着一个生命突然以这种惨烈的方式消失不见。

生命怎么会这么脆弱？就在几个小时前，这还是一个活生生的人啊，有说有笑、有悲有喜的人啊。可能还坐在长途公交上，用微信跟家人朋友说着行程，商量着见面后吃什么、做什么，是豆角炖肉、可乐鸡翅，还是火锅、羊汤、竹笋腊肉，或者闭目养神，做着甜蜜的梦……

一个人获救了……

一个人永远离开了……

靳红的情绪在希望和失望间轮转，在欣喜和失控中切换，在泪水泛滥里成了事故的另一群受害者，他们这些人有一个共同的名字——"事故受害人家属"。平时外人见到的那个干练女律师完全不见了，她的状态越来越差，脸色成了土灰色，眼袋、黑眼圈一股脑都冒了出来，唇色苍白，两腮成了下坠的姿态。只一天时间，她好像一下子老了好几岁。

她的变化全部落在黎明智的眼里，他焦急又心疼，他给靳红送过三次面包、一次加了卤蛋和火腿肠的方便面、四次纯净水。她只接过了他第四次拧开了盖子的水，喝了两口又重新盖好。两只手似乎跟纯净水瓶较劲似的，轮番捏来揉去，仿佛那瓶水能缓解她的压力。她的眼睛直勾勾地盯着资永河面，盯着救援人员，看也不看平日里被她视为主心骨的小智哥。

是的，她怨恨着他。她心里明白，这样的怨恨没有道理，可她总得把怨恨撒到一个人身上，才能让自己好受一些，而这个人必然是，也只能是黎明智。她怨他怎么偏偏让儿子在资永出了事。她恨他，在他眼中，儿子远没有工作重要。不然他怎么就不能分出点儿时间陪陪儿子，或者亲自送儿子回省里呢？这回好了，以后就让工作陪着他孤独终老吧。

靳红的冷和怨，在眼神里，在情绪里。随便一个人让那样的眼神和情绪扫过，都会感觉像是被人径直甩进了寒冬腊月的冰窟窿，彻骨的寒冷浸透骨髓。

黎明智被她弄得陪着不对，不陪也不对，劝着不对，不劝也不对，总之，怎么样都是错。偏偏他又不能把全部心思放在她身上，甚至可以说，他只能抽出一点儿精力放在她身上，毕竟眼下对他来说，救援才是最重要的事。

虽然领导和同事了解到他儿子的情况，都让他不必再忙着救援，照顾好自己和爱人。可他现在不能闲下来，要是闲下来，他会想得更多，也会更加自责。他得忙起来，只要还有一线希望，他就不会放弃寻找儿子，而且最好是亲自找到，哪怕用他的命交换儿子的平安，他也愿意。

他看了看靳红，明白这时候说再多也没用，除非找到儿子。儿子才是解药，找到儿子才能破解小妹的"心魔"。他转过身加入了救援人群，背影里尽是落寂和无奈。

　　覃亦心把一切都看在了眼里，她央求着："小姨，你别这样，让人看着太难受了。你别那么对小姨夫。大巴车不是小姨夫开的，辣椒也不是小姨夫带来资永的，这事不能怪他。他心里也难过，你别怨小姨夫了……"

　　靳红不理会覃亦心的劝解，也不理会黎明智来到她身边，又从她身边走开。她懒得去看他。她只是望着资永河和救援人员。资永河啊资永河，你凭什么平白无故收走了这么多条人命？那只是几条命吗？那是几个家庭的幸福啊！

　　覃亦心想找个人劝劝小姨。看来看去，目光落在了蒋鹏程身上。

　　蒋鹏程一直没离开事故现场，跟相关领导和救援人员沟通情况，安排救援事宜，忙碌得没有时间去顾及靳红，救人是现场所有人的第一大事。这时候的蒋鹏程眼里布满了红血丝，他一路摸爬滚打到省交通厅副厅长的位置上，也是个资深的工作狂。他深知这起事故受到了全国人民的关注，救援的每一点进展，都牵动着许多人的心。这种时候他必须坚守在第一线。

　　覃亦心趁着蒋鹏程身边人稍少些的时候，走到近前，说道："蒋厅长，您去劝劝小姨。她……唉……"

　　蒋鹏程跟工作人员交代了一些工作，走到靳红身边。他看了她一阵，发现她没有任何反应，好像根本没意识到他在看她，而他明明就在她身边。她的思绪被资永河水浸透了，脑子里装的全是事故。

　　蒋鹏程长长地叹气，抬了抬肩膀像在收集些力量。他拍了拍靳红的肩膀，她抬头看了看他，面无表情。停了几秒钟，蒋鹏程很严肃地说："靳红同志！救援还在进行，雨泽就有希望生还，请你振作起来！同时，请你换位思考一下，明智这个时候多难，一边是老婆孩子，一边是工作责任！请你理解他一下，并且纠正自己的错误想法。"

　　靳红仍旧面无表情。虽然蒋鹏程说得准确到位，说透了事实真相，也说中了她和黎明智的心理。

　　黎明智想找到儿子，可是他找不到。他懊悔为什么没有劝下辣椒，让儿子周末时跟着自己一起回家。他更懊悔，为什么一直以来对儿子那么严格，为什么给儿子定那么多规矩。

时间过得很快，救援仍在紧张地进行着。围观的人群也从原来杂七杂八的议论，变成了安静等待。一个又一个生命的离去，一幕又一幕悲欢离合，把人们弄得身心俱疲，反思何为生命，何为生活，人来到世间的意义究竟是什么。

为什么有的人想活下去却活不成呢？

资永河水就像永动液体，不知累也不知乏，不停歇地流淌着。夜色中的河水在灯光的映照下闪着波光，如果古代的诗人穿越而来，说不定还会赋诗吟句，畅谈美景。可见，心境才是美景的映照。

眼下，美丽的景色成了赤裸的讽刺，成了直白的伤害。深夜的资永河桥下，四处都被探照灯照亮了，即使藏在角落的流浪猫狗都无所遁形，却照不亮受难者家属的心。

桥下一处临时码头边，几名救援队员全副武装，转身跳上冲锋舟，向河中心驶去。这样反反复复地寻找，从事故发生后，一直就没停过。夜幕下的救援仍在紧张有序地进行着，没有半点松懈。"不到最后一刻，绝不能放弃"成了每个人的坚持。

其实人们并不知道目标在哪里，平时他们也没觉得资永河这么深、这么大。资永河默默无闻，如果不是这场事故，这个世界很多人都不会知道这条河的存在，现在它却以这样的方式成了新闻主角。

不止一个人说："人活着有什么意思啊，说没就没了。以后别争这争那了，好好享受人生吧，该吃就吃，该喝就喝。"还有人说："以后得对亲人好一点儿，要不然真出了意外，得多后悔，想补救都没有机会了。"

夜越来越沉，大家都有了困意，开始有人陆续散去。焦灼消耗着人们的精神气力，还有信心和勇气。

一个又一个人走到靳红身边，劝她先去休息一下，可是她不想走。她想，万一这个时候儿子得救了呢。现在的河水多冷啊，儿子在水里待了那么久，被救上来时会冷得浑身发抖吧。她想让儿子一获救就能看到自己，然后第一时间抱住儿子，给儿子好好暖身子。

命运公平吗？

命运在第二天清晨把儿子的尸体推到了靳红身前。

靳红盯着儿子的身体，就像不认识一样。她仿佛生出了巨大的力气，推开儿子身边的人，伏在儿子身边仔细地看。时间在悄无声息地流逝，一秒钟、十秒钟、二十秒钟……突然，她发出了一声惨叫，声音凄唳，完全不像人类的声音，那是一种歇斯底里的母兽般的嚎叫，而后悄无声息地倒下了。她倒在了黎明智的怀里。她的血压、心跳、生命体征全都降到了最低限度。

她不清楚医护人员采取了什么样的抢救措施，让她重新清醒。她的身体似乎也不再是自己的，可她的思维还在。她的耳朵里是儿子婴儿时期的哭声，儿子从小到大的成长片段在她的脑海里飞快闪动，像四维电影一样栩栩如生……

清醒过来，靳红终于承认了一个事实。她的儿子被大巴车事故，被翻腾的资永河水带走了。

她，再也没有儿子辣椒了。

2/

中文真是世界上最丰富、最优美的语言，表达既准确又强而有力，能把人世间的悲欢离合各种情感全都精准地表达到位，晴天霹雳、痛不欲生、肝肠寸断、心如刀割、哀哀欲绝……随便一个词用来形容靳红这时的心情都是恰如其分，不差分毫。

儿子的尸身蒙着白布，静静地躺着。靳红做出了一个让所有人都惊诧的行为。她躺到了儿子身边，她轻声说："让我再抱抱儿子吧，我再也抱不到了……"

包括黎明智在内，想要拉开这对母子的手都瞬间定格。是啊，再让这个妈妈抱一抱儿子吧，这是母子间最后的拥抱了。

红瘦

隔着白布，靳红和儿子头挨着头，身挨着身，心挨着心。她伸出胳膊，小心翼翼地环住儿子的身子，一只手在儿子身上轻轻地拍着，就像儿子还是十几年前那个小婴孩儿，又像她的动作稍大一些，就会吵醒了熟睡的儿子。

她的眼神直勾勾的，像在看着什么，又像是空无一物，只有泪水在脸上肆意妄为，胡乱蔓延。

目睹这一幕的亲人们不忍看下去，都扭过头去。

靳红最后一次抱住儿子，任凭别人怎么劝说也不肯放手。人们掰开她环着儿子的手臂，想硬生生地将他们分开。她身上像生出了无穷的力气，死命抱着儿子。她明明身心俱疲，已经接近虚脱，却仍旧不想跟儿子分开。

后来他们终于分开，但靳红说什么也不同意把儿子火化。

"咱们买个最大的冰柜，让辣椒睡里面，说不定哪天儿子就活过来呢……"她的眼神里是乞求，是幻想，是一个妈妈奢望的奇迹。

这一句，又一次让人们眼泪泛滥。

黎明智的眼泪就要顶不住了，他何尝不希望儿子会再醒过来呢？可理智告诉他，儿子走了，再也醒不过来了。他的心一滴一滴地流着血，可他得冷静，得清醒，得处理好儿子的后事。

靳红再怎么哭，他也不允许她去看儿子最后一眼，送到最后一步。

她说："儿子是我生下的，我要送他。"

黎明智只有硬生生冰冷冷的两个字："不行！"

亲人们配合着黎明智，拦住了靳红。

黎明智目睹儿子被推进了火化炉，进炉前，他伏在儿子身上，紧紧地抱了又抱……身高比他都要高出一个头的儿子啊，此生再也看不到了，再也不能抱到摸到了。老天爷太不公平了。真要是自己做了孽，也应该报应在自己身上，让自己不得好死，哪怕是千刀万剐，哪怕是五雷轰顶，而不是由儿子来承担。

他自责愧疚，没有照顾好儿子，一生的遗憾，这辈子再也没办法弥补了。红红的炉火啊，炙烤着他那颗越发干涸的心。

黎雨泽的追悼会在省城云州进行。

追悼会期间，靳红一言不发。她的嘴巴像是被封印了，失去了语言功能。

靳红的眼泪安安静静地流淌着，那种平静瘆得人心慌。她平静的样子，比声嘶力竭的哭号更让人难过。她像一夜之间掉光了叶子的树，只剩下光秃秃的枝干。

覃亦心寸步不离靳红。家里人做着最坏的猜测，她会不会自杀跟随辣椒而去？谁能说得准她的脑子里在动什么念头呢？毕竟，辣椒是她的命。虽然她表面看着坚强，可她的状态比大声哭号更让人心生恐惧担忧，谁会不知道她的心里已经是千疮百孔了呢？死对于现在的她来说是一种解脱，死了就不会再痛苦、再思念，也不会时刻煎熬了。

亲人们还能劝什么呢？应该说应该劝的话说了一次又一次了，别说一个筐，就是十个百个也装不下了，她又能听进去多少呢？现在的策略只能是死看死守，分秒不离人。

众人不敢过多地去猜测靳红的想法和心态，只是连声叹息"天有不测风云"。

参加追悼会的客人名单由黎明智拟定，通知的都是家里的直系亲属。他想让孩子安静地走，少受些打扰。最主要的还是担心靳红再受到刺激，人到中年，有些痛苦只能靠时间去慢慢地淡化。丧子之痛，注定会伴随一生，这是他和小妹命里的劫数。

至于家里的老一辈，他的母亲和靳红的父母，从事故发生到追悼会，一直被蒙在鼓里。对这三位老人，他的想法是能瞒一时是一时。

黎雨泽的老师和部分同学也来了。同学们对着黎雨泽的遗照哭成了泪人，老师也红了眼眶。其中，哭得最悲惨的是一个男同学和一个女同学，两人有些情绪失控，幸亏有同学们不停地安抚，才没闹出更大的动静。

告别前，两人走到了黎明智和靳红面前，深深地鞠了一躬。

女同学哭得整张脸都肿了，显然来到这里之前，她已经哭了一场又一场。现在，她的眼睫毛都被打湿了，说出的话有了颤音："叔叔、阿姨，对不起。都怪我，如果不是为了到资永来看我，黎雨泽他也不会，对不起……真的对不起……"尽管旁边的人都说不怪她，可她的眼泪和自责完全停不下来，兀自不停地说着："对不起，真的对不起……"

对话间，靳红记住了这个女孩的名字叫陈晓蕾。虽然陈晓蕾素面朝天，又哭得红肿了眼睛，却依旧掩盖不住秀气温婉的气质。她当时心里立刻生出了一个念头，儿子为什么会专程去资永看这个女孩，难道她是他的女朋友？虽然儿子从未提过自己有女朋友，但是青春期的少男少女正处于情窦初开的年纪，有暧昧对象是正常的。儿子的眼光真好啊，这样的女孩子谁会不喜欢呢？清清爽爽，温温柔柔，他们一定是互相欣赏的。如果儿子还在，他们俩的青春故事得多么完美。万恶的大巴车事故，该死的资永河，把一切美好全都撕裂了。

靳红抱住陈晓蕾，两人的眼泪一起泛滥成灾。此时她们就像一对母女，像一对婆媳，站在了同一战线，共同悼念着一个刚刚成年的男人，她们共同爱着的那个男人。

哭得最惨的男同学走到黎明智和靳红面前，泣不成声地说："叔叔、阿姨，我是黎雨泽的好朋友。我跟他一起去的资永，我俩都在大巴车里，我得救了。可是他却……以后，我就做你们的儿子……"说完，男同学径直跪在了他们面前，咚咚磕起了头。

在场的所有人都是一惊。虽然说同学如兄弟，但这样的大礼和承诺，实在是太重了，重到惊吓到了在场的人们。

黎明智和靳红连忙扶起了男同学。黎明智说："孩子，你言重了。谢谢你，谢谢老师和同学们来送雨泽最后一程。"

男同学哭得更加猛烈，完全停不下来了，边哭边说："对不起……为什么是我活下来了，可是雨泽却……都怪我，我没用……"

黎明智说："孩子，你不要自责了，这不能怪你。咱们都不希望出这样的事。"

"不，怪我，是我不好。为什么被救的人是我，不是雨泽，为什么？"

　　哭号中，男同学的情绪失控。他不停地抽打着自己，自责着："都怪我，都怪我……"旁边的同学连忙把他拉走。孩子们是那么善解人意，理解这对苦命爹妈心里的苦。这个时候，别人再难过再伤心，还能比亲生父母更难过更伤心吗？

　　别人的难过、哭号和失控，只会惊醒这对爹妈更多的悲痛。悲痛层层加码之后，他们只会更加心如刀绞。

　　儿子的小伙伴们都在，他们可以哭，可以笑，可以说话。偏偏，只有她靳红的儿子不在了。

　　靳红除了"无理取闹"把责任硬赖到小智哥身上，找不到其他可以责怪的人。谁是害死儿子的"真凶"？她突然醒悟，她不能萎靡，去死容易，活下去才难。还有一件重要的事在等着她去做，她得去追查事故的真相。无论真相是天灾还是人祸，她都要去探寻一下，找到"真凶"。

　　她环顾四周，想找到刚刚的男同学。虽然她神思恍惚，可她还是清晰地听到了，男同学是跟儿子坐在同一辆大巴上的，那么，他们在车上经历了什么，之后又发生了什么？她还没来得及问那个男同学的名字。她得去问一问，去查清楚真相，这才是她这个妈妈应该做的事。可是，举目四望，同学们的身影全都不见了。

　　就在几分钟之前，老师已经带着同学们离开了。同学们好意地看望安慰，只会更深地刺激这对父母，老师是靳红的同龄人，同为人母，懂得这对父母的感受。

　　所有人都想知道大巴车坠河事故的真相。

　　其实，事故发生的第二天，坠河大巴车的黑匣子已经被成功打捞上来，事情的真相远比人们想象的要简单。监控视频显示，大巴车司机没有发病，也没有乘客去抢司机的方向盘，更没有司机与乘客的争吵。一切都很平静，就是司机突然转向，把车开进了河里。

　　司机身上究竟发生了什么事，是跟家人、同事发生了不快吗？司机是抑郁症患者吗？一切尚在调查中。

人们太想知道事故真相了。其中，最想知道真相的是遇难者家属。他们咒骂大巴车司机，可骂得再狠也无济于事，司机在事故中死了，已经什么都听不到了。

追悼会结束，靳红拒绝了所有亲人要陪着她的强烈要求，包括她的亲姐姐。她平静地说："我想静一静。姐、姐夫，你们去陪陪爸妈，之前辣椒答应过，从资永回来就去看他们。爸妈一直没见辣椒，也没打视频电话，他们肯定会胡思乱想了。"

"亦心，你好好陪陪姥姥、姥爷，你鬼点子多，想办法先骗骗他们吧。骗一时是一时，姥姥、姥爷年纪大了，经不起……"她哽咽了。

她的冷静安排，她的周到细致，让人们稍微松了一口气。那个冷静的律师精英又"复活"了，虽然还没满血，但不过是时间问题罢了，她还是她，铁打的她，铁娘子一样的她，不会被任何事情击倒。

黎明智一直看着靳红，心里惴惴不安。他太了解她了，比她自己更了解。别人以为她还能冷静地做出种种安排，能想到安抚年迈的父母，一定是渐渐恢复了往日的平静，接受了儿子离去的事实。只有他知道，靳红是在硬撑。

自从儿子离世，靳红疏于打理自己的外在形象，现在的她头发乱蓬蓬，脸色苍黄，完全没办法跟以往相提并论。仅仅几天的时间，她就有了白头发，眼角的皱纹、微肿的眼袋也都跟着凑热闹。

人啊，从年轻到变老，有时只是一瞬间。

丧偶的女人叫"寡妇"，丧偶的男人叫"鳏夫"，失去父母的孩子叫"孤儿"，丧子的父母呢？因为大部分家庭都是独生子女，于是有人为失去子女的家庭创造出了一个新词"失独"。

"失独"实在是残忍，用灭顶之灾来定义一点也不为过。

一切结束了，尘归于尘，土归于土。

黎明智和靳红回到家里，两人相对无言，四目含泪。

"小妹，我去给你做点吃的？"

"不饿。"

"那你睡会儿吧。"

"睡不着。"

沉默。持续的沉默。

靳红终于起身了，径直走向儿子的房间。她在卧室门口停下，身子倚着门框，跟往常她进儿子房间的习惯一样。儿子极少关门，他的世界一直是对着他们开放的。打开的既是门，也是儿子的心。

曾经，这门也关过一段时间。那是辣椒读初二的时候，他还在门上贴上了纸条，上写："有事请敲门"。那时候的辣椒正值青春叛逆期，张口闭口"自由、民主、人权"，尽管他都没有搞清楚自己讲的是什么，要的是什么。

直到读高中之后住校了，学校实行封闭管理，每个周末再回到家里，辣椒不再关门，他说："还是家里最舒服。"他会给父母讲起学校里的趣事，逗得父母哈哈大笑；也会说起遇到的小困难、小困惑，寻求来自父母的建议。

那时起，辣椒的心一直对父母开放着。

靳红环顾儿子的房间，她的眼神像电影里的长镜头一样扫过。儿子房间的墙面被划分出几大区域，分别是照片区、荣誉区、偶像区。

照片区里是辣椒从小到大或单人，或与父母、亲属、小伙伴们的合影。辣椒百天时的照片、第一次自己走路时的照片、第一次吃到辣椒被辣哭的照片、第一次戴上红领巾的照片、在球场上的照片……靳红拿起一块方巾，一厘米一厘米地擦拭着儿子的照片。

荣誉区里有各类奖状、领奖照片，还有各式各样的奖杯、奖牌。辣椒总说自己是个"杂家"，他的兴趣广泛，各种球类，羽毛球、乒乓球、篮球、足球、网球，他都能参与其中，绘画、摄影、吉他、雕刻……每一样都玩得有滋有味。他曾说："我的妈妈再也不用担心我的人生无趣了，瞧瞧，咱这小生活充满阳光。"

偶像区里，既有篮球明星姚明、科比，大侦探福尔摩斯，动漫人物哆啦Ａ梦，还有科学家钱学森、袁隆平。最令他们这对父母没有料想到的是，毛主席、周总理也在儿子的偶像区里。当时，辣椒竖起大拇指夸赞："他们才是最酷、最伟大的偶像。"

十月怀胎的辛苦，一天天长大的幸福，往事点点滴滴在照片里复活。

靳红问自己，究竟做了什么缺德的事，才会让儿子惨遭这样的灾祸。

在儿子的房间里，靳红终于放声痛哭，她拍打胸口，拍打地板，大声哭叫："再也不会有人管我叫妈妈了，我再也没有儿子了，辣椒你怎么能这么狠心扔下我，你让妈妈以后怎么活下去……"

客厅里，黎明智"陪着"她一起哭。他也在问："为什么会这样，儿子你为什么要扔下爸爸妈妈？"

黎明智不会进到辣椒卧室去阻止靳红哭。必须得让她哭出来了，她的压力已经达到了顶峰，再不释放，她人就要爆炸了。

靳红一直哭，直到天完全黑透了，直到儿子房间窗外的天上出现了月亮和星星，她才止住了眼泪，呆呆地望向窗外的星空。

她在想：天上的星星里，是不是有一颗就是儿子呢？儿子是不是正在看着她呢？

黎明智悄悄走进了房间，坐在她身边，把她拥在了怀里。

"小妹啊，我们只剩下彼此了。"

3

往后余生怎么过？

当曾经的种种美好梦想被掐断，以永远不能接续的方式，彻底决绝地戛然而止。生活怎么继续？没有人能给出明确的答案，也没有人能指出正确的方向。终究在这世上，谁也不能代替谁享福，谁也不能代替谁受罪。上天公平，该是谁的就是谁的，其他人想争也争不到，想夺也夺不走。

一切好像都没变，一成不变的日升月落，一成不变的琐碎日常。白天人们冲向梦想，为了赚几两碎银忙碌奔波。夜晚人们修复重整，为第二天的重启积蓄能量。日复一日，年复一年，周而复始。偶尔人们会问：活着有什么意义？关于这个哲学命题，没有标准答案。或者活着本身就是意义吧。

唯一不变的是变化，世界上每天都有各种事件在发生，大到洪灾暴雨森林大火把地球伤得面目全非，各种战争让人类流离失所，小到树叶在晃动，鱼儿在游水，蝉在表演集体大合唱，黄鼠狼在虔诚拜月。

变化总在进行时，生活中，有人闯入，有人离开。有些人离开是暂时的，为了再次重逢。有些人的离开则是永远，比如遭遇天灾人祸、病痛折磨。此生再不相见，人生再不能重新启动。

逝者已去，留下的人怎么活下去？不，应该说是怎么熬下去，熬辛苦、熬想念、熬忍耐，窘迫地走过时间，迈向终点。

黎明智和靳红的生活好像还是老样子，家里的陈设没变，家具还在固定的位置，静音时钟还在按照固定节奏一丝不苟地转动着，辣椒爱喝的"肥宅快乐水"仍旧在冰箱的固定位置上，辣椒喜欢的辣条、薯片、剁椒鸡爪等零食也在零食筐里。

生活，好像还像以往。

生活，真的和以往一样吗？

夫妻俩闭门在家里待了三天时间，不出门，不见人。不理会天黑还是天亮，不管外面是起风下雨还是烈日灼热，不去关心世界上发生的任何事。他们的共同感受是麻木和茫然，他们的情绪压抑而沉闷，他们身心俱疲，病入膏肓却无药可解、无医可救。

最初，靳红手机是正常开机的，不时有电话打进来，她调整情绪去接听，然后感谢来自不同人的问候和关心。但在接听几个电话之后，她的情绪直接崩溃了。手机平白无故成了发泄对象，被她甩到了床上。冲动让她想把手机直接掼到墙上或者地上，把糟心的情绪跟着手机一起掼残掼死。理智又控制住了她的手，她只是把手机甩到床上。情绪刚刚平复，电话又打了进来，她干脆直接关了手机。

靳红待在儿子的房间里，根本不肯出来。她哭哭睡睡，醒了再接着哭，眼泪像决堤一样，奔流而出。哭的时候，她想的是儿子。哭倦了，迷迷糊糊快要睡着时，看到的还是儿子。

儿子好像就躺在她身边，笑眯眯地看着她，对她说："红红姐，你不要哭，哭了就不漂亮了，不美了。"辣椒以前就常用这样的话来逗她，叫她是"臭美红"，劝她不要哭，不要生气，否则会变丑。还说她在家里家外完全是两个人，像个"精分"。

她像是在心里默默地说着："儿子啊，妈妈想你。你怎么能扔下爸爸妈妈不告而别呢？"

醒来后，她一遍遍地抚摩着儿子的照片、衣服、书本、床单被子和玩偶。已经十八岁的儿子，内心仍是单纯得像个小孩子，床上一直放着最喜欢的动漫《超能陆战队》里的"大白"玩偶。"天然呆""自然萌"之类的流行词儿，她都是从儿子那里学到的。刚开始她不理解，儿子干吗要跟玩偶那么亲？玩偶既不会说话，又不像电脑游戏能带来乐趣，又比不上体育运动所带来的快乐。后来儿子拉着她一起看了这部动漫，她才理解了，作为独生子女，儿子的童年得多么落寞和孤单啊。玩偶就是儿子童年的伴儿，代替她和小智哥陪伴着儿子。

虽然她和小智哥也安排了一些亲子时间，可是，回忆起来那简直是可怜到可以忽略不计的时间，平均一天一个小时都没有。勉强可以算上她和小智哥轮番上阵辅导辣椒功课的时间。不过，美其名曰的辅导，时常会出现各类指责、各种批评。小智哥还好，能控制得住脾气。她呢？时不时就会大声质问、吼叫，大有泼妇骂街的架势。

她的骂声，此刻仿佛就在辣椒的卧室里回荡着，声声刺耳。

"能不能行了，同样的错误非要重复犯吗？"

"可不可以用点儿心？你那还是脑子吗？"

"能不能别马虎了？说多少遍了，嘴巴都磨出茧子了！"

"有没有搞错，题都掰碎了给你讲，你还不懂？"

"你动点儿脑子行不行？要笨死吗？脑子是木头做的吗？"

…………

那样的语言极具杀伤力，杀得儿子瞬间大脑空白，小眼神儿可怜巴巴的。更可笑的是，当时她觉得儿子是在故意装可怜，故意气她。

那时候儿子是什么表情？委屈的，可怜的，倔强的，更多的时候是无奈地接受吧。那时候的她，怎么就不能收着点儿脾气呢？怎么就不能和风细雨呢？怎么就成了咆哮的"母老虎"呢？

人的嘴巴真不是个东西。她问自己：如果可以重来一次，她还会对儿子那样凶吗？会多些耐心和温柔吗？会允许儿子犯错吗？会陪伴着儿子一起克服困难吗？

因为工作原因，她和小智哥给辣椒的陪伴太少了。更多时候，儿子都是独自吃饭、学习、玩耍。

从辣椒读小学四五年级开始，他们一家三口虽然同处一个屋檐之下，却是在各忙各的事。她分析案子查阅资料，小智哥处理各种工作、撰写材料。于是书籍、游戏、漫画、动画逐渐成了陪伴儿子的事物，帮助儿子打发了无数无聊的时光，动漫人物也成了儿子最亲近的小伙伴。

回忆过往，靳红才突然意识到，做她和小智哥的儿子，辣椒得多辛苦啊。不仅要忍受父母双忙的状态，还要学着像小大人一样，像小智哥一样，包容她的任性和只对家人才有的坏脾气。

以前曾经有人跟她说过辣椒真是个小暖男，将来谁嫁给辣椒谁幸福。她当时洋洋得意，觉得自己的教育太成功了，把儿子培养成了一个好男孩、未来的好男人。现在，她才意识到，她残忍地剥夺了辣椒作为孩子的天性。包容、有责任心、自立自强、会照顾人……那时候她完全是按一个成年男人的标准在要求辣椒啊。

作为一个成年人，她自己又做得怎么样呢？按照一个合格妈妈的标准要求自己了吗？根本没有。她就是一个任性自私的工作狂，偶尔还会乱发脾气的混球妈妈。

人家的儿子都是爸爸带着，妈妈陪着，千娇万宠。她的儿子呢，像个野生的小兽，顽强地向阳生长。除了青春期的偶尔小叛逆，辣椒一直很乖很懂事，上进又善良。

她的眼泪又涌了上来，开始了新一轮自责："儿子啊，妈妈对不起你，妈妈没有好好地陪陪你。妈妈的世界，除了案子还是案子。妈妈求求你，你回来啊，再给妈妈一次机会弥补。妈妈不做什么精英律师了，就专心地做个好妈妈，好好给你做一日三餐，每天接你上学放学，陪你学习、旅行……只要你喜欢的事，妈妈都陪着你做。老天爷把我带走吧，大不了一命换一命，用我的命换儿子的命，我替儿子死。"

黎明智还在维持着和外界的正常联系，接受着来自各方面的问候和关心。等自己的情绪平复一些，再去照看靳红。做这一切的时候，他眼含泪水。他时刻在心里提醒自己：小妹已经那样子了，我得撑住啊。如果我们两个人都倒了，这个家就真是完了。

他想安慰她，但得到的不是拒绝就是质问。

"黎明智你不用假惺惺地过来管我，你去忙工作吧。你总是工作，工作，没完没了地工作……"

"儿子不需要你了，我也不需要了。让我跟儿子自生自灭吧！"

"黎明智你还是个男人吗？你有什么用？你为什么救不了儿子？咱们只有这一个儿子，为什么你救不了？"

"我们是合格的爹妈吗？我们配做辣椒的爹妈吗？……为什么死的人不是你？为什么死的人不是我？为什么偏偏是儿子？"

靳红破坏了自己定下的规矩：夫妻之间绝不说伤害对方的话。

她脱口而出的全是责骂咒怨，字字诛心。

人们都说律师嘴皮子厉害，实际上是思路清晰，逻辑严密，绝不是耍耍嘴皮子那么简单。现在的靳红根本谈不上讲道理，她不带一个脏字地骂着黎明智，撒野地任意妄为，恶毒又残忍地伤害着小智哥。

一句句冷言恶语对着黎明智劈头浇下。他的心啊，让她扎得千疮百孔。幸好也就那么些车轱辘话，骂来骂去，她的话里只有一层意思，"为什么你救不下咱们的儿子？"

　　黎明智知道，她是在骂他也是在骂着自己。她一定是恨自己的，就像他也恨自己一样。

　　等到靳红指责累了，黎明智又一次坐到靳红身边，把她抱在了怀里，抚着她的后背，轻轻地说："小妹啊，我们只剩下彼此了。"

　　是啊，他们只剩下彼此了。

　　夫妻俩自我封闭与世隔绝了三天时间，最着急惦记两人的是他们的亲人。

　　大家都在担心，夫妻俩会不会一时冲动做什么傻事，幸好黎明智一直保持着跟外界的联系，才让大家揪着的心稍稍有所缓解。但是夫妻俩在一点上保持着高度一致：不见人。

　　覃亦心给小姨打电话一直打不通，愁得不知该怎么办。她问男朋友俞彬："这可怎么办啊？小姨和小姨夫这样下去会不会得抑郁症？"

　　俞彬说："让小姨、小姨夫都忙起来，不管是忙工作，还是忙其他，总之，忙起来就好了。"

　　"怎么让他们忙起来？现在小姨、小姨夫都不肯见人了。"

　　"他们不肯见人，咱们就去见他们。"

　　"能行吗？小姨现在脾气可大了。"

　　"脾气再坏也得争取见一见，不见面、不试试怎么知道不行呢？"

　　俞彬说对了。

　　黎明智和靳红终于打开了门，走出了门。但让他们走出去的原因，并非覃亦心和俞彬的看望，而是铺天盖地与大巴坠河事故相关的消息。

　　靳红的手机一直是关机状态，黎明智的手机却一直开着。作为公职人员，无论遇到什么样的事，情绪糟糕到什么程度，工作来电是必须接的，工作微信群也是必须关注的，这是黎明智多年的工作习惯。就在关注这些的时候，一条条与大巴车坠河事故相关的消息钻进了他的眼睛。

　　资永大巴车坠河事故令人胆寒，系司机蓄意报复社会

红瘦

这三天，黎明智除了思念儿子，除了后悔、自责、愧疚，同时也在想，怎么能把小妹和自己从儿子离世的悲痛里拉出来。三天里，靳红完全是一副不知饥不知渴的活死人状态。对于他拿过去的食物，最初靳红是压根不吃，后来最多是吃上几口便放下了。

理智告诉黎明智，再这样困下去，他和她就全完了。逝者已矣，活着的人总要活下去。必须得找事做，他还好说，总是要回到岗位上去。只要回到资永，他永远有忙不完的事，各种会议、调研、检查、接待和处理没完没了的各种问题。

可是靳红呢？这时候，如果让她去研究案子，或者去做其他事，显然根本行不通。无论是否愿意承认，男人和女人，父亲与母亲总是不一样的，两者对儿子的思念一样多，但表达思念的方式却完全不同。

在外人眼里，靳红无所不能扛，永远冷静沉着，那是因为没遇到生死大事。自从儿子出事，她再没提过一句工作，所做的不过是叮嘱大家别在老人们面前走漏了风声。

老人们因为耳背，一直拒绝使用智能手机。他们使用的是通话声音超级大、铃音超级响、字体超级大的老人机，往往在一个房间通话，另外一个房间的人都能听得清清楚楚。

每次儿女劝他们使用智能手机，接触新事物，老人们都会坚决反对。一来是在电视新闻和法制节目里看到了太多网络诈骗案件，秉承着"不使用不受骗"的原则，他们说绝对不能给骗子可乘之机。二来是被老邻居、老同事"今天被捆绑消费，明天又被扣费了"的经历吓到了。老人家的要求很简单，能接打电话，续航能力持久就行。老人机正是他们的不二选择。做子女的就由着老人家的心愿，不再强求他们使用智能手机。也幸亏老人们没用智能手机，直到黎雨泽下葬仍然蒙在鼓里。可纸终究包不住火，老人们还是从新闻里看到了资永大巴车坠河事故。他们把电话打到了黎明智手机上。

黎明智是在手机铃声响了又响，连续做了几次深呼吸之后，才接听了岳父的电话。他怕自己的声音会泄露必须隐瞒的秘密，怕自己会在手机通话期间失控。

"明智啊，我在电视上看到了新闻，你们资永怎么出了那么大的事情？一定要处理好，这可是人命关天的大事啊。"

"爸，您放心吧，正在处理呢。"他有些意外电话内容。早些年，岳父经常关注他的工作，给他一些指导，近些年已经很少关注他的工作了，多是提醒他注意身体，保持健康。

"小妹的电话怎么打不通呢？她出了什么事吗？你可不能瞒着我们老两口。"

黎明智顿时鼻子一酸，喉咙发紧，谎话脱口而出："爸，小妹手机摔坏了。她去买新的了，一会儿就能开机了。"

"那就好。我就跟你妈说，小妹不会有什么事，不要胡思乱想。果然吧，就是手机的问题。你们那个智能手机，倒是智能了，也方便了，能听能看的，可各种问题也不少，手机电池不经用，又怕摔又怕碰的，网不好也联系不上，让人干着急。"

"您和妈别着急了，小妹一会儿就给你们打回去。"

"不用打了，她没事我们就放心了。还有，辣椒说过来，怎么一直没来呢？你妈说要给他做毛血旺呢。"

黎明智闭上双眼，两行眼泪就滚进了嘴巴里，又咸又苦："辣椒……他出去旅行了。"

"亦心也是这样说的。可是你妈非让我问一问，真是想大外孙子了……"

电话里传来了岳母的声音："挂了吧，别影响孩子工作。"

"不影响你工作了。你和小妹注意劳逸结合，别太累了……提醒辣椒少去人多的地方，各种传染病防不胜防，要时刻注意安全。让孩子早点儿回来，真想这孩子了。"

电话挂断了。即使没挂，黎明智也说不下去了。

同一个家，两个房间，一对父母，在心里说着同一句话："儿子啊，你知道吗？全家人都在想你。"

4

从思念里走出来的办法之一是让自己忙到不可开交，分身无术。

黎明智没有再像之前那样安慰靳红。他转变方式，态度强硬地命令她："第一，马上开机，给爸妈打电话，报个平安。老人家非常惦记你。"

他注意到，她的脸色微微有变。这个微小的变化足以说明他的话触动了她的心，让她的心从濒死状态复活了。

"小妹，人活着不能太自私，你千万不要有什么生生死死的念头，像我们这样的年纪没资格死，没资格矫情。你还得给父母养老送终呢。"

他这话里是有潜台词的，他知道她想死，想跟儿子做伴去。他这话的中心思想就一个：你要打起精神，甭管怎么样，都要活下去。

靳红没反驳，沉默不语。

他继续盯着她的脸。

她依旧一言不发。

刚刚黎明智与她父母的通话，她听得一清二楚。他的强硬态度，命令和命令下面的潜台词，她也能完全领会。

平常日子，靳红几乎每天都会跟父母通电话。哪怕是三两句的问候，比如"吃得好吗""睡得好吗"之类，有时会多叮嘱几句，比如要适当运动，别走太多，走太多会伤膝盖，少去人多的地方，别参加什么领鸡蛋的活动。

像这样连续几天没有一个电话，手机又是关机的情况，在她和父母之间几乎不曾出现。正如她承受不了失去儿子的痛苦，她的父母也一样承受不了小女儿失联的痛苦。人生走到老年，最牵挂的人就是子女。

直到这时，靳红才想到，这段时间，父母一定着急得不行了。

靳红深呼吸稳定情绪，按下了快捷键。

"妈，我没事。就是空调吹多了，有点感冒，鼻音重。喝点姜糖水就好了。我还有事，先忙去了。"跟以往的对话好像没有差别，她尽量保持语调平静。

打电话时，靳红极力抑制着悲伤的情绪，眼泪却仍旧不停地往外涌。等挂了电话，终于抑制不住，又撕心裂肺地大哭起来。

黎明智把靳红抱在怀里，任由她哭着。哭声渐渐变小，她情绪渐渐平稳，身子却是又乏又累，仿佛没了骨头似的。

黎明智发出了下一个命令："第二，马上吃饭。吃完我再告诉你第三，也是最重要的。"

黎明智变魔术似的，端过来一只碗，里面装着几个馄饨、一颗鸡蛋、一只海参，以及几片绿叶菜。这是黎明智在家时经常为靳红和辣椒做的简易版早餐，按照他的说法，蛋白质、维生素够了，热量也够了，营养又简单。

靳红知道，看似简单，其实小智哥是花了心思在里面的，海参是要前一晚就泡好，去了内脏和脏东西，然后再反复洗净的，第二天早上再煮好；鸡蛋要提前煮好，剥好皮；绿叶菜也要提前焯水。馄饨煮得差不多的时候，再把这些食材逐一放入。只有都恰到好处了，才能保证各种食材的最好呈现。

这些是她在试做之后才知道的。她煮的海参很软面，少了嚼劲儿。她煮的鸡蛋呢，时间太长，蛋黄不够绵软，跟她最爱的溏心蛋差了十万八千里。而馄饨则会煮破了皮，成功完成馄饨解体工程。

靳红端起碗，几滴泪水滚了进去。曾经，这样的早餐是一家三口人一起吃，以后再也没有儿子陪她吃早饭了。拥有一切的时候，觉得再平常不过。失去了才知道，一家人齐齐全全、团团圆圆，比什么荣华富贵、功名利禄都珍贵得多。

她想说没胃口，吃不下。但胃肠诚实，饿得开锅似的叫唤着。是啊，小智哥是对的，总要活下去。辣椒是自己的亲骨肉，自己不愿意和孩子生离死别。自己也是父母的亲骨肉，难道就忍心让父母接受生离死别吗？

好像就在这一刻，之前在靳红脑子里翻腾的生无可恋，不如跟着儿子一起死的固执念头暂时消失了。死了容易，活着才难吧。接下来活着的每一天，对自己和小智哥来说都是煎熬吧。

她的眼泪落在碗里，她把眼泪和食物一口口地吃下去。黎明智静静地陪着她，看着她吃上一口，哭一会儿，停下再吃，再哭，再吃……直到耐心地等她全吃完，他讲出了第三。

"第三，大巴车坠河事故有了新进展。"他专注地看着她。

靳红黯淡的眼睛终于有了一丝光亮。她这时才注意到，手机显示屏上的多条未读消息，醒目显示着"资永大巴车坠河事故"一行字。

　　　　资永大巴车坠河事故系司机蓄意报复社会
　　　　资永大巴车坠河事故司机遗书曝光，或涉拆迁黑幕
　　　　资永大巴车坠河事故谜团重重
　　　　资永大巴车坠河事故幸存者讲述"生死"瞬间
　　　　…………

大数据的强大和厉害清晰呈现，真正做到了"比你更懂你"。数据采集、数据分析、定位需求、定向推送……一通精准操作之后，人们关心什么，大数据就会在第一时间把相关内容推送到手机、电脑等各种数据终端。

也许是因为黎明智和靳红一直在资永大巴车坠河事故现场，也许是因为他们心心念念，大数据"善解人意"地推送了各种事故相关消息。

这样的"善解人意"，在旁观者眼里是遗憾、感慨和惋惜，在当事人看来，既是痛苦，也是寻找真相的线索。

黎明智盯着靳红，一字一顿地说："小妹，我们得去解开真相。"

靳红的身体从软绵绵一下恢复到了有筋有骨有肉的正常状态，虽然头晕眼肿精力不济，但神智却是几天里最清醒的时刻。

是啊，小智哥说得对，必须去解开真相，无论如何，不能让儿子死得不明不白，必须查出真相。

靳红快速阅读的本领在这时发挥了作用。迅速浏览完相关内容之后，律师的职业习惯使她很快在脑子里整理出了一条思路。

大巴坠河事故，绝不是普通交通事故。背后的故事错综复杂，最清楚事故真相的人是司机陈奇刚。

陈奇刚是事故的始作俑者，已经在事故中死亡。可只有他能说清制造事故的动机吗？按照手机消息内容分析，他与资永大桥拆迁有直接关系。如果真相如此，那他尽可以有怨报怨，有仇报仇，直接去报复那些真正害了他，做了孽的人，而不是拉上一车无辜的人为他陪葬。

这时候，靳红才想起来已经被她扔到脑后的工作，她手里的案子正是资永大桥拆迁案。她恍然大悟，果然，在生死攸关的时候，人们最惦记的是亲人，根本不可能是财富、地位、名利或事业。

她接了涉及资永大桥拆迁的案子，她的当事人是星辉公司。儿子遭遇事故的"凶手"偏偏与资永大桥拆迁有着千丝万缕的关系。她的爱人是资永县的常务副县长。所有的巧合难道都是命运的大手在安排吗？

按照分析，星辉公司正是大巴司机陈奇刚的仇家。可是，他为什么不去报复星辉公司？资永大桥有多少秘密？星辉公司有多少秘密？她接了星辉公司的案子，是在伸张正义，还是在助纣为虐？星辉公司对她说的是实话吗？提供的资料是真实的吗？资永县前任县长蒋鹏程有多少秘密？……无数个问号在她的脑子里飞速转动。她现在想不出答案，但她有一种直觉，这些问题之间一定有什么联系。

她的目光投向身边的小智哥，脑子里突然蹦出了一个可怕的念头：现任副县长黎明智、她的小智哥会不会是"帮凶"？她摇了摇头，否定了这个瞬间涌起的念头。这种胡乱猜测跟疑邻偷斧有什么区别？在这个节骨眼上，他们夫妻俩更要同心同德。再说，小智哥是什么样的性格还有人比她更清楚吗？自我管理那么严格的男人，他怎么可能牵扯进去？她为自己的想法感到羞愧。

黎明智从靳红的眼神变化，洞察到她的脑子一定在飞速地运转着，逻辑思维运用进入了最佳状态。做事理性是黎明智和靳红的共有风格，这与两人都是法学生有着直接关系。但是，他想破了头也猜不到，她会把他列为大巴车坠河事故的"帮凶"，又瞬间就将其"特赦"了。

黎明智没有从事法律相关的工作，阴差阳错走上了仕途。靳红当年逗他："你这是'不务正业'，学法律的做律师、法官、检察官、警察，哪一样不好，偏偏从政，结果把老本行给丢了，还不如当年去学个其他相对容易些的专业，何必跟法律这么难啃的学问较劲儿呢？"

黎明智对此则保留自己的意见，从内心深处感谢自己大学学习了法律。他曾经跟靳红就此探讨过，他认为法律教会了他要宏观地看待问题，理性地思考问题，保持严谨的态度。这些对他进入体制，走上仕途，有着无法计量的帮助。总体归纳，大学四年，他学到的不仅有知识，还有系统的学习方法、分析方法，后者比前者对人的影响更大，也更长远。

此刻，差一点儿便被划到敌对一面的黎明智，仍然坚定相信，一直"浸泡"在法律里的靳红能冷静思考，客观处事。他忽视了重要的一点，在母爱面前，理智常常会落败。而且儿子的突然离世，启动了靳红的心理应激反应，专业的说法叫"创伤后应激障碍"。原本，他是她最信任的人，最依赖的人。可是，现在她觉得全世界没有值得她相信的人。

来靳红家的路上，俞彬都在叮嘱覃亦心："要哭现在哭个够，进了小姨家，你可不能再哭了。"

"我不是故意哭，我是控制不住眼泪。"在俞彬面前，覃亦心总会不经意流露出她的孩子气。除了两人的年龄差，还由于她对他一直心存依赖。

"那也得控制，特别是在小姨、小姨夫面前，必须要控制住。"

"你又逼我了，这让我怎么控制住啊，我跟辣椒像亲姐弟一样，感情深着呢，你根本理解不了我有多难过、多悲伤。"覃亦心似乎在生气，又像是在撒娇。

"你跟辣椒感情再深，深得过小姨、小姨夫？你还能比他们更难过？"

覃亦心用沉默表示了同意。

"见到小姨，你就跟她谈工作，谈你们正在办的案子。"

"你怎么跟小姨夫一样，像个没有感情的工作机器人。整天就是工作，你这么要求自己、要求我也就算了，还让我这么去要求小姨。她可是刚刚失去了唯一的儿子，你有一点儿同情心好不好，她这时候需要的是陪伴。"

"不，小姨现在最需要的是忙碌。只有让小姨投入到工作中，才能缓解她内心的痛苦。你别管是用工作麻木她，还是转移注意力。总之，忙碌这个办法最有效。"

"你怎么知道这么做对小姨会有用呢？你个没有感情的工作狂！"

"你要是为了小姨好，就让她投入到工作中。对小姨夫也是一样的办法。话说回来，小姨夫还好些，毕竟他是副县长，基层事情又多又杂，想不忙都不成，事在那里堆着呢。"

俞彬才不会说是因为自己亲身经历过类似的痛苦，所以才有"实战经验"，那等同于交代自己的恋爱史。这种坦诚交代，他对别人不会，对现任女友更不会，他想永久埋葬那段痛苦的回忆。

当年俞彬决定参加公考的一个重要原因，就是为了尽快从失恋的痛苦中走出来，忘了前女友宁鑫，远离曾经与前女友共同生活学习过的环境，远离差点儿成了他岳父的老教授。要不然，他在大学里做助教不好吗？那也是很多人眼里求之不得的好工作，只要踏实努力，助教、讲师、副教授、教授等，随着时间和经验的积累都可能评上。可是初恋女友决绝赴德，挥剑斩情丝，让他始料不及，痛不欲生。

不断给自己加压、加码，让自己忙到没有时间、没有精力去想乱七八糟的事，是他治疗痛苦的法宝，是他从失恋中走出的利器。

当然，还有一个重要的人走进了他的生活里，那便是覃亦心。这个单纯可爱的女孩子像一束阳光照亮了他的心。人类最高级的感情，就应该是这样的吧，相互支撑、互相疗愈、彼此温暖。

覃亦心嘴上说着俞彬缺少同情心，实际上对他的办法一百二十个赞同。她也希望小姨能从痛苦中走出来。毕竟，小姨、小姨夫总要生活下去，而不是活在过去。她想着，跟小姨见面了，还是得多安慰小姨几句，然后再提工作。她想让小姨、小姨夫稍稍好受些。尽管心里明镜似的知道，自己的安慰其实什么意义都没有。

没想到，靳红主动提到工作："亦心，重新核实星辉公司提供的全部资料。关注一下星辉公司在资永大桥建设过程中涉及的拆迁人员名单，重点查一查，有没有陈奇刚。"

听到"陈奇刚"这个名字，覃亦心瞬间记起来了，毕竟大巴坠河事故的新闻铺天盖地，大巴司机的名字也在第一时间被她记住了。只是她想不通小姨为什么要重点关注这个人，她更没想到小姨会以迅雷一样的速度回归工作。

律所里的同事们一样没想到，辣椒追悼会后的第五天，靳红就回到工作岗位。当她的身影出现在律所时，人们的第一反应是惊诧，每个人都像慢了半拍似的跟她打招呼。

靳红对于所有同事的反应，以及投向她的或同情，或怜悯，或关注的目光，只是点头示意，脸上没有任何表情，冰冷得像寒冬腊月的雪乡。

关好办公室的门，她对助手覃亦心说："告诉所有同事，不要来安慰我，我自己能消化。对了，再加上一句，谢谢大家的关心。"

同事们没有到靳红办公室打扰她，而是请覃亦心帮忙，给她送来了咖啡、零食和各种杂七杂八的慰问品。一份份来自同事的关心，让她动容。

靳红身在工作岗位上，她的心没在工作上。目之所及仍是辣椒的影子，点点滴滴就像刚刚发生过一样。她清楚记得，辣椒第一次来这间办公室的样子。

"红红姐，我长大了也要像你一样努力，做到事业有成。不过，我不一定要做律师哦！这一点，可不能强迫我……你答应过，要做民主妈妈，不做法西斯妈妈。"

她还记得辣椒一针见血的提问。

"红红姐，律师帮助的都是好人吗？"

她愣了一会儿，才回答儿子的问题："律师的首要责任是维护当事人的合法权益，律师不是正义和善良的化身，而是要通过法律程序，维护正义的实现。"

"那律师为什么要帮助坏人啊？"

"辣椒，第一，咱们不能随意把一个人定义为坏人。法律上不叫好人、坏人，那是道德的评判，法律上叫嫌疑人；第二，律师是在维护当事人的合法权益，是为了人权，为了公平和正义，为了防止冤假错案，为了实现法治国家现代化……"

靳红听到过很多人问同样的问题，律师为什么要帮坏人？难道是为了律师费？律师眼里就只有钱？这个问题回答解释起来颇费口舌。但如果让人们想一想那些冤假错案，就能明白了。如果没有律师承担起道德和舆论的压力，不断找寻真相，让真理明晰，法律的公正又怎么可能真正实现！

辣椒还是半懂不懂地看着她，眼睛里面装着小问号。

靳红说："这样解释吧。妈妈问你，如果一个坏人生病了，而你是医生，你救不救他？"

辣椒果断回答："当然要救。治病救人是医生的职责。"

"同样的道理，维护法律的公平是律师的职责。任何人都有获得法律帮助的权利，这是一个法治社会所具有的基本权利。我们中国是法治国家，所以要保护当事人的合法权益。"

"那律师会不会收很多很多钱？"

"律师的收费是根据地域、案件类型、案件难易程度、自身经验、知识掌握程度等各种各样的因素决定的，也就是说律师费用是不一样的，甚至还有不收费的。"

"不收费，那不就是做义工，做好人好事？"

"对啊，准确的说法叫法律援助。用我们的专业知识，无偿帮助有需要又请不起律师的人。"

"这跟电视里演的好像不一样啊。电视里的律师可风光了，再瞧我红红姐……"

"所以说呀，电视剧啦，网络小说啦，看看热闹就行，不必当真。生活比那些有趣多啦。"

"还有你喜欢的纪录片,《中国通史》《蓝色星球》《美丽中国》……"

"还有你喜欢的《帝企鹅日记》,看看那些纪录片,又减压又长知识,咱们可以一起分享呀。"

曾经,辣椒给她这间办公室送过咖啡、奶茶,点过卷饼、小龙虾、鸭翅鸭脖、凉皮等各种外卖,还会送给她各种好吃的零食。辣椒出事之前,送给她的零食还在办公桌最下面的抽屉里,那是她每次加班时的爱心补养。

靳红的办公桌上,是一家三口的合照,照片里,她坐在中间,小智哥和辣椒一左一右站在她身后,像两个护法守护着她。以后,她的护法少了一个,她的那片天漏了,从此阴雨连绵,再难见到阳光。

第四章

盘根错节扑朔迷离

1

　　同一天，黎明智也回到了资永县政府。

　　资永县不大，发生一点儿事就是县内的大新闻。常务副县长的儿子在大巴坠河事故中遭遇不幸，在事实确定的第一时间，就已经传出了政府大楼，传遍了资永县的街头巷尾，成了人尽皆知的爆炸性新闻大事件。

　　人们有些惋惜，这么年轻的孩子，而且马上就要读大学了，太可惜了。人们还有些敬佩，副县长的孩子能坐大巴车回省城，说明人家是个清官，要不然不得专车接送？县里各个部门的领导不得排着队地拍马屁，接送副县长的孩子？人们还感叹着：这甭管是老百姓还是当官家的，老天爷想收谁了就收谁，可不管你是谁。就是皇帝老子的命，老天爷想几时收就几时收。总之，人还是得好好地活着。活着啥都有，能吃能喝能说能笑，能游山玩水，能奋斗前行，能享受平淡，要是死了，亲人就是哭死了也没用。以后可别再争这争那了，再牛气的人，争得过命？万般皆是命，半点儿不由人，最终还得是命说了算。

　　黎明智在县政府停车场、大楼走廊、办公室、会议室，在各种不同的场合，貌似平静地感谢领导和同志们的关心和安慰，附和着："是啊……可不……没办法……我爱人状态不太好……是的，多陪伴……是的，只能接受。"

他哪能做到接受呢？他根本不愿意相信儿子已经永远离开了。他想一命换一命，只要儿子能回来，付出什么代价他都认。他现在惧怕别人的同情和怜悯，同情确实会带给他暂时的温暖，却会彰显出他的可怜。有些疼痛，他自己消化就好，既不想展示，也不想"被"展示。

他突然想起，多年前刚到资永县时，曾经去走访慰问一户因病致贫的困难户，那家的女主人曾说过"我最不希望被同情"，当时他虽然很受触动，却不能完全理解。现在，他终于体会到了那种滋味。

那原本是一个幸福的三口之家，丈夫是位手艺高超的木匠师傅，常年奔波在不同城市的不同工地，妻子和孩子留守在老家，小日子过得平淡殷实。但突如其来的一场车祸使木匠师傅成了植物人，肇事司机最后畏罪自杀了，家里的顶梁柱折了，赔偿遥遥无期，原有的幸福生活不复存焉。

所有人都认为妻子会抛弃丈夫，毕竟那时她才二十几岁，正是如花似玉的年纪，守着个植物人丈夫，什么时候才能熬出头？

"我十六岁就跟了他，到现在十年了。我守着他，这个家还是一个家，我走了，这个家就散了。"那位妻子用这样的话表达了自己的决心。

爱人躺在床上一动不能动，家里家外都靠她一个人撑着，婆婆公公时不时帮衬她一下。她很要强，把家收拾得一尘不染，家里的床单被罩洗得干干净净，就连铺地的红砖都像新的一样。

黎明智把慰问金交到那位妻子手上，问还有什么困难需要解决。那位妻子说："我最不希望被同情……如果换作以前，你们给我钱，我都会嫌丢脸，我有手有脚的，还要人家来帮忙，让人家来同情，让人家来可怜，我臊得慌。可现在我爱人出事了，孩子又小，我也不能出去打工，只能靠政府来帮了……麻烦政府再帮我买几只小猪崽儿吧，我要照顾爱人不能出去打工，在家喂猪，猪养大了，也能换些钱。"

告别时，那位妻子的目光落在爱人身上："新闻里讲过，植物人也有能恢复正常的，我爱人肯定也能，就是早一天晚一天的事。这个月，他的手指能动了，是个好迹象。我现在天天跟他说话，就盼着他也能跟我说说话。"

生活中被同情的人，往往都是弱者，是可怜人。谁又愿意当个可怜人呢？生活当中，身处逆境还能怀抱希望的人，才是真正的强者吧。比如对爱人不离不弃的那位妻子。

儿子走了吗？真的走了吗？黎明智一直恍惚着。

好像是真的走了，真的再也看不到了。

黎明智极力克制着情绪，着手处理堆积如山的公事。这样假装的平静等同于自欺欺人，他不过是把各种情绪挤压在一起怄着，复杂到他自己都说不清楚到底是什么滋味。

真实情况又是怎样呢？黎明智脸色暗沉，眼袋明显，眼里布满了红血丝，头上多出了好些白头发。如果一位老中医看到这时候的他，单看面色，不用验脉，一下就能诊断出他是心火肺热的重度患者。

曾经的黎明智，在同事面前呈现出的永远是一副一丝不苟、处变不惊、沉静如水的样子。儿子这一走，他的精气神儿也被带走了，如同被千斤重物压得喘不上气、直不起腰。

坐在办公桌前，黎明智眼睛对着文件、批示、资料，精神却在时不时地溜号。儿子、老婆的身影反复出现在他脑海里，他只能尽力压抑着。除了依靠紧张的工作麻醉自己，以及在夜深人静时的无声落泪。现在，他找不到其他办法缓解压力，释放痛苦。

以前，黎明智遇到了糟心事，靳红总会安慰劝解，两人相互支撑，共同去解决生活和工作上遇到的坎儿。可是，现在靳红都已经自顾不暇了，哪还有气力开导他呢？她像离了水的鱼似的垂死挣扎。往后余生，恐怕只能是他支撑着她了。

可他的痛苦谁又能理解呢？

黎明智很少为自己考虑，从小到大，黎明智习惯了把话装在心里。话少，行动上见真章，事情上见真心，是他一贯的风格。年少时，他不懂什么叫原生家庭的伤害。他只是比同龄人更懂事、更努力，也更勤奋，他希望通过自己的努力改变家里的境况，给母亲更好的生活。父亲亏欠给家人的，由他来填补上。

父亲在世时，他是自卑的，自卑到不愿面对父亲，自卑到曾经怀疑自己是不是得了抑郁症。父亲去世时，他一度认为有些人死了比活着更有价值，因为以后家里不会再有酒鬼父亲的争吵打骂。而后，他又为自己的不孝愧疚自责，骂自己是个混蛋，在纠结拧巴中度过了青春期。

读大学时，黎明智内心里仍旧敏感自卑，直到跟靳红恋爱之后，他的自信才慢慢恢复。靳红说："黎明智，你就是我的人间理想型，有责任心、包容、情绪稳定……最最主要的是对我足够好。"

其实，在追求女孩子的时候，哪一个男孩子可能对另一半不好呢？

两人能相互吸引，关键在于他们从彼此身上看到了自己缺乏的优秀品质。比如他的执着、耐心、毅力、坚持，都是她最想拥有的。而她的阳光开朗、单纯善良和灵动，也正是他最珍视的品质。恰到好处的互补成全了他，也成全了她。

为人夫、为人父之后，黎明智才渐渐对酒鬼父亲和原生家庭理解释怀。就像有位名人说的，即使是一手烂牌也得打下去。老天分给他的牌太差劲了，但他可以选择少输一点儿，选择不了父母，那就从学业上努力，从新家庭上找弥补，努力做一个合格的爱人和爸爸。

事实证明，黎明智所有的努力都有了回报。诸如"天道酬勤""苦尽甘来"之类的成语，都在他的身上一一应验了。

在大巴车坠河事故之前，黎明智一步步扭转了人生的剧情走向，从悲情苦情大戏变成了幸福家庭剧，人生际遇从一路下落到终于渐有起色。爱人秀外慧中，知书达理，出得厅堂，入不了厨房却不是懒妻。儿子懂事阳光向上，虽然有着不爱洗脚乱扔衣服等各种坏习惯，却充满了朝气和乐观。儿子外貌集合了父母的优点，性格又优于父母，可以说是青出于蓝而胜于蓝。他的事业虽然进步很慢，但也算有所收获，无愧天地，无愧组织培养，无愧自己良心。黎明智知足、感恩。无数次，他长久地看着老婆和孩子，舍不得移开目光，他在心里说：感谢上天善待他，补偿给他幸福，这样平凡琐碎的幸福就是他想要的。可是，老天偏偏见不得他幸福，偏要把他安稳的小日子砸得稀巴烂，砸成断壁残垣，一地碎渣子。

深夜，黎明智一个人的时候，咬牙切齿，骂天咒地："老天爷，干脆把我收走吧！一命抵一命，让我去死，让辣椒活着！"

白天，黎明智打起精神，如常处理各种事，接触各种人，应对各种问题，而后，投入工作。他希望，通过投入工作获得内心的片刻安宁。

不断有人走进他的办公室，有人向他请示汇报工作，有人特意来看望慰问。其间，他还到信访大厅接待了几名信访群众，耐心地讲政策、讲道理，跟相关部门负责同志一起商量解决信访群众问题的办法。

其中一位老伯情绪激动，冷嘲热讽道："你大县长事业有成，家庭幸福，哪知道我这没儿没女的孤老头子的日子有多苦？"

"没儿没女"四个字，差点儿把黎明智的眼泪引出来。他在心里跟老伯说："其实我跟您一样，我也没儿子了，等我老了也是孤老头子了。我可能还不如您呢，至少您有勇气面对，您敢说出来，我就是个懦夫，我接受不了这个事实，我永远没办法原谅自己。"

午饭时间，黎明智的办公室才算清静了些。他连着长出了几口气，这几天，他总觉得胸膛里憋闷，像被石头压着。无论他怎么样努力深呼深吸，还是憋得要命。

憋着吧，只能继续憋着了。

秘书长过来叫黎明智一起去食堂，他婉拒了，说一会儿再去。秘书也来问他想吃点什么，要不请食堂师傅给他单做点可口的。他说还不饿，过会儿再去。事实上，他哪里吃得下。他的胃里火烧火燎，里面撑得满满的，除了水，什么都咽不下了。

黎明智上半身靠在了座椅靠背上，放松身体，肩膀下垂。摘下眼镜，右手两根手指按摩着鼻梁。高度近视的苦恼之一，是厚厚的镜片总是把鼻梁压得又疼又酸。眼神不好，连着鼻梁也跟着受罪。

红瘦

闭了几分钟眼睛，听见走廊里传来一阵脚步声，像那种很高很细的高跟鞋的声音。听声音，不太像政府机关里女同志的鞋跟声。政府里的女同志们很少会穿那样的鞋。在机关里待久了，大家对细节都会十分注意，这样的高跟鞋声会吵到别人，影响其他人工作。

高跟鞋的声音好像在他的办公室附近按下了暂停键。黎明智睁开眼睛，一个年轻女孩出现在了他的办公室门口。

女孩长直发，眉眼清秀柔和，单看五官并不出众，但组合在一起，却有一种清纯干净的感觉，类似网上说的那种"初恋脸"，有些古典韵味。身材玲珑有致，穿了一件剪裁得体的碎花裙。

"您找谁？"

"找您，黎县长。"

黎明智愣了一下，一时间记不起在哪里见过这个女孩子。

女孩像是读懂了他的发愣，拿出一只口罩戴到脸上，又用手腕上的皮筋扎好了头发。

女孩说："您的血管真好，又直又长像水管，怎么扎都行。"

黎明智恍然大悟，眼前的人是在资永河边为他包扎的小杨护士。他不好意思地笑笑，起身，迎了过去："小杨同志……您把口罩摘下来，头发散下来，我还真不敢认您了。快请，进来坐。"

小杨护士摘下口罩，散下头发，进到办公室，顺势便关上了门。

黎明智拿出一瓶纯净水，送到她手里，顺势又打开了门。自言自语道："我好几天没在办公室了，打开门，空气流通好。"

小杨护士面颊瞬间飘上了两朵红云，像是被人识破了伎俩的小孩儿。

两人的谈话内容简单又俗套。

"您身体恢复得怎么样了？看着脸色还是不太好啊。"

"还好，恢复得不错。感谢您和医生，辛苦你们了。"

"听说了您儿子的事，还请您节哀。"

"谢谢您的关心。"

小杨护士突然嗔怪起来："黎县长，您别一口一个您，太生分了。好歹咱们也算是见过几次面的熟人了。"

"好的，小杨同志。"

"您就不能亲切点儿吗？比如可以直接叫我名字。您是不是忘记了？我叫杨依依，'依依不舍'的'依依'。"

"还是叫同志更亲切，我跟同志们也是这么称呼的，咱们可不能搞特殊化啊。"

杨依依问："上次太匆忙了，没来得及加您微信，我扫您二维码，可以吗？"

"这个当然可以。不过，除了工作交流，我基本不怎么聊天，你可不要介意啊。"

"看到让人放松的文章，我发给您。这个总可以吧？"

"好啊，谢谢分享。"

对于加微信好友这件事，黎明智持开放态度。他的微信好友一千多人，包括亲朋好友、上级领导、同事老乡、志愿者伙伴、他和靳红资助了多年的学生，还有小区里的保安。

"您喜欢吃什么？改天我请您吃饭。"杨依依又向前迈了一步。

"我最近工作、家事都比较多，以后再说吧。"黎明智拒绝得委婉，用"以后再说"代替了拒绝。这就是中国文化的含蓄，把话说得糊涂些，一样能把意思表达明白。

他清楚知道，对于杨依依这个第一印象非常好的女孩子，他的情分只能点到为止。参加工作多年，因为类似原因导致的人生"翻船事故"，他看到过太多了。严格自律，慎言慎行慎独，是组织上的要求，同样早已经成为他的习惯。

当然，黎明智这样要求自己，并不是觉得杨依依真有什么问题。这个女孩子给他的第一印象非常好，业务专业，对待患者服务态度好。无论是对他，还是对别人，杨依依都做到了一视同仁。

不过，职业习惯，黎明智对杨依依还是存了一份戒心。内心深处，黎明智更愿意把她当成一个朋友。他希望她也能这样想，这样做。

曾经，电视台的一个哥们讲过亲身经历：某女主持人进到办公室顺手关上了门，之后便径直坐到了哥们的大腿上，胳膊也环到了哥们的脖子上，一张红唇正准备进行下一个动作。

吓得哥们赶紧甩开身上的女主持，逃到了走廊上。打那之后，哥们就落下了"病根"，只要女同志进办公室，一定开门，或者找个第三者在场。

"现在的女孩子太生猛了，真吓人啊。"哥们一阵后怕，"老婆那关过不了，组织上也过不了，可不敢犯错。"

而另一位官场中人"翻船事故"的线索，便是一位女性下属的张扬跋扈，做事总是打着那位领导的旗号。三句话里两句就有领导的名字，叫得比自己的爱人还要亲切。加上两人经常在各类接待、出差、酒局同出同入，早已是绯闻满天飞。

前车之鉴，不胜枚举。

那天，黎明智和杨依依的谈话内容基本上还是围绕着大巴车坠河事故，杨依依提醒了他一些身体注意事项，比如要加强锻炼，有氧和力量同步，还要适当增加营养。

杨依依说："您多保重，身体和心情都很重要。"

"那可不，人过四十跟你们年轻人比不了喽。"

杨依依嗔怪："您可不老，正年轻着呢。"

县建设局刘局长出现在了黎明智的办公室门口，敲了敲开着的门，瞥了一眼杨依依："黎县长，您有客人。那我先在会议室坐一会儿，一会儿再过来。"

"刘局长，正好我有事……小杨同志，我们今天先说到这里！"黎明智下了"逐客令"。像是感觉到自己的态度有些生硬，他又补充了一句，"有机会再聊。"

杨依依有些黯淡的眼神重新恢复了光彩。她起身告辞，走到门口，她回头看向黎明智，露出笑容。

黎明智与她点头告别，随即跟坐在他对面的刘局长谈了起来。

2/

大巴车坠河事故发生后的第七天，资永县出现了夏天里少有的晴爽天气，阳光明媚，微风轻拂。资永河平静温柔地流淌着，河边的建筑和树木花草联手协作，在河面上识趣地用倒影配合，勾勒出一幅诗意的动态美景。阳光映照下，河面波光闪闪，像是无数双眼睛注视着人间。

资永大桥已经恢复了正常的交通秩序，车辆有序行驶，除了那个临时修补的缺口显得突兀，好像再也没有什么能够证明这里发生过一起惨烈的事故。

从资永大桥经过的人们，不忍心却又忍不住把目光投向桥上的缺口处，就在那里，数条生命来不及留下只言片语便命丧黄泉。他们不单单是数字、姓名、身份证号码、照片……他们曾经是一个个原本鲜活的人，他们背后是一个个支离破碎的家庭，是亲人们无法用语言表达的痛苦思念。

资永河边设置了追思处，摆放了黄色和白色的菊花，供人们免费取用。追思处布置了鲜花台，背景板上写着"祈福逝者，一路走好"八个大字。台下布满了鲜花、蜡烛、饮品、食物等各种祭奠用品，不断有人来这里献花悼念。

不时有快递小哥过来，放下一束束鲜花，深深鞠躬。这样的单子，都是外地来不了的人在网上订了花，用来祭奠亲人朋友的。

有人把鲜花和白色蜡烛摆成了心形，有人捧着亲人的照片，有人全身素缟，有人安放着横幅"妈妈走好"，有人号啕大哭，有人轻轻啜泣，有人已近崩溃，有人垂首不语，有人念叨个不停，还有人因为太过悲伤突然晕倒，被 120 急救车拉走……

"他说到家了，要全家人一起去吃火锅。结果坐个大巴车，人就没了……"

"妈妈还没享过一天福呢，一辈子省吃俭用，买鸡蛋都要货比三家，看看哪个超市便宜，就为了一斤省下几角钱。"

"都怪我，没同意让孩子爸爸买车，要是自己有车，还用坐这辆大巴车吗？"

············

看到这一切，铁石心肠的人也会红了眼眶，喉咙发堵，心情沉重。生离死别，人间惨剧，揪心揪肝的痛苦，谁忍心看下去呢？

黎明智和靳红也在人群里，他们跟所有遇难者亲人一样，心里全是自责。

但事已至此，黎明智和靳红再多的愧疚、自责、忏悔，也于事无补。再多的泪流满面，痛不欲生，也无济于事。一切都晚了，他们亏欠儿子的，这辈子再也没有机会补救了。

往后余生，别人都是去祭奠先人，他们祭奠的人是儿子。将来别人会有儿女养老送终，他们可能连收尸的人都没有了。一定是他们做错了什么，造了什么不可饶恕的罪孽，上天才会带走他们的儿子，惩罚他们断子绝孙，让他们活着就被打入了十八层地狱。

这是人间酷刑，比凌迟还要残酷。凌迟剐下的是一片片肉身，这是诛心，是把心切成细碎的小粒。

余生，黎明智和靳红除了熬日子，还能做什么呢？

黎明智和靳红接下来能做的事，就是去探查大巴车坠河事故的真相，他们想给儿子和其他遇难者一个告慰，这也是他们活下去的一个理由。他们还要去完成儿子未尽的心愿，这些将是他们余生的信仰。

人啊，总得有个信仰。信仰不一定心怀天下，慈悲为怀，杀身成仁，舍生取义。信仰能给予心处炼狱的黎明智和靳红这对失独父母一点儿勇气，让他们能坚持活下去。

虽然专业机构已经给出答案：事故原因系大巴司机恶意报复社会。可身为受害者家属，他们比专业机构、专业机关更想早日揭开更深层次的真相。大巴司机恶意报复社会的动机是什么？除了人性之恶，背后又有什么隐情？

靳红方面的调查任务最初交给了覃亦心。靳红的命令，覃亦心无条件执行，无论做助理、外甥女，还是辣椒的小姐姐，覃亦心都是称职的。

带着问题去调查，会发现很多之前没有注意到的细节。最明显的细节是星辉公司提供的资料与真相颇有出入。但这些出入又非常巧妙，真里有假，假里有真，夹杂其中，不易分辨。

之前的资料和调查证明，星辉公司对拆迁户进行了合理的安置，即进行了房屋产权调换。资永大桥开工建设前，星辉公司负责当地新滩村十八户村民的征地拆迁工作，确实拿出了公司在龙王镇上在建小区的十八套房子给予补偿。按道理说，拆迁户全都入住了，便可以认定星辉公司履行了合同。可关键在于，当时星辉公司对村民承诺的房子是大产权商品房，村民入住之后，才得知房子是小产权房。

大小两字，区别天地之差。

"大产权"是全产权。开发商出售时具有政府颁发的商品房预售许可证。业主具有合法房屋所有权证，并具有房屋土地使用权证。

"小产权房"不是法律概念，是人们约定俗成的叫法。是指在农民集体土地上建设的房屋，未缴纳土地出让金等费用，产权证不是由国家房管部门颁发的，所以才叫"乡产权"，又叫"小产权"。因此，所谓的产权证也不是真正合法有效的产权证。

大小产权房的具体权利差别就更大了。

大产权房的房产证由国家颁发，被国家认可和接受。可以自由出售或转让，没有时间上的限制。大产权房的用地是由国家划拨或者转让的，销售对象可以是任何人，可以自由使用、出售或转让，不用补缴任何费用。

小产权房的房产证由乡镇政府颁发，不是国家颁发，个人并没有实际的产权，也不受法律保护。个人想要转让小产权房，必须在购买满五年之后才能够进行。小产权房的建设用地一般是归乡镇政府集体所有，并且这类房产只能由这个乡镇的村民购买居住。购买小产权房之后，如果再转让，必须补交土地出让金，否则便不能够上市交易。

本来的大产权房变成了小产权房，这才是星辉公司跟新滩村十八户村民"闹官司"的关键。

到底是什么原因让大产权房变成了小产权房，是星辉公司故意欺骗？是后来政策发生了变化？还是当初的合同中并没有明确房屋产权是大产权还是小产权？

单单这些问题，已经让覃亦心头皮发麻，脊背发凉。

不用分析也能明白，在商言商，星辉公司"狸猫换太子"的做法自然是为了获取更大的利益。但这样做明显违反了动迁安置政策，那么星辉公司是怎么顺利完成拆迁的？

十八户村民拆迁过程中究竟发生过什么？

征收拆迁程序规范吗？拆迁程序是否公正透明？

有没有对房屋进行价值评估？赔偿条款是否透明？

十八户村民全部入住了安置房，当时星辉只提供了一种补偿方式吗？拆迁户明明应该有选择其他补偿方式的权利，为什么所有村民全部选择了安置房？

拆迁过程中，对于不配合拆迁工作的村民，星辉有没有断水断电，骚扰拆迁户的日常生活，进行逼迁？

…………

不断有问号在覃亦心的大脑中翻涌，像是从太空中发射的信号，不断闪动，要她去接收，去解密。

县、镇两级政府在十八户村民拆迁、资永大桥建设中，又做了哪些具体工作，起到了什么作用？做到"亲商"同时"清商"了吗？做到了公平公正维护各方利益吗？……所有的这一切，还需要进一步调查。

更可怕的是，十八户拆迁户中并没有大巴车坠河事故司机陈奇刚。但调查到的情况显示，陈奇刚居住的房子确实跟这十八户村民在一起，确实也被拆了，但陈家却又不属于动迁户。陈与星辉公司的关系非常复杂，之间的纠葛一时间无法厘清。

还有一个重要情况，大巴车坠河事故那天，是司机陈奇刚妻子去世的"头七"。

星辉公司是施暴者，还是受害者？随着调查的深入，真相反而越来越扑朔迷离。各种情况集中在一起像一团乱麻似的交织在一起，令人头大。

覃亦心按照习惯，列出了人物关系图，仍是没能理清楚，因为缺少了环节、缺少了关键人物。

究竟差在哪里，缺的人是谁，覃亦心说不清楚了。她只能明确一点：接下去，需要大量的调查、核实。

覃亦心在心里给小姨点了个大大的赞。小姨是出于什么想法和动机，下令让她调查星辉公司的相关资料呢？小姨又是怎么知道星辉可能会有问题呢？

在大巴车坠河事故之前，小姨可是从来没有提过一个字。小姨是凭直觉还是多年工作经验？怎么发现的疑点？总之，无论小姨的出发点是什么，都值得她这个徒弟学习和研究。

事情调查到了这一步，覃亦心已经可以交差了。只要正常把调查到的情况汇报给靳红老师就可以了，毕竟她确实已经有了一些眉目，总算是没有辜负小姨的期望。

当覃亦心准备给靳红打微信语音电话时，手指在手机屏幕前几厘米的地方停住了。

她猛然想到，当时的资永县县长是蒋鹏程，分管副县长正是小姨夫。

蒋鹏程跟小姨、小姨夫可是同窗情谊，从蒋鹏程亲自给小姨沏茶那一点就可以看得出对小姨的重视，他不会牵扯其中吧？

最重要的是小姨夫，虽然当年小姨夫调去资永时，动迁工作已经完成，但资永大桥建设还在进行中，小姨夫会不会……而星辉公司又特意请小姨做律师，这些事都放在一起，可又耐人寻味了。

覃亦心像是突然识破了什么，星辉公司一定有欺天瞒地的大秘密。她有些怕了，小姨让她查的是星辉公司，可是，继续查下去会不会牵扯到小姨夫身上呢？她可以不关心蒋鹏程，毕竟蒋只是小姨、小姨夫的同学。但小姨夫可是小姨的爱人啊，辣椒不在了，往后小姨只有小姨夫相依为命啊。

她问自己：要继续查下去吗？要把查到的和分析出来的一切全部告诉小姨吗？

这些天里，她目睹了辣椒的突然离世对小姨的巨大打击。丧子之痛令小姨像变了一个人，除了对自己各种咒怨，对小姨夫也是各种埋怨。在这方面，小姨分明是在无理取闹，儿子去世，做妈妈的难受，做爸爸的难道心会不疼吗？

小姨夫的做法她全看在了眼里。小姨夫不作声，不辩解，全部默默承受。她看得清楚，作为一个丈夫，因为工作原因小姨夫可能不够顾家，但至少他对小姨是真心忍让和爱护的。

覃亦心在为小姨夫叫屈，偏偏小姨不这么看，至少现在小姨对小姨夫非常有成见。不，不是成见，那明明就是敌意。这个时候，如果小姨知道小姨夫可能与星辉公司有什么特殊关系，以小姨的性格，不得跟小姨夫闹翻天了？

覃亦心左右为难，觉得自己告诉小姨不对，不告诉小姨也不对。

不过，她在心里明确了一条底线，无论调查出什么，或者出了什么事，她都要保护小姨不受伤害，至少要把对小姨的伤害降到最低。

平时，覃亦心觉得跟小姨、小姨夫一样亲，甚至有时候还会觉得小姨夫太惯着小姨了，给小姨惯出了一身的"臭毛病"，刁蛮任性不讲理。可到了小姨、小姨夫必须排出一二名的时候，她的天平明显偏向小姨了，也许这就是血缘在发挥作用吧。

当这些念头在脑子里翻腾打滚，覃亦心原本的困乏疲累全消失了。她不断问自己，这些调查结果要不要一五一十告诉小姨？左思右想，她也拿不定主意了。她决定：求助男朋友俞彬。

毕竟，论起专业水准，俞彬当年可是法学院的助教，比她这个学生强多了。论起性格，俞彬沉稳踏实，冷静客观，是天性使然，更是工作性质的磨炼。

覃亦心决定，请他帮着分析一下，理出明确的思路，再决定怎么样把实情告诉小姨,是毫不隐瞒,还是适当保留。

俞彬工作非常忙,经常会不方便接听电话。覃亦心很少在他工作时间直接打电话过去,通常都是在微信上给他留言:方便时回个电话呀。当然,作为当年的学生,现女友覃亦心会在留言前面加上"俞老师"三个字。

至于俞彬的回电,可能是快如闪电,也可能是趁去洗手间的间隙或午休时间进行的,一般从留言到回电不会超过两个小时。当然,俞彬办案时例外。一旦有可能长时间失联,俞彬一定会提前告诉她:"接下来可能会比较忙,如果联系不上我,你别着急。"

这一次,没有任何提前告知"比较忙"。覃亦心的微信留言发过去整整一天了,仍然没有收到俞彬回电。

一天时间,覃亦心脑洞大开,进行了各种假设。

在审案子?省纪委的案子确实不少。虽然尊敬的俞老师从不提起具体案子,但工作忙不忙,她还是了解的。明明没有提醒我呀,这样的情况可是从来没出现过。哼,真是气死本姑娘了。

在开会,手机上交了?这在他是常事,可总不能开一天的会也不休息吧,总得有散会的时候呀。

手机坏了?不会啊,他的手机才用了半年,正是运速飞快的时候啊。

故意不理人?可最近他们交流挺好的呀,还一起看望了小姨、小姨夫。他还出招怎么帮小姨从失独的痛苦中走出来呢。

可是,在这个几乎手机不离手,去厕所都要带上的时代,他真的会忙到连回个电话的时间都没有吗?哪有看不到消息的道理,只有不想回电话的人。

覃亦心又有了不祥的预感:难道是在"冷处理"闹分手?以俞彬的性格,太有可能想出"冷处理"的办法了。可是,就算他俞老师移情别恋,怎么也得有点蛛丝马迹吧,他的表现跟往常并没有什么差别啊。

关于男女相处之道,不用看什么心灵鸡汤、恋爱攻略,去刷某博、某音听所谓的情感专家的建议。覃亦心也明白,针对男友失联,有诸多的处理办法,比如别去担心对方的安危好坏,先去做好自己的事。比如切勿急躁、作天作地，该干吗干吗。还比如当对方不存在，恢复单身状态。

道理说起来容易，做起来又是一回事，覃亦心情绪渐渐失控了。可她又不想对俞彬信息轰炸，那样太没品了，那样就会变成自己最讨厌的那类人了。

思来想去，她做了一个决定：你不理我，我也不理你了。看谁先搭理谁。

俞彬可以先放一边，小姨不行，小姨兼师父安排的工作总得有汇报、有回音吧。

还没等她想出怎么汇报，靳红就找上她了："走，咱们去陈奇刚家。"

3/

但靳红没去成陈奇刚家，她接到了一个优先级别更高的邀约。

蒋鹏程先一步联系了她，约定见面的地点仍在他的办公室。他在微信电话里说："有空来我办公室喝茶，上次的茶还给你留着呢。"

"好啊，谢谢师兄。"

蒋鹏程和靳红心知肚明，见面当然不会是只为了喝茶，虽然他没说，她没问。这次究竟要谈些什么，谈到什么程度，完全是未知数。毕竟，蒋鹏程仕途这么多年，早就成了人精。他清楚她想要的是什么，但给不给却由不得她了。与上次见面的不同在于，上一次是靳红急于找蒋鹏程，约了一次又一次。这一次，却是蒋鹏程更急切。他能主动相邀，便已经表明了他的态度。事实上，他明知靳红肯定还会找他，只是时间可能会晚一些。毕竟她刚刚经历丧子之痛，按常理这个时间不适合打扰她。蒋鹏程偏偏反其道而行，这个节点找得很巧妙。他尽可以借着关怀掩饰心情的急切，颇有些高手出招，出其不意的味道了。

这是靳红意志最薄弱的时候，也是她内心最柔软、最不堪一击的时候。

靳红跟蒋鹏程学长学妹几年时间，学生会的共同工作，让两人比普通同学有了更多的接触机会。大学毕业之后虽然各自走上了不同的岗位，人生有了不同的轨迹，但他们从来没有断过联系。有了这个基础，他们才比其他同学更全面、更彻底地了解彼此。

蒋鹏程擅于经营，长于谋略，敢想敢做。年轻时脾气有些急躁，但浸淫官场多年，也练就了一身喜怒不形于色的本事。他这类人，通常情况下情绪和真实想法都是隐藏的，或者说，每每说什么、做什么，都有着隐含意义。

想到这，靳红越发觉得蒋鹏程要见她实在是表现得过于急切了。可是，他为什么会急切？是要坦言相告吗？

无论蒋鹏程要表达什么，靳红对此都是求之不得。无论他怎么表达，只要他肯主动开口，对她一定有用有料。如果说，上一次靳红只是为了调查案子，这一次她更是为了儿子，为了不死心的念想，再为儿子做点什么的信仰。

靳红必须得把为儿子做些什么当作余生的信仰，弥补对儿子的亏欠，对于她就有着莫大的意义。既然如此，就为儿子求一个真相吧，为儿子完成他没能完成的梦想吧。如果在这个过程中，蒋鹏程愿意提供帮助，她将从心底感激。

如果蒋鹏程不愿意呢？她又冒出了一个念头，不禁一个激灵，竖起了汗毛。她摇摇头，甩开了这个不祥的念头。

真相的另一个来源是覃亦心的调查。

作为一名实习律师，覃亦心给靳红汇报的调查内容有些凌乱，似乎有所隐瞒，在靳红的逼迫下，她才捏声捏气地说："小姨夫也在资永工作，要不……咱们不查了？"

靳红的质问很严厉："你小姨夫去资永时，大桥的前期建设工作已经结束了，整体施工都接近完成，你觉得他会做什么，他又能做什么？受组织教育多年，组织纪律他会不懂吗？他会不严格要求自己吗？你不要胡思乱想，更不要用你小姨夫做挡箭牌，不说实话。"

　　"可是……"覃亦心想在"可是"后面加上，"那毕竟是资永啊，万一与小姨夫真有什么千丝万缕的关系呢？那可是你的亲老公，你的护妻狂魔。平时他那么护着你，关键时候，你不护着他吗？""可是"后面的后面，她还想加个"而且"，"而且当时的县长大老爷，现在的蒋副厅长，可是你和小姨夫的同学啊，你们的关系那么好、那么近。"

　　靳红直接摆了摆手，切断了她的"可是""而且"："调查是为了证明案件事实，不是作假设，亦心你不要掺杂太多个人感情。"

　　覃亦心小脸变得通红，心里对靳老师颇有微词：太霸道了，没有女人味，不爱护丈夫。

　　靳红说："咱们律师做案子，要会说话、会沟通、会谈判、会说服，在对的时间，做对的事。遇到问题深度思考是对的，但不能顾虑重重。如果每个案子都要拖泥带水，你将来正式入职会有案源吗？人家找你做案子就是为了看你畏首畏尾、吞吞吐吐？"

　　覃亦心这下从脸到脖子全红了。靳老师这是在质疑她的专业性，她听得出小姨的意思：你不适合做律师！

　　覃亦心当然想做律师，而且是顶尖的精英律师。她可不是受 TVB 精英律师剧的影响，靳老师对她影响最大，小姨又美又飒，是她的"女神"。可是事实证明，她确实差得太远了。光是那份公私分明她就难以做到，如果事情牵扯到了俞彬，或者可能牵扯到自己的任何亲人，她都会心乱如麻。还有很重要的一点，她跟律所的同事一样，没料到小姨会这么快回到律所恢复正常工作，如常处理案子，如果是她，她一定做不到。

　　最初，人们对小姨、小姨夫这对失独父母表现出来的是无比的同情和惋惜。可是没过多久，覃亦心听到有人在背后说三道四，她真想冲过去把那些破嘴撕烂。

　　"靳红不愧是大律师，够冷血，儿子才去世多久啊，跟没事人一样，照常工作，换个旁人早崩溃了。"

　　"大律师是工作狂、女强人，当初要是能分出点精力照顾家，她儿子能出意外？她太不合格了，不配做妈妈！"

"人啊，真是无情，对自己亲生儿子都这样冷血，何况对别人？换成别人儿子死了不得哭得死去活来？人家可好，一滴泪珠子没掉。"

"她还能笑得出来？她儿子都死了，她还能对着客户笑？心真大，不会这个儿子是捡来的吧。换我早精神崩溃了，早跳河跟儿子一起死了。"

…………

覃亦心不希望小姨听到这些话。这些人讲话太恶毒了，难道失独父母就必须每天唉声叹气，以泪洗面吗？难道失独父母就不能在社会上生存了，要去出家，每天青灯古佛相伴了此残生？难道已经在天上的孩子希望还在人间的父母过得痛苦？这些人都是什么狗屁逻辑，脑子都让门挤过吗？

靳红没有亲耳听到这些话，她的关注在覃亦心身上。

"工作时就要有个工作的样子，不要老是想杂七杂八的事。你最近的情绪不太好，是不是俞彬最近工作忙，没见你了，你又开始恋爱脑了？"

"不见就不见，我也懒得理他。他就算移情别恋了，我也不伤心。我一心干工作，一心赚钱，实现财富自由不香吗？"

"怎么说出这样的话了？酸风醋雨，阴阳怪气。"

"我说的是事实呀，反正他不理我，我就不理他。"

"生活中很重要的一个本事是学会平衡，平衡工作与生活。工作上进，财富自由，包括自我成长，都没有影响你恋爱啊。亦心，我得批评你，夫妻也好、情侣也好，彼此信任非常重要。你以为我凭什么敢把这个案子查下去？就是因为信任你小姨夫绝对不会违反国家法律和组织纪律，他是一个称职的国家公职人员。我十八岁跟他认识，这么多年了，还不了解他？他对自己的要求，比我对自己的要求更严格。这也是我最敬佩他的原因之一，当然还有其他原因，今天不扩展讲了。"

覃亦心捂着嘴笑了。这才是小姨呀，铁打的护夫狂魔。质疑她可以，质疑她爱人坚决不行。看来，是自己多虑了。

"你还笑，扯远了，接着说你。俞彬忙没时间搭理你了，就代表他移情别恋了？你的小脑袋瓜子一天天净胡思乱想。"

"再忙打个电话的时间也没有？他都两天没给我打电话了。"

"俞彬的工作性质决定了他肯定要比别人忙，他没打电话肯定是有不得已的原因。"

覃亦心"哼"了一声，说："小姨夫怎么每天都给你打电话呢？再忙也打。这可是你自己讲过的。"

"他们的工作性质不一样。你得理解俞彬，不，是你们得相互理解。好的感情不是每天情情爱爱，而是彼此懂对方、支持对方、心疼对方。他天天黏着你就好了？那他还有时间做正事吗？再说了，如果真那样你不烦吗？没有责任感、没有事业心、没有上进心的男人你能喜欢？你幸亏学法了，要是学文史，你得变成林黛玉。"

"我才不做黛玉呢，凄凄惨惨戚戚，我要做也做探春。"

"那你得先学习一下探春的开朗大方才情高。"

靳红的批评加安慰，好像解开了覃亦心的心结，可又没完全解开，真正能解开的人，只能是俞彬。心结没全打开，却也起到了疏导作用，令覃亦心情绪来了个一百八十度的转弯。是啊，听靳老师的话，做专业、敬业的好律师，不，现在是做专业、敬业的实习律师。

与蒋鹏程的会面，依旧是覃亦心陪着靳红。

关于是否带上这个徒弟，靳红仔细考虑过。每次都带个小跟班，外人可能会觉得她架子大、爱摆谱。可这才是她的良苦用心，带徒弟也是一门功夫，讲再多理论都是纸上谈兵，实战经验才是徒弟快速成长的关键。她对亦心这样，对其他徒弟也是一样，创造尽可能多的机会，让他们在实战中锻炼和提高。何况，儿子不在了，往后余生，她要把这个外甥女当亲生女儿，因为只有严格要求，亦心才能更快地成长，早日独当一面。

走向蒋副厅长的办公室，靳红没有出现上次的心悸。可那次的奇特感应历历在目，那是天翻地覆的震惊和不安。让人不得不相信，母子连心真正存在。

这样的感应，在靳红和儿子身上发生过不止一次，只是每次的表现形式都不相同。

靳红清楚记得，辣椒三个月大时还没学会翻身。一天，只有她跟孩子在家。她趁着孩子睡着了去洗手间洗衣服，她临去前还特意看了看，孩子在床上睡得安安稳稳，像在做着美梦。过了一会儿，正在洗衣服的她好像突然听到了孩子叫妈妈，可是孩子明明还不会说话啊。她急三火四冲出洗手间，冲进卧室，看到孩子面朝下趴着，全身抽搐。她忙把孩子翻过身，抱起来，看到孩子的小脸和嘴巴都成了紫色。她以为孩子是得了急病，急忙给姐姐打电话，姐姐告诉她，孩子是室息了，本来不会翻身的孩子突然翻身趴着，导致食物上涌，堵到气管，幸好只过了一会儿，孩子就缓了过来。

现在回想，上次在蒋副厅长办公室时几次出现的心悸，分明就是儿子在人世间对她最后的呼唤。

临进蒋鹏程办公室前，靳红连续几次深呼吸，把自己从对儿子的回忆里拉回到现实。

蒋鹏程依旧热情，亲自沏茶送到靳红手上。但在场几个人的神情却是一言难尽，蒋鹏程明朗之外多了几分凝重。靳红的脸上挂着若有似无的微笑，眼里却是掩藏不住的悲伤。覃亦心则是小心翼翼，仔细观察。

茶汤还和上次一样，红亮透明。

蒋鹏程桌上的党旗、国旗也和上次一样，醒目鲜艳。

一切好像都没变，一切又都变了。

"你和明智，都还好吗？"蒋鹏程声音低沉磁性。

"还好。"

"你们俩怎么这么快就回到岗位上了，也没好好休息一下，怎么也得调整一段时间啊。"

靳红用一声叹息作为回答。

"也是，你俩忙起来好，忙起来能把烦心事都忘了。"

靳红苦笑。

"老人们知道了吗？"

"暂时还没告诉。"

"也对，老人们毕竟都是八十岁左右了，瞒一时是一时吧。"

两人刚刚开始的谈话，被一个微信电话打断，是蒋鹏程的。

蒋鹏程看了一眼手机屏，自言自语："这孩子，叮嘱她多少回了，打电话前先发个文字，我这要是在开会呢？"嘴上埋怨着，他还是痛快地接听了，表情和语调里尽是快乐。

靳红咧了咧嘴巴，想挤出点儿笑容，可挤出来的表情比哭还难看。触景生情，她多想儿子也来打扰她呀，不论是开会、睡觉，是什么时候都好，自己一定耐心接听。

蒋鹏程没有背着靳红接听微信电话，听得出是他的女儿蒋小文在撒娇，好像在抱怨公司给了她二十箱红酒做季度奖金，以酒代酬，请爸爸帮她处理变现。

"我怎么处理？那么多，我喝得完吗？"

蒋小文撒娇："亲爱的爸爸，找找你朋友啊，能请他们的食堂会所消化吗？咱们也不加价，按市场价格给我打卡里就行。"

"你可别难为我了。你不是喜欢弄什么网购吗？不是还在网上卖过二手衣服之类的吗？要不，你也在网上卖？"

"老蒋头儿，这点儿忙都不帮。哼，不理你了，我找文姐去。"

"行，去找你妈妈吧。反正我是心有余力不足了。"

放下电话，蒋鹏程一脸宠溺地摇头："自己的刀削不了自己的把，我拿这个女儿是一点儿办法也没有了。"他好像突然意识到，这时候在靳红面前提孩子，对她是一种伤害和打击，补充道："师妹，对不起啊。"

"可别这么说。"靳红明白他的意思，"孩子有事了，你这个做爸爸的，能帮还是帮些吧。"

"我可没那个本事喽，让她妈妈管吧。怎么样，事务所业务忙吗？"蒋鹏程转移了话题。

"还行，我还在跟进星辉公司的案子。关于资永大桥，要调查的内容太多了，还要请师兄帮忙。"

"我找你来，也是想跟你谈这件事。不过，我现在倒有个建议供你参考。"他停顿了，目光落在她的脸上。

"您讲。"

他叹息一声："要不，你别做这个案子了，交给事务所的其他人去做吧。"

靳红愣了。她没料到，他会给出这样的建议。

"我是为你考虑，毕竟雨泽出事就是在资永大桥。我担心，这样会影响你的判断力。"

"不会的。从业这么多年，我什么时候因为私人感情影响过工作？"

"你的专业素质，我信得过。可那是你唯一的儿子。"

"师兄你要相信我。"

"我信你的专业水准，在云州这谁不知道你靳大律师呢！可是，星辉这件案子，很多调查都要在资永进行，每次去都是对你的一次伤害。靳红，我是想保护你，你懂吗？"他盯着靳红，表情凝重。

靳红没接他的话。

"靳红，你十八岁时我们就认识了。你上大学是我接的站，你还记得吧。这么多年，看着你大学毕业，为人妻、为人母，逐渐成长为一名出色的律界精英。我由衷地替你开心，因为我在心里早把你当成了自己的妹妹。"

蒋鹏程磁性的声音，动情、动心的话，一字不落进了靳红和覃亦心的耳朵里。靳红心里一动，眼眶不禁微微泛红。

覃亦心瞬间有了流泪的冲动。

蒋鹏程一直看着她俩。

靳红说："师兄，这么多年过来，我也把你当成自家哥哥了。哥哥面前不说假话，我没想过放弃星辉这件案子。做事怎么能虎头蛇尾呢？您说是不？"

"你啊，还像当年一样倔强。"

"我就是想试一试。"

蒋鹏程沉默了片刻，说："靳红啊，常听人说，这个世界上，很多事不是非黑即白，中间有个灰色地带。其实，这个说法不完全准确。咱们举例，

红瘘

颜料黑白混合在一起，确实是灰色。面粉类融合后做成面团呈黑白斑，如果有兴趣你可以试一下，白面粉加黑豆粉就是这样。动物黑白色融合，后代会有四种可能，黑白斑点、黑色、白色和隐性遗传颜色。如果是道法，黑白相容，自成太极。如果是光可就恐怖了，白光是正物质，黑光是反物质，融合的话会发生大爆炸。事物的存在、发展，总有着我们人类无法完全探明的未知性，你说是吗？"

靳红一时间愣住了，她没想到蒋鹏程会讲出这样一番话，话里面颇有哲学的意味。这番对话才是蒋鹏程的真正功夫，绵里藏针，句句有深意。至于这里头藏着的意思能琢磨到什么程度，只能看听的人能够悟出多少了。

"你一直在省里工作，不了解基层的事，复杂繁琐。知道基层的四大难吗？招商引资难、征地拆迁难、跑要资金难、维护稳定难。咱们拿征地拆迁为例，面对工作任务和多数群众回迁要求的双重压力，基层官员不得不采取各种拿不到台面的办法搞'灰黑'拆迁，结果必然会留下后遗症。再说资金方面，如果跑要跟不上，不但建设进程受阻，民生困局难以破解，连政府的正常运转都难以维持。跑要就得用一些智谋和技巧，为疏通关系而吃喝请送，为取悦关键人物而卑躬屈膝、醉酒伤身。至于招商工作难度也一样大，有时候商招来了，人家企业家拿身家性命在拼，可是下面一些人花样百出地吃拿卡要，还做得滴水不漏。上有政策下有对策，简直能把人气炸肺了。"

靳红点头赞同。

"资永大桥建设前前后后的经历，我都历历在目。说实话，太复杂了。当然，很多情况明智也是掌握的，毕竟他是主管交通的常务副县长……靳红啊，之前我从来没劝过你不要参与星辉的事、不要接资永的案子，因为我相信以你的能力肯定能处理好。但是，你儿子是在资永出的事。毕竟，我们是人，不是神，是人经过这样的大劫，判断力必然会受到影响。所以，我才会在慎重考虑之后，建议你退出这个案子。"

"谢谢师兄提醒，我会理性对待的。"

蒋鹏程沉默了一会儿，面色凝重："我还有另一层担心。最近有位律师被杀害的消息，你看到了吗？"

"看到了，业内都轰动了。那位同行太年轻了，才三十二岁，却被人枪杀了。"

"太可惜了，这位律师正是该用学识伸张正义的时候，他本来可以帮助更多人，却被对方当事人蓄意杀害。"

"关键还有网民的各种歪解，共情凶手，说什么快意恩仇。这些网民都病了，而且病得不轻。一旦法律被践踏，倒霉的会是社会的所有人。"

蒋鹏程颇有同感："这件事太令人震惊了，一个真正恪尽职守，视法律为最高信仰的律师，光天化日之下，竟然被枪杀了。"

"键盘侠们说凶手是位包工头，是在为农民工讨要血汗钱。后来调查后的真实情况正好相反，这个包工头拖欠了农民工的工资，律师在帮农民工讨要工资。"

"想一想，挺感慨的，这几年，律师被停业、被吊照、被逮捕、被枪杀的还少吗？谁能想到，现在律师成了高危职业。"

"师兄，律师早几年就成了高危职业了，输了官司，当事人恨你。赢了官司，对方当事人恨你。总之，总有一方会恨你。"

"是啊，现在社会上的一些人戾气太重，动不动就来个报复社会，大巴车坠河事故就是最近的例子。靳红啊，听我劝，歇一歇。有些打击，咱们再也禁受不起了！"

沉默。

持续沉默。

最后靳红终于松口："师兄，我回去好好考虑一下。"

蒋鹏程紧绷的肩膀放松了，给靳红的茶重新续上了水，茶汤依旧明亮。他的微信电话再度响起，这一次，他的眉毛拧到了一起，片刻恢复如常。笑着说："你嫂子。"

电话接通，没等他开口，对方的声音就传了过来，声音高亢洪亮，语速连珠炮一样。

"孩子的事，你怎么不能上点心呢？不就是二十箱红酒吗？你跟那个谁打个电话处理一下嘛，屁大点儿事……"

对方的声音稍有空隙，蒋鹏程才开口："老伴啊……你猜我跟谁在一起呢？"

"老伴"两个字，令电话里的声音一下子变柔和了："谁呀？"

"是靳红啊。我把电话给她，你们俩唠几句。"

蒋鹏程把电话转移到了靳红手上。

"小红妹妹啊，你还好吗？"

"嫂子好，我还好。谢谢嫂子关心，你也好吧？"

"我都好，嫂子晚上请你吃饭好吗？咱们女人最懂女人，有什么心里话，你就跟嫂子说。需要老蒋帮你做什么，你就跟他提。"

蒋鹏程在一旁笑眯眯地看着她们对话。

4/

蒋鹏程跟靳红、黎明智一样，大学毕业就走进了婚姻。蒋鹏程与他们的经历又不一样，他们是自由恋爱，他的婚姻是别人牵线。

蒋鹏程在大四如愿实现了入学时给自己定下的目标，成了学生会主席。毕业时，校长亲自帮他研究工作去向。

最终，他如愿进入省直部门，成为一名国家干部。一切都在沿着蒋鹏程为自己设计的人生轨迹前进。

蒋鹏程把理想的就业方向说出来之前颇有顾虑。一名法学生不去加入正义行列，却想着投身仕途，会不会被校领导嘲笑是个"官迷"呢？校领导会支持他的选择吗？好在校长非常欣赏这位踏实上进、尊重长辈的学生会主席小蒋同学。最直接的感受来自于那次大病，蒋鹏程天天守在校长病房外，把家里晚辈的跑腿活干了个遍。校长夫人感动地说："自己家孩子也不一定能做到这份上，小蒋这孩子仁义啊。"

校长把这份情记在了心里，表达在了支持蒋鹏程的选择上。

校长语重心长地说："学生会主席在学校期间得到的锻炼是综合性的，组织能力、协调能力、统筹能力等方面都得到了实战性的训练，这对你今后从事机关工作，以及个人事业发展将有很大的帮助。"

听到校长支持自己的选择，蒋鹏程非常兴奋。就如校长所说，学生会主席虽然算不上官，至少要比没担任过此项职务的毕业生有优势吧。那么，大学四年里，吃过的苦，受过的累，付出的一切都值得。

"不过。"校长的"不过"才是对弟子的忠言相告，"鹏程，你要切记，真正起决定作用的不是你的学生干部经历，而是在当学生干部时培养的思维能力、变通能力、执行能力和沟通能力。"

蒋鹏程连连点头表示赞同。接下来的叮嘱，更是让他从进入职场的第一天，便开始了谦虚谨慎，少说话、多做事、多观察的生存法则。

校长的叮嘱，多年后蒋鹏程依然清晰记得。

"好的学生会是炼丹炉，不好的学生会是大染缸！学生会主席走入职场后，有时会出现一些致命的问题，比如官僚化、光环化、眼高手低，这些，你一定要克服。职场上，切勿心急气躁，水低为海，人低为王，只要把事情做好，一切水到渠成。"

"鹏程，你要牢记，无论毕业后从事什么职业，在什么岗位上，奋斗和努力才是主流，要在拼搏中保持初心，深植家国情怀，为国家和老百姓做实事。"

校长语重心长的教导一针见血，扎得蒋鹏程脑子一紧。蒋鹏程走上了理想的工作岗位，既兴奋又拘谨，心里满是干劲儿。很快，他在实践中亲身体会到校长的叮嘱可谓是句句真言。除了沟通能力、执行能力，学生会主席积累的经验在其他方面根本没有用武之地。如果用当学生会主席时的方法来对待职场工作，只会起副作用。

蒋鹏程对待工作，虚心做事，认真请教。对待人际关系，他夹起尾巴做人，把大学时的锋芒、棱角统统隐藏起来。工作中，总会遇到这样那样的人和事，每一件工作的完成，与不同人的接触，对他都是成长的历练。受些委屈是必然的，掉进某个坑里也不可避免。不过，对于有着明确目标的他来说，受些委屈又算得了什么呢？

每每有了新体会、新感悟，蒋鹏程都会记在日记里。日子久了，居然总结出了一套职场"生存法则"：

> 真话不能全说，假话绝对不能讲。
>
> 功夫在平时，临时求人难。
>
> 埋头干活做好每件事。
>
> 抬头看路，方向比努力更重要。
>
> 做人做事要圆融通达。
>
> 同事分门别类，要有防备。
>
> 存在误会一定要及时解释，千万不要拖。
>
> 职场内要收起锋芒和棱角。
>
> 精妙之处在于中庸、平衡和圆融。
>
> 习惯各种人和事，实在习惯不了的，视其为空气，微笑面对。
>
> 看得惯等级制度，忍得了新人之苦，嘴要甜，人要狠。

总之，在商言商，在官言官。蒋鹏程强烈渴望成功，渴望发展。但是入职后发现，现实与他想象的并不相同，现实世界里看到的实力不仅仅是个人的能力，还有背后的因素，那才是关键所在。

比如资历差不多的两位前辈，一位平时懒散却得到了提拔，另一位踏实工作却是原地踏步。同事们背地里有些议论，但又能改变什么呢？

不久，蒋鹏程从外单位朋友的聊天里知道了那层层转弯的"关系网"，不禁恍然大悟。"努力重要吗？当然重要。但你再努力，可能都比不上别人的一句话。"这话在他心里久久回荡，也让他心里一凉。

蒋鹏程深知，自己没有"关系网"。小树苗想要长成参天大树，除了自身的努力，一边努力扎根，一边奋力向上，还需要适合的土壤和空气、温度、湿度。而这些，他都没有。他给自己打气，既然先天不足，那就在后天努力创造一切适合的资源吧。单位也好，领导也罢。再顾虑关系网上的藤蔓枝叶，也总是需要认真干活的人。同时扩大自己的关系网，没有亲属的"网"，还有老乡的"网"、校友的"网"。

蒋鹏程无疑是职场新人中的佼佼者，他的能力、表现、为人处世很快得到了领导和同事的一致称赞。

接下来，便发生了生活中最为熟悉的一幕，开始有各种前辈询问他的个人恋爱婚姻情况。

"小蒋，有女朋友了吗？没有啊。那对另一半有什么要求吗？身高、容貌、体重、工作、家庭、学历？"

"我姐妹的女儿，在国企，大学毕业，家境好，个人条件也不错。"

"我表妹，在事业单位，身高一米七，柳叶眉、杏仁眼，那叫一个漂亮，就是从小让家里惯得有些任性。"

"我朋友的女儿，大学刚毕业，家里条件非常好，不说家里有矿吧，也差不太多。孩子自由惯了，说死不进体制内，自己开了个小公司，是个八面玲珑的生意精儿。"

对于单位前辈的热心，蒋鹏程每一次都表达了诚挚的感谢，然后以这阵子正在准备研究生考试为借口婉拒了。

蒋鹏程没有说谎，那时候他确实在准备研究生考试。虽然在当时，大学本科毕业生已经是块金字招牌。很多同龄人都觉得，这样的学历在职场上足够拼到退休了。

可他是谁？他是蒋鹏程，有理想、有目标、有行动力。就像一个优秀的棋手，他总能想得更远。大学逐年扩招，当这个学历遍地都是，本科学历优势必然消失。那么，就趁着这个优势还在，拿到下一个优势，这样才能步步为营。

还有一个更主要的原因：蒋鹏程是现实的，更是浪漫的。对于爱情，对于另一半、未来的妻子，他心里一直有着一个美好的愿景。他希望对方长发飘飘，长相甜美，性格温婉，知性又有些调皮。两人最好是在偶然间相识的，那样就有了天选的意味。比如当初他和靳红的相识，是大学新生接站时的偶遇。见到她的那一幕，他永远也忘不了。他喜欢的女孩子，一直都是靳红那一类型的。

关于人生的另一半，蒋鹏程不想将就。他偶尔也会想，说不定某一天某个场合，那个她就会出现在他的生命里。在她出现之前，他要做的是把自己变得更好。

蒋鹏程确实变得越来越优秀了，优秀到让机关里的所有人提起他，都会赞美几句。

"小蒋形象好，人品好，为人谦虚、踏实、上进，真是百里挑一的好小伙。"

"蒋鹏程是个好同志，尊重领导、尊重同事，就连保安、保洁也一样尊重，个人素质非常高。"

"鹏程口才好，文笔也好，张口能讲，提笔能写，前途不可限量。"

听到这些赞美，他心里美滋滋的。他知道，越是这样，越要低调。

蒋鹏程的同事、领导，还有领导的上级领导，比领导的上级领导更高一级的领导，都把这一切看在了眼里。

某天，蒋鹏程接到了文副厅长秘书的电话，请他到文副厅长办公室。

当时还是小蒋同志的他，接到通知后慌得手抖，脑子里瞬间空白，深呼吸之后，大脑恢复正常运转，无数个问号在脑子里排队而至。

文副厅长，那可是他隔着好几层的领导啊，按程序不可能直接找他安排工作啊。机关工作历来讲规矩、重程序，文副厅长下面有处长、副处长、科长、副科长，层层之后才是他。而且他也不归这位文副厅长分管啊。

找我做什么？

为什么直接找我？

我近期工作中有什么重大失误吗？

蒋鹏程绞尽脑汁也找不到理由，他想问问那位秘书大人，话到嘴边又咽了下去。一来问了人家也不一定知道，二来人家知道了也不会说，问多了反而显得自己不懂事、不守规矩。

接下来怎么办？只能是硬着头皮上。蒋鹏程在心里叮嘱自己：一定要稳住。慌什么呢？领导也是正常人，头上没长犄角，身后没有尾巴。别人都找着机会跟大领导接触，平时想接触还接触不上呢。既然机会来了，那就好好表现，大气沉稳总不会错。对领导的提问如实回答，实事求是，不夸张，低调含蓄有礼貌，应该就不会有问题了。

蒋鹏程不断地深呼吸，调整情绪，整个人终于平稳下来。

到了文副厅长办公室门前，蒋鹏程调整好的情绪又乱了，手心沁出细密的汗珠，心跳开始加速度狂跳。毕竟，在这之前，他只在全厅的会议上见过文副厅长，不，还要加上曾经在正门见过。但那样的见，仅是他见过文副厅长，估计文副厅长都没有仔细看过他。

蒋鹏程的所有疑问在与文副厅长见面后全部解开了。

文副厅长在关心小蒋同志工作、生活和事业发展规划之后，告诉了小蒋同志一个好消息：等到工作时间达到组织规定的提拔要求，小蒋同志就将由科员转为副科。

蒋鹏程又惊喜又意外，没想到领导竟然这样器重他，简直是天上掉下的馅饼啊。

文副厅长接着开始关心小蒋同志的个人问题："小蒋啊，男大当婚，女大当嫁。你一个大小伙子害羞什么，要不，我给你介绍一个女孩子吧，年纪、样貌，方方面面都适合。"接着，文副厅长隆重介绍了一个女孩子，口气不容反驳。

蒋鹏程也不敢反驳，他犹豫了一下："我跟父母商量一下，征求一下他们的意见。"

这一句拖延之辞，令文副厅长大为赞赏："小蒋啊，我果然没有看错你，你还是个孝顺的人啊。懂得孝道的男人，值得托付终身。"

后来的故事变得平淡如水，蒋鹏程和文副厅长的亲侄女文萃共沐爱河，四个月后步入婚姻殿堂。

关于文副厅长亲自做媒的原因，在两人结婚后真相大白。

一次，文萃到厅里找叔叔，无意间看到了蒋鹏程，对他一见钟情。之后，便开始频繁到厅里找叔叔，主要为了从各个角度观察蒋鹏程，再后来直接央求叔叔亲自当介绍人。

文副厅长经过全面了解之后，对侄女的眼光大为赞赏。不过，对于亲自做媒这件事还是觉得不妥，担心会给小蒋同志太大压力。

"叔叔说，他要是亲自做介绍人，你就只有同意一条路了，这样做不好。当领导的怎么能包办下属的婚姻呢！父母都不能这样做，恋爱自由、婚姻自由，这是每个公民的权利。"

"那后来呢，为什么文副厅长又决定做介绍人了呢？"

文萃得意地说："当然是我逼着叔叔了，必须让你只有同意这一条路，让你没有拒绝的余地，要不我怎么嫁你呢？"

"文厅长对你真好。"

"你以后不要一口一个文厅长，以后叫叔叔。我爸爸兄弟六个，到我这辈，只有我一个女孩，我在文家是奇缺的'珍稀动物'，跟国宝大熊猫一样宝贵。别人家都是重男轻女，文家重女轻男。我可是全家的宝，只要我提的要求，全家就没有不答应的。"

婚后，蒋鹏程确实感受到了文萃所言非虚。文萃在文氏大家族里说一不二，至于在他们的小家庭里，更是占领了至高无上的领导位置。

更真切的感觉，还有文副厅长在退休前对蒋鹏程不遗余力的帮助。

若干年后，蒋鹏程无数次问过自己：你爱过你的老婆吗？

心里的回答很清晰：爱。爱她的家族给予的帮助。

爱她本人吗？

不爱。

不爱为什么还要生活在一起？

为了生存，为了发展。

第五章

铤而走险害己害人

1/

　　告别蒋鹏程，靳红回到了律所。办公室里安安静静，她的脑细胞却一直在高速运转，关于两人的两次谈话内容，关于资永大桥、星辉公司，还有儿子辣椒、大巴车祸现场和大学时代的往事，一幕幕浮现在脑海里。

　　人生际遇，起起伏伏，生活是位高明的雕刻师，最终把每个人打磨得都跟最初判若两人。包括靳红、黎明智、蒋鹏程在内，没有人能够幸免，变化才是永恒。

　　作为曾经的校友，靳红和黎明智对蒋鹏程的评价是客观的。蒋出生在一个普通的工人家庭，没有背景只有背影，能够成为大学校园里的佼佼者，靠的是自己的实力和付出。大学时代的蒋鹏程执着坚定，为了一个目标坚决不放弃。参加大学生辩论比赛，在处于不利条件的情况下，他作为校队长给所有队员打气，连夜调整方案，最终转劣势为优势。当年的队员里面，也包括靳红这个小学妹。

　　可现在呢，蒋鹏程却在劝说靳红放弃正在推进的案子。他的理由看似合情又合理，毕竟辣椒是在资永出的事，很多感情纠葛在一起，必然会让她不得不接受一次次的精神蹂躏。好像，他的出发点确实是为了她靳红好。

但真的合理吗？

蒋鹏程应该是了解靳红性格的，追求正义是她选择学法的初心，从业多年，初心未改，始终如一，哪怕涉及她的亲朋好友，她也会站在正义一边。

靳红会接受蒋鹏程的建议选择妥协吗？

妥协后会不会遗憾终生？

靳红想，如果儿子还在，一定会支持她追寻正义。

靳红承认，蒋鹏程说的是事实。每一次走过资永大桥，看到资永河，对于她，都是一次记忆的复刻。不，准确地说，哪怕有人提到这些，或者让她想到，都是在揭开她的伤疤。

可靳红想要揭开真相的那个心结不打开，早晚会在心里郁积、溃烂，她会不甘心，到死都耿耿于怀。

但蒋鹏程说的另一方面，好像是合情合理的。他是在为她的安危担心，话里话外都在劝她改行。他说的是事实，最近这几年，律师确实成了高危职业。

表面看，所有律师在客户面前总是表现得像铁甲战士一样无所不能。现实却很扎心，一日三餐定时定量成了奢望，加班熬夜、应酬调查、透支健康成为律师的常态。总以为熬一熬就能坚持下来，劳累却在身体里埋下了一颗又一颗地雷，不知道什么时候会引爆。

还有层出不穷的突发事件，不断刷新人们的承受力。有的委托人因为对代理律师的法律服务不满而持刀刺杀代理律师，还有人光天化日之下在法庭上对律师现场行凶。至于判决结果出来被人当庭咒骂，因为揭露对方罪行被人跟踪尾随，甚至被"黑社会"人员围困，早就已经在律师行业内见怪不怪了。

当这样的事件不断成为热点事件，除了令人不寒而栗，还伴随对法律公正产生的质疑。难道维护法律的公正，律师就应该受到不公正的待遇吗？

律师行业的风险自古就有，因为必须为委托人去"得罪"人，甚至"得罪"法官。有句话说得一针见血,"律师的历史使命就是对抗公权力的滥用,维护社会公平。"但当律师自身的安全都没办法得到保障时,又该怎么办?

靳红站起身,在办公室里来回走动,一个可怕的念头突然冒了出来:蒋鹏程会不会是在警示自己呢?他提到那位出事的律师,是被人枪杀的。那她会不会也遇到什么危险呢?再严重点儿想,她的调查涉及了谁的利益,会不会也有人要对自己下手呢?或者说,对方已经萌生了歹意?而蒋鹏程嗅到了一些,但因为身份的限制,又不能明确地说出来,只好用这样的方式向她发出"预警"呢?

靳红惊出了一身冷汗,内衣粘在身上,让她觉得非常不舒服。接着,她的嘴角出现了一丝笑意。如果自己的推测是正确的,那么这个案子一定隐藏着什么不可告人的秘密。她看到的事实只是水面上的冰山,那么水面下的冰山有多大多深呢?

靳红决定继续查下去。她相信自己的方向是正确的,从大巴司机陈奇刚切入,再深入到资永。不管水下有多深,她都要到水里探一探究竟。

靳红打微信电话给覃亦心:"准备一下,去资永。"

"好的。辣椒的同学来找您了,就在接待室。他说有事跟您讲,您现在方便吗?"

靳红愣了。这是她没有想到的客人,但是只要与辣椒相关的人或事,她都是高看一眼的。辣椒的同学,自然也会被她热情接待。

男孩走进靳红的办公室。她一眼就认出了,这人正是葬礼上哭成泪人的那位男同学,还一直说要做她和小智哥的儿子。这次见面,男孩子明显瘦了些。

"阿姨好。"男生礼貌地自我介绍道,"我叫佟仁,我们见过的。"

"认出来了,同学你好。"靳红记起了这个名字,以前儿子曾经跟她讲过,佟仁是儿子的好朋友。

沉默了几十秒。好像两人都想找出一个能连接双方的话题,又都觉得那个话题有些残忍。

"阿姨,您还好吗?"

"还好，谢谢你的关心。我忙忙碌碌的，都是工作上的事。你来有什么事吗？"她切入正题，她还惦记着去资永的事。

"阿姨，我来是把雨泽的这几样东西送给您。这些对您来说是纪念，比放我这里更有意义。"

男孩子打开了纸袋，从里面依次取出了几样东西，放到靳红的办公桌上。一个手办，两本书——《基督山伯爵》和《爱伦·坡短篇小说集》。手办不是新的，书上也有明显的摩挲痕迹。

手办是小智哥送给辣椒的奖励，当时辣椒参加全省的一个比赛拿到了好成绩，礼物是他自己选的。靳红当时还嘲笑他，都高中生了，还这么幼稚，要这种小玩意儿，换成她肯定狠敲小智哥一笔。辣椒说："红姐，你这就落伍了，对于男生来说，手办可是终身所爱。"

对此，她和小智哥不太能理解。在他们看来，所谓的手办，不过是依照动漫人物形象，用树脂材料做出来的人物模型。依她的理解，儿子喜欢手办的初衷，和小女生喜欢布娃娃，女人喜欢包包差不多。

理解是一回事，支持又是一回事。只要是正当爱好，夫妻俩都支持和理解。毕竟要是生活中只有学习和工作，该多单调多枯燥啊。

而一家三口对玩具的喜欢又有明显的区别。靳红喜欢漂亮的小姑娘玩偶，父子俩则偏爱机器人。父子俩观点一致，红红姐心里面住着一个永远也长不大的小女孩儿。不过，能知道她这一面的人，大概也只有这对父子俩了。外人面前的靳红可是货真价实的精英律师，工作中的女强人。

两本书是儿子曾经反复阅读的，一家人还曾经就书里的内容进行过讨论。关于正义、动机、人性……方方面面，这样的讨论会碰撞出很多思想的火花，令三人都受益匪浅。"三人行必有我师"，孔夫子诚不欺人。孩子的所思所想，大人未必能及。书里的一些观点和句子，倍受辣椒喜欢，他经常会兴高采烈地大声读出来。书里面的一些内容，因为这份喜欢，被辣椒画上了一条条波浪线。

当你拼命想完成一件事的时候，你就不再是别人的对手，或者说得更确切一些，别人就不再是你的对手了，不管是谁，只要下了这个决心，他就会立刻觉得增添了无穷的力量，而他的视野也随之开阔了。

有时候，正如哈姆雷特说的，埋得最深的秘密，也会从地底下露出风声，犹如磷火般疯狂地在空中游弋；但这些转瞬即逝的火苗是引人走向迷途的亮光。

当我们在为失去一个亲人哭泣时，那些曾经爱过他或她的人，就会有这种吸引我们的磁性。

当靳红再次看到书里辣椒亲手画上的这些波浪线，再次读到熟悉的句子，往日的一幕幕再度浮现，她的眼泪瞬间滚出眼眶。

她转过身，对着窗口，肩膀颤动。

在之后佟仁断断续续有些紧张的叙述里，靳红得到了新的线索，让她不得不感叹人生际遇属实离奇。更会感叹书里那些画着波浪线的句子，分明就是一个个预言。

辣椒和佟仁去资永，并不是为了游山玩水，而是去看望高中同学陈晓蕾。

佟仁接下来的话，则是一枚重磅炸弹："陈晓蕾的爸爸就是大巴车坠河事故的司机陈奇刚。"

靳红如被雷击，眼神里溢满了惊诧。

佟仁显然读懂了她的眼神，又重复了一次："陈晓蕾的爸爸就是大巴车坠河事故的司机陈奇刚。阿姨，我们也是后来才知道的。晓蕾她现在特别难，失去了双亲，无依无靠。爸爸还是害死最好朋友的凶手，她……"

"陈晓蕾"，靳红重复了一下女孩的名字，竭尽全力打开大脑搜索引擎，搜寻着女孩的样子。

"阿姨，我知道您一定恨晓蕾的爸爸，但这事真不怪她，她爸爸是她爸爸，她是她。她很善良，很懂事，很可怜。她跟雨泽是最好的朋友，她的经历，唉。"

在佟仁之后的讲述里，陈晓蕾的家庭和境遇渐渐在靳红脑子里有了大概轮廓。陈晓蕾的父母都是资永农民，她原本有一个姐姐，后来姐姐去世，母亲大病不能自理，家境败落，父亲靠开大巴车维持家里生活，陈晓蕾为了照顾母亲退学了。

陈晓蕾跟辣椒的感情也如靳红猜测的一样，还处于萌芽状态，美好的种子还没来得及长出地面，便戛然而止了。

"她没有参加高考吗？"靳红脱口而出，"国家有各种各样的帮扶政策，让孩子们安心读书。她怎么会退学呢？学校、老师没有想办法解决她的困难吗？"

"她是高三时退学的，当时她家的状况确实……学校老师也都想留住她，毕竟她的成绩太优秀了。可是她妈妈也确实离不了人，她也是没有办法。后来雨泽和我去资永，是听说她妈妈去世了。一来是去看望她，二来是劝她别放弃，一定要重回学校，参加高考，圆大学梦。至于费用，大家一起想办法，晓蕾也答应了。然后，就出事了。"

"你有她家地址吗？"

佟仁愣了一下，忙解释道："阿姨，这事不能怪陈晓蕾，求您别去责怪她。她现在非常自责内疚，根本不肯见人，每天就是一个人关在家里，同学们的电话也不接。她现在是千夫所指，每天都吓得要死，总有遇难者家属跟她讨说法，她想离开资永都不行，总有人在她家盯着她。可她除了不停道歉，还能做什么呢？她也没有能力赔人家。"

靳红想说，孩子你误会了，我不是想去责怪陈晓蕾，而是想查找真相。现在，再多的责怪还有用吗？无论怎么样我儿子也不会死而复生。寻找真相，才是我能为儿子做的事。

佟仁说："阿姨，您要怪就怪我。和雨泽在一起的人是我，他会游泳却没有得救，我不会游泳反而活了下来。要是我也会游泳，可能他就能活下来了，该死的人是我！阿姨，您要怪就怪我吧。"佟仁的情绪再次崩溃了，像告别仪式那天一样，又一次跪在了靳红的面前。

靳红喉咙哽住了，她想说，孩子不怪你，可张开嘴巴，却一点声音也没有发出来，她只是拍了拍佟仁的肩膀，扶起他，让他坐在了沙发上。

良久，办公室里只听得到靳红和佟仁的抽泣声。

去往资永的路上，靳红按照覃亦心的强烈要求，坐在了后排，系好了安全带。

"小姨，路上时间长，你眯一会儿。"

车驶上了高速，靳红也进入了半睡半醒的状态。

她回忆着之前办公室里发生的一切，隐隐感觉佟仁的话好像没说透。可是他究竟有什么话没说呢？想了一会儿，靳红进入了梦里，那是她渴望的梦，梦里有辣椒、小智哥、陈晓蕾、佟仁……

恍惚间，她像当年一样，跟辣椒一起讨论《基督山伯爵》。书中法利亚神父的一句话出现在脑子里——"欲知谁想害你，想想你的被害对谁有利"。

大巴车坠河事故对谁有利？没有人会从中获利。这样一起重大恶性事故，所有人都是被害者，无一幸免。但谁会被推上风口浪尖？是大巴司机陈奇刚！没错，就是他。死人不会开口说话，但死人的故事会被人挖掘出来，大白于天下。他是想用这样的方式来全盘"复仇"，以自己和无辜生命为代价，把仇人拉入地狱。

还会把谁推到风口浪尖呢？会把资永县推到全国皆知，关于交通、安全、应急等各种事件处理的分管副县长黎明智，县委书记、县长均更为全国人民所知。那之前的县长蒋鹏程呢？

靳红一下子从梦里惊醒了。她又一次确信，自己的方向是正确的。现在，她要查清楚问题的关键所在：陈奇刚身上发生过什么样的故事，故事里面都有谁？牵扯着谁？有着怎样的利益纠葛？

覃亦心有微信电话打进来，因为手机连接着蓝牙，她跟俞彬的对话成了外放模式，一字不落地进入了靳红的耳朵。靳红连忙闭上刚刚睁开的眼睛，假装还在睡觉。

"心心，对不起，才给你回电话。"

覃亦心语气里藏不住的开心和嗔怪："你还知道回电话呀！哼！"

"你又孩子气了。我当然是在忙事情，忙完第一时间就给你回电话了。

你在开车吗？"

"你怎么知道呀？"

"听出来是外放了。"

覃亦心如实回答："去资永做案子，我跟小姨在一起呢。"

"那你专心开车，照顾好小姨。对了，你去看看小姨夫，他挺辛苦的。最近发生了一些事情，等你回来我再跟你细讲。"

"那好吧，你也专心工作。不过，不许不理我了。"

"放心吧，不会的。"

2/

黎明智确实非常辛苦。

靳红看到、想到资永大桥，便会立马想到儿子，疼得扎心。作为爸爸，他何尝不是？黎明智"病"得一点儿也不比靳红轻。可是，他却找不到可以逃避的办法。他的工作岗位在资永，无论他是否愿意面对，他都得接受。不，是他都得承受。接受和承受，一字之差，意义却是天壤之别，接受是主动，承受是被动，承受是给已经不堪重负的肩膀再压上一副重担子。

黎明智每天都会从资永大桥经过，有时候甚至还要经过好多次。曾经，他多么热爱资永的山山水水，一心想为资永的老百姓多做些事，让资永变得更富更美。现在，资永的山水对于他好像有了不怀好意的恶毒，随时随地都在提醒他，就是资永河、资永的大巴司机永远夺走了他的儿子。

不时，会有大巴车坠河事故的受害者家属上访，要求县上给予经济补偿。人家提出补偿的理由只有一个："发生在你资永，你政府就得负责，要是你的桥修得足够结实，大巴车可能冲不下去呢，车上的人至多受点伤，不至于要了命。"这样的理由有些强词夺理，难道路上出了交通事故也要怪路修得不好吗？再说了，就算桥修得足够结实，也不是完全没有出现伤亡的可能。事情的起因还在大巴车司机本人。

人家又问:"难道县上领导敢拍胸脯保证,资永大桥没有任何问题,没有安全隐患吗?"

这个问题难以回答。谁敢保证呢?这个胸脯没人敢拍。按道理大桥是没有问题的,要不然当初是怎么通过的质量验收,怎么顺利通车的?回想一下,大桥才正式通车多久啊,当时喜庆隆重的场景历历在目。

可怕的蝴蝶效应开始显现。事故发生之后,关于资永大桥的各种问题像雨后山里的蘑菇一股脑都冒了头,惊得黎明智一阵阵胆战。可是在情况没有完全弄清楚之前,他只能把这些问题放在心里,哪怕跟最亲的老婆也不能讲出来一个字。

黎明智和靳红是真正的同类,他们都在依赖忙碌的工作麻痹对儿子的思念,都怕闲下来。只要闲下来,思念就会无限地扩张,肆无忌惮地揪扯他们的每一根神经。

每天,黎明智都把自己弄得疲累不堪才回到宿舍。有时他会简单洗漱,随便看一看央视新闻,还可能扫几眼省市新闻,资永县的新闻看得反而比较少。资永县太小了,真正的新闻在县政府大楼里走上一圈,便能了解得差不多了。何况资永电视台播出的基本都是"旧闻"了,没有了时效性。他时常看着电视便躺在沙发上直接睡着了。更多时候,他是很晚才回宿舍,进屋直奔床板,倒头便睡。

黎明智想睡死过去,那样就不会被思念和痛苦折磨了。他能找到的唯一有效办法就是不停地工作,他把工作日程排得满满的,满到身边的工作人员都要排着班才能跟上他的节奏。身边的工作人员都说:"黎县长看着太让人心疼了。他那样的工作节奏、工作强度,正常人哪承受得了?"

有人劝他:"黎县长,您最近工作太累了,得注意劳逸结合啊。"

黎明智轻描淡写地说:"没事,累不死的。"其实,他心里还有一句潜台词:"累死吧。累死就不用思念了,正好跟儿子做伴儿。"可是转念一想,又觉得自己不能死。如果他死了,就真的只剩下靳红一个人了。

想想挺难过,他连死的资格都没有。人这一辈子,有些时候是真难熬,可就是再难熬,还是得熬下去。白发人送黑发人,成为失独父母,是他和

红瘦

靳红的命。

人，争得过命吗？

黎明智是个坚定的无神论者，信仰共产主义。可是，失去儿子后，他开始渐渐相信命运。黎明智最怕自己在半夜的时候突然醒过来，那一刻，世界寂静得瘆人。仿佛世界上只剩下他一个人了，无人可依，无人可靠。能听到的只有自己的呼吸，能摸到的只有自己的身体，能感受到的只有冰冷。

黎明智太想儿子了，他多想再陪儿子一起打乒乓球，一起去泡温泉，给儿子做爱心早餐，给儿子洗臭袜子、刷脏球鞋。但是一切都成了奢望，他这辈子再也没有机会为儿子做些什么了。

夜深人静，黎明智一次次地翻看手机里儿子的短视频和照片，查看过去他跟儿子的聊天记录。

儿子，依旧在黎明智的微信置顶。

儿子是一个灵魂多么有趣的人啊，充满了阳光和朝气，正直善良、孝顺可爱，又懂事又好玩。总之，人世间各种各样的好词用在儿子身上都不为过。在他和儿子的聊天记录里，有儿子的问候和叮嘱，有儿子的学习汇报和读书心得，有儿子的人生困惑和对生活的不解，还有儿子和靳红闹矛盾时的紧急求助。

"爸，你现在方便吗，不方便就过会儿再听哈……你看看，你老婆，趁你不在家，动不动就凶，就骂人。"

他过了好久才回复儿子。一来是太忙了，得把手头要紧的工作做完。二来也是想给儿子一个缓冲时间，让儿子冷静下来，火气消下去。

"她为什么凶你？"

果然，再次回复的时候，儿子的语气明显变得柔和了。

"因为……唉，我犯了点儿小错误。声明，我绝对不是故意的，可她不依不饶一个劲儿地批评我。"

"这么说，是你有错在先喽，那就不要怪妈妈批评你。"

"批评也得有个度啊，她那叫一个凶，态度极差，简直就是个现代版法

132

西斯。"

"你知道法西斯什么样子啊，就给妈妈定罪了？你的态度首先就不端正，你肯定是找各种理由拒不认错，她才会凶你的。"

"爸，你怎么知道的？你也太神了吧。不过呢，我不是不认错，我是在讲道理。总要听听我的理由，给我解释的机会吧，可她根本不听嘛！"

"你是我儿子，她是我老婆，我当然知道你们俩都是什么脾气了。你呀，去跟妈妈认认真真地坦承错误。哄哄她，她消气了就不会凶你了。"

"唉，找你诉苦，想得到公平公正待遇，结果你还是跟你老婆一条战线，夫妻联盟啊！"

"那必须的啊，她是我老婆啊。"

"可你为什么要找个律师做老婆啊？那嘴巴跟机关枪似的。全世界只有你受得了她，我将来一定不找律师做老婆。"

"机关枪的枪口都是对着敌人，你要是跟妈妈站在同一战线，就不会出现这样的情况啦！"

…………

所有的语音记录、文字记录、图片记录、影像记录，黎明智都反复地看了无数遍，听了无数遍。

黎明智的肠子都要悔青了，他跟儿子的聊天记录太少了，如果再多些，该多好啊。儿子的样子他看不够，儿子的声音他听不腻。他想说："儿子，如果再有一次，爸爸一定跟你联盟，一起'欺负'律师大人。"

父子同心，天长地久。

黎明智太想儿子了，可他不能表现得太明显，他得收着、藏着。因为，他是男人。但男人也是人，一样也有脆弱的时候，也有无力的时候。

儿子去世后，有同学和朋友劝黎明智："再生一个吧，有了孩子血脉才能传承下去。咱中国人有句古话，不孝有三，无后为大。现在咱不重男轻女，但孩子总是要有吧。"

他苦笑着答："再说吧，如果老婆同意就再生一个。女人过了四十，再生可就不容易了，高龄产妇太危险了，我不想她冒这个风险。"

对方用诧异的眼神看着他，拍着他笑说："明智你怎么还是一根筋，脑子可以活泛些嘛！干吗非得老婆生，可以找别人生啊。"

他看着对方的嘴巴不停打开合上，像鱼在吐泡泡，泡泡飘过空气，钻进他的耳朵，变成利器划破耳膜，发出尖锐的鸣叫。

类似的故事，黎明智听过，也见过。失独父母不是个例，他的身边就有一些，总有灾难和意外突然打破生活原有的平衡，让亲人天人相隔不再团圆。

然后，有的男人与老婆再生下一个孩子，弥补人生的遗憾，带着对去世孩子的思念，重新延续天伦之乐；有的男人与老婆从此形同陌路，结束婚姻，另娶再生，开始人生的新阶段；还有的男人倒是没离婚，却把一个婴孩带回了家，那是男人的亲生血脉。

这样的事听多了，真是感叹造物主对男女的不公平。男人从十几岁到六七十岁都有可能生育自己的孩子，女人的生育年龄却比男人短了很多。

黎明智也想要自己的孩子，可他不想成为后几种男人。那样的男人太自私，那样做对靳红太残忍了，他在良心上过不去。

朋友劝过他："明智，回省城吧，资永是你的伤心地。在那里工作，对你太残忍了。"

黎明智也一直在考虑：要不要向组织上申请，调离资永。这也是靳红一直盼望的，她多次跟他讲："小智哥，我不图大富大贵，就盼着一家人平平安安，咱们俩平平淡淡地过一生。"儿子不在人世了，自己确实应该跟小妹在一起了，做她的依靠、她的伴儿。

可眼下，黎明智还有些事要做完。他想，等把事情做完了，他就向组织上申请调回省里，那样就可以一边工作一边陪伴靳红了。

高强度工作使黎明智的身体亮起了红灯，用事实警告他：如果他不主动慢下来，就会让他被动地停下来。可他还是不想停，继续着高强度、高压力的工作，最终的后果出现了：黎明智正跟下属谈着工作，径直倒了下去。

黎明智又一次躺在了资永县人民医院的病床上，依旧是普通病房，照顾他的护士还是那位小杨护士。

看见小杨护士，黎明智便意识到，这一定是医院领导的特意安排，要不然不可能这么巧合，每次都是同一个护士。当然，他相信，院领导的安排绝对是出于好意。一来小杨护士肯定是医院的业务尖子，艰难险阻时绝对能冲得上去，大巴车坠河事故现场，小杨同志积极救人就是最有力的证明。二来应该是考虑到她和他有过接触，护理和沟通更方便些。

事实果真如此。不过，还要加上一条，是小杨护士主动向院领导申请护理黎县长。

"为什么主动申请呢？"黎明智明知故问。小杨护士对他有好感，他是能感觉出来的，他又不是傻子。但好感的来源是什么，他却是一无所知。

"当然是因为对您印象好。"

"为什么？"

"因为大巴车坠河事故现场，您是第一个直接参与救援的领导。"

"那不算什么吧，参加救援的领导那么多呢。人命关天，大家都想能多救一个人是一个人。"

小杨护士瞪圆了眼睛："那可不一样，现场可只有您一个领导亲自下水了呀！"

黎明智哈哈乐："现在怎么动不动就用'亲自'两个字呀，什么亲自安排、亲自部署、亲自吃饭、亲自喝水……好了，不开玩笑了。我敢下水，是因为我受过专业的培训。救援这种事绝对不能冲动，要量力而行。如果没有受过专业培训，贸然参与，不但救不了人，反而会给救援工作添乱。"

"您就谦虚吧。您是不知道，当时您感动了多少在场的人们，大家都给您点赞。可惜当时情况太紧急，我光顾着救人了，没来得及给您拍个小视频，要不然，您现在肯定是网红了。"

"得。可别拍小视频，我也当不了什么网红，今天红明天不红的，压力也小不了，还是踏实平淡点儿好。再说了，网红也应该承担起相应的社会责任，不能为了红而红。比如某个藏族小伙子成了网红之后宣传家乡的旅游事业就很好，好像有些官员为了宣传当地也成了网红，这样的网红可以多一些。咱们的话题好像有点远了。另外，还有一点，你在现场只看到了表面现象，实际上很多人在幕后做的更多，救援是集体的力量。"

"好吧，您继续谦虚。不过，您可不能再当工作狂了。人的身体疲惫达到了极限是很可怕的。"

"没事，累不死人的。非常感谢你们医护人员，算起来，这是你们第二次救我了。我感觉自己恢复得挺好，可以回去工作了。"

"绝对不行！坚决不行！我不是吓您哦。过劳死，这个词，您总听说过吧。因长期过度劳累，引发人体心衰、肺衰、肾衰、心肌梗、脑溢血等病症造成的猝死。如果没有过度劳累这个诱因，猝死可能就不会发生。"

黎明智对"过劳死"这个词很熟悉，不用说远的，身边的例子就能举出一二三来。他也理解小杨护士的紧张是出于关心，不过，他不相信自己会严重到那种程度。他虽然不是特别强壮，但自认为身体还是蛮争气的，体能也不错。毕竟有救援队员的底子在，能差到哪去呢？

他承认这阵子确实有些劳累过度，加上思念儿子，情绪一直很差。但是他相信，只要稍稍休息调整，身体很快会恢复如常的。

可是他坐起身，瞬间眼冒金星，感觉天旋地转。他立刻闭上了眼睛，天地好像仍在旋转，阵阵恶心袭来，胃里翻江倒海。他明白了，自己的身体确实还没恢复，透支程度远远超出了他的想象。看来，身体已经拉响警报了，身体比他的大脑更希望恢复健康。

太多中年人的身体处于亚健康状态了，不，也包括很多青年人。过度紧张、精神压力大、心理不健康，各种各样的问题，导致身体出现许多问题。身边这样的例子还少吗？人家小杨护士的紧张是出于医护人员的尽职尽责，是一番好意。

身体是革命的本钱，谁不会休息，谁就不会工作。黎明智平时总是这样叮嘱别人量力而行。事实证明，他自己就是个典型的反面教材。

小杨护士见他一言不发，才意识到自己的话有些多："对不起，我太唠叨了，影响您休息了。"

"你说得有道理，我虚心接受。还有，你的手机提示音一直响，您有事就先忙着，我这边躺着就可以了。"

小杨护士拿出了手机，再次致歉道："抱歉，影响您了。我忘记调成静音了。"

"没事，别错过了重要信息。"黎明智语气里有些玩笑的意味，明显是希望对方能放轻松，从刚刚的紧张里抽离出来。

"我能有什么重要信息呀，不像您……"她的话被一条微信消息截断了，她的眼睛盯着手机屏，脸上笑眯眯的。

欢喜是藏不住的，从小杨护士的眼角眉梢里就能看得出，微信的另一边一定是她在意的人。

果然，在小杨护士之后断断续续的讲述里，黎明智勾勒出了一个简单俗套又让人感动的爱情故事。

小杨护士和男朋友从高中时就互相喜欢，但由于学校禁止早恋，他们也害怕耽误学习，让父母失望，直到高考过后的那个暑假两人才确定关系。而后，两人开始了很长一段时间的异地恋，只能通过电子设备联系，只有到了长假才能团圆，把节省下的生活费全都贡献给了国家的公路铁路事业。异地恋好像不仅没有阻挡住爱，反而让爱的火苗越烧越旺。等到两人都大学毕业，小杨护士直接回到家乡从事护理专业，成为了医院里的业务尖子，男友则顺利到美国读研，两人又开始了更加遥远的异国恋。两人相约，等男友毕业回国就结婚。

"怎么是他回国，不是你去国外呢？"

"我才不去呢，咱中国的日子多好啊，每天在新闻里和网络上看到国外又是战争又是枪击的，吓死人了。太太平平地活着不好吗？"

"那你还支持他去国外读研？"

"那是他的理想，他说，真正在国外生活一段时间，跟咱们去旅行观光肯定不一样。既然是他想做的，我当然要支持他。"

"他确定回国了吗？可是有很多人出去就不回来了。"

"最开始他也劝过我去美国，说医护人员在美国地位高收入也高。我才不去呢，他说得简单，里面的事情复杂着呢。我的学历和专业水准到美国被不被承认还不知道呢，再说了，我可不能扔下父母就不管了。我是独生女，父母也舍不得我。后来，看我态度坚决，他就决定毕业就回国了。"

"爱情的魅力。"

"他也不全是因为我才决定回国的。都是普通家庭的孩子，他在国外也要打工，挺辛苦的。整天除了学习就是打工，光靠奖学金以及他父母和我汇过去的那点钱，根本不够用。"

"你真是个好姑娘！那我祝福你们爱情美满，幸福永远。"

"那我也祝您早日康复，回归正常轨道。"

3/

黎明智一直都在正常的工作轨道上，虽然他身在病床上，可脑子没停、手机没停，各种微信工作群消息，各种通知、请示、审阅、汇报、咨询接连不断。

查房的小杨护士看到黎明智的忙碌皱起了眉头，满是责备的目光落在他身上："黎县长，您这哪儿是养病啊？从进到这间病房，您的工作就没停过，您是要把病房变成办公室吗？要是病人都像您一样，我们这些医护人员可怎么办？您这个榜样可不太好。"

"小杨同志，理解一下吧。工作不等人，都是些必须马上处理的。"

"您这么不遵医嘱，我可理解不了。我得跟院长申请，没收您的手机。要不然，电话、微信一响您就忙。手机像线，您像风筝，太影响您养病了。"

黎明智急了，辩解道："没收手机可真不行，会耽误大事的。"他还想说，可千万别用"没收手机"这招来吓唬人，一般都是重要会议、被纪检部门找去谈话、配合执法部门办案，才会"没收手机"。光是心理震慑，就能吓得人瑟瑟发抖。这个小杨同志太年轻了，不懂一些话跟被告知得了不治之症具有同样的效果，都能要了人半条命。

小杨护士当然不会真去申请没收黎副县长的手机，当然，即使她去申请了也会被院长驳回，估计还会加上一顿臭骂。她虽然依仗着跟黎明智相熟，说话时有所放肆，偶尔开些无伤大雅的玩笑，但影响黎副县长工作的事情，她还真不敢做。这点轻重好歹，她还是知晓的。何况，她的出发点只是温馨提醒，目的是让患者早日康复。

黎明智的表现确实不是一名"谨遵医嘱"的患者，小杨护士的说法很准确，他分明是在病房办公。第一天他的表现还有所收敛，第二天开始变得"过分"，办公笔记本电脑都被他带到了病床上，以便及时处理一些紧急文件和通知、邮件。到了第三天，他索性提出，已经没有大碍，头不晕、眼不花、走路不晕了，干脆直接出院。在医院住了两晚了，住得他实在是闹心。难怪有人说，好人在医院也得待出病来。他这病主要是心病，心里焦躁，烦得很。再说了，他的身体主要是透支，不至于要命，至少不会马上要命。

有了这次住院经历，黎明智告诫自己：出院后，一定得注意身体了，绝不能再透支。这次身体亮的是黄灯，要是亮起红灯呢？好好活着，活着就好，看似简单的道理就是人生的标准法则。人到中年，不得不承认，越来越尿，怕生病、怕死、怕失去亲人。

这次身体出现的小状况，黎明智没有告诉靳红。他仍保持一直以来的习惯，一天一个电话地叮嘱："小妹你要注意身体，别太累，照顾好自己。"电话另一头，有时不冷不热，有时叮嘱他一下同样的话。对方的态度没有影响他的态度和习惯。自己的老婆自己了解，靳红需要时间来疗伤。

黎明智决定出院，小杨护士持反对态度。不过，她的反对或者支持根本没有作用。她能做的，便是重复医学上的各种注意事项，另外加上了一些具体的温馨提示，还说一会儿院长、主任会过来送黎明智。

黎明智表示感谢，说："可别麻烦院长、主任了，趁他们没来，我先撤。还有，你看下手机，回复一下吧，别让男朋友等急了，这时候那边得是后半夜了。"

小杨护士脸上浮起了红晕，解释道："没什么急事，您又逗我。"嘴上这么说，身体却很诚实。只不过看过手机之后，她一动不动了。脸上原本的笑容消失了，取而代之的是脸部肌肉紧绷和牙齿紧咬。

小杨护士表情的变化全部都落在了黎明智眼里，直觉告诉他，小杨护士一定有事，而且百分之百不是好事。

小杨护士继续保持一个姿势，盯着手机屏幕，过了几分钟她才回过神儿，眼中带泪，鼻头泛红，她明显是强忍着眼泪才没有掉下来。

"小杨，遇到什么事情了吗？需要帮忙吗？"

小杨护士像没听到他的话，继续给对方打语音电话，对方好像只用了一秒钟便按下了拒绝接听键。她的脸色很难看，双手颤抖得厉害。她又接着打，对方仍是拒接，她一次次地打，对方一次次地拒绝。

黎明智叫她，她也不回答。再叫她，她还是不理会。

黎明智按住她的胳膊，制止她："小杨，冷静点儿，不论发生了什么事，咱们冷静了再处理。"

现在的小杨护士哪里还能冷静呢？

小杨护士收到的微信内容落进了黎明智的眼里，手机微信对话框的最后一行只有简单的几个字：对不起，分手吧。

小杨护士的男友去美国一年了，一年里，两人每天靠微信联系，好像跟在国内时没有两样。之前，她还在欢天喜地盼着男友毕业回国，想象着婚礼的样子和婚后的幸福生活。她已经做了六次伴娘，每次她都希望下次的婚礼女主角是她自己，由她这个新娘抛手捧花传递幸福。她还想过自己婚礼的时候，一定不让男朋友像别的新郎被人捉弄得团团转各种出糗，让他顺顺当当地娶到她。

为了迎接那一天，小杨护士每天都是在思念中煎熬着。生活中，她尽可能地节省开支，化妆品用低端的，衣服选打折的，把钱一点点地攒下，攒够了一个整数就汇给男朋友。她宁可自己苦着，也不愿意他苦。她想，自己再苦也是在国内，有亲人在身边。可他不一样，他在国外多孤单、多无助。她梦想着，现在把所有的苦都吃完了，他们的将来一定是甜蜜的。

微信消息的六个字，一个逗号，一个句号，把她的念想给掐死了。

小杨护士的情绪一下子崩溃了。

明明之前的微信聊天没有任何变化，全部是关怀和问候。如果要说不同，也不过是少了些分享，毕竟有时差在。她在国内晚上有空闲时，他那边是白天，在忙着学习和打工。他晚上有些时间了，她又在忙着上班。他们都想给彼此多些休息时间，才稍稍缩短了些分享时间。就在前几天，她还收到了男朋友给她邮寄过来的化妆品。她不让他邮，说邮费太贵了，可他非要邮，说那是他的心意。其实她知道，那些化妆品用不了多少钱，但他的心意比化妆品贵多了。

闺密说她是恋爱脑，她说那又怎么样，男朋友的人、男朋友的心意，值得她恋爱脑。

人的心意，怎么说变就变呢？

感情为什么会发霉变质呢？是因为时间变了、地点变了，人就跟着变了吗？

小杨护士质问："美国是个魔鬼国吗？怎么人去那里就变了？我和他大学异地四年，都没有什么事，为什么到了美国异地才一年，他人就变了？一句分手就打发我了。电话不接，理由没有，他凭什么这么对我？"

小杨护士想把更恶毒的话抛出去，抛到美国男友那里，变成巨石狠狠地砸死他，解了心头的怒气。只可惜，人家连她的微信电话都不接。此时，她像个困兽，想把一腔戾气都撒出去。

黎明智被迫成了"倾听者"，他准备马上回办公室的计划因此打乱。如果换成不熟悉的医护人员，他大可不必理会。估计人家也不会在他面前表现出来什么，毕竟都是成年人了，哪些情绪可以在工作中表现出来，大家都能够拿捏好分寸。显然，小杨失控了。偏偏是对他有过两次救护之恩的小杨护士，他就不能视而不见了。

可黎明智又能做什么呢？清官难断家务事，恋爱的事更是没法断清。何况，黎明智压根没想到幸福甜蜜的小情侣会突然闹起了分手。感情的事，从来都是双向奔赴才有意义。显然，现在只剩下小杨一个人在奔在等了。这样的奔赴还有意义吗？既然对方明确提出分手，又没给出任何理由，恐怕挽回的可能性非常小。因此，他只能劝她平静下来。至于后续的"治疗"，还是交给时间吧。

"小杨，你冷静点儿。"

小杨护士抽泣着，一脸愧疚："对不起，对您乱发脾气了。我太失控了，让您见笑了。您说得对，我先去冷静一下。"

小杨护士拉开门，风一样出去了。之前，她每次从黎明智的病房出去都会转回头，调皮地扮个鬼脸，像个跟大人玩耍的小孩子一样。这次，她完全判若两人。

医护人员的鞋子舒适轻便耐用，走路声音很小。可是，小杨护士的无声狂奔却像一道道惊雷炸到了黎明智的心上。

黎明智感觉很不妙，各种失恋轻生的故事浮现在他的脑子里。之前，小杨护士一直在讲述她的恋爱多美好，虽然作为一个中年人，他全是当成故事来听，谈不到羡慕，更做不到感动。因为比起浪漫，他更相信能落在地面上的平实感情。但在这一刻，他想到，小杨护士对爱情寄予的希望越大，失望就会越大。何况通过几次接触，他能感觉得到小杨护士是那种善良但非常情绪化的女孩子，这样一来，冲动之下，她会不会情绪失控做傻事呢？

这个念头吓得黎明智心里一惊，他急忙跑了出去，望向小杨刚刚转身的方向，看到她的身影一闪，好像拐进了安全通道。

平时，医院里的人们进出都乘电梯，安全通道使用率极低，除非出现临时停电的情况。其实，即使遇到停电的情况，医院也会为医护人员和患者启用临时发电装备。

黎明智心焦得厉害，经历过丧子之痛，他再也不能眼看着一个人在自己眼前失去生命了。他从快走变成了快跑，追着小杨护士的背影。

这时，黎明智才发觉，穿着轻便鞋的小杨护士上楼梯的速度也忒快了。看来她早就习惯了小跑着去工作。他自问平时体力也是不错的，只是现在还没有完全恢复，快步上楼气喘吁吁。等他跑到天台，一眼看到小杨已经站到了天台边上，看似平静地望着远方。

看到小杨人还在，黎明智才算稍稍安心，调整好呼吸，他大声喊："小杨，你冷静点儿，千万不要做傻事！"

小杨不回头、不回答、不理会。

"三不政策"，真是急坏了黎明智，他喊道："小杨你要是想做傻事，我就打110报警了。"

小杨身形动了一下，继续不回头、不回答、不理会。

"小杨，我可不是开玩笑。要不这样，咱们先谈一谈，一起想办法，看我能不能帮上你。"

小杨终于转过身面向他了。

黎明智悬着的心放下了一半，他说："小杨你年纪轻轻的，不能遇到一点感情问题就要死要活的。你要是真有个万一，你的父母怎么活下去，你想过吗？他们才是你在世界上最亲的人。你是独生子女吧，你的父母一定比我年纪大，都应该是五六十岁了吧。"

小杨好像被触动了："黎县长，您别说了。"

"我就是失独父母，我每天都想听我儿子再叫我一声爸，可是再也不会有人叫我了。我儿子是因为意外去世的，那是我们个人能力没办法左右的。可是小杨你呢？你怎么能这么狠心？你的生命只属于你一个人吗？你知道吗？我儿子比你小九岁，他多想像你今天一样好好活着，看到每天的太阳，憧憬美好的未来，但他没有机会了。可是你不一样，你有大把的明天和未来，你绝对不能因为一点点感情问题就要放弃生命！"

"我没想死。凭什么我要为他死？我就是想冷静一下。"

"在办公室冷静不行吗？回到家里不行吗？"

小杨泪如雨下，大喊："办公室里有同事，家里有父母，我不想让父母看到我难过。"

"你有没有想过。你的父母看到你难过，他们会难过，如果你出了意外呢？他们会难过到什么程度？这些你都想过吗？我相信，如果可以的话，父母愿意替你难过，愿意替你去死，你别问我为什么知道的。"

小杨护士开始大声哭泣，她慢慢蹲下了身子。

黎明智走到她身边，轻轻拍了拍她，语气平缓了些："小杨啊，我是一个刚刚失去儿子的父亲。失去孩子的痛苦我全都经历了，你不能那样对父母啊。你年轻漂亮，业务能力强，你以后一定会遇到更好的小伙子。你要记住，没有任何人、任何事值得你放弃生命。为自己、为父母、为你自己将来的幸福，你也应该好好地活着。"

小杨护士喏喏地说："我不是想自杀，我只是一瞬间有那么一点儿小念头，觉得生无可恋了。可是到了天台上，我就冷静下来了……您误会我了。"

"如果真是我误会了，那就太好了。小杨啊，古人说，天涯何处无芳草。上天有好生之德，如果安排相恋的两个人分手，是因为知道他们在一起不会幸福，安排分手是为了让他们遇到对的人。总之，最后的人一定是对的人。"

"可是，如果不是对的人，为什么要遇到呢？"

"那是为了让你成长，让你明白爱自己才是最重要的。"

"可是，我浪费了自己的大好青春，在一个连分手都没有勇气说清楚的人身上。"

"浪费也好，经历也好，慢慢你就懂了，都是成长的必经过程。"

天台上，黎明智和小杨护士谈了很多。关于爱情、亲情、生命、生存……直到小杨护士承认，奔向天台的那一刻，她确实是想径直跳下去的。

"谢谢您，救了我。"

"你可是救了我两次呢，一次在资永河，还有这次住院。"

"我都是配合医生，那是我的本职工作啊。"

"我也一样是在做本职工作啊，为资永县百姓做事也是我应该做的。我们算是扯平了。两不相欠了。"

小杨脸上终于有了一丝笑意，说："要这么讲，您还欠我一次呢。我可不可以提个要求呢？"

"我听听看，我能不能做到。"

"肯定能，只要您肯答应。以后，我叫您大哥，好不好。"

"这个……可以。不过，其实你应该叫我叔叔，记得我们聊过，你只比我儿子大九岁吧，我们应该算是两辈人。"

"不行。咱俩是平辈，必须叫大哥。"

"好啊。论年纪，这样称呼也没错。那我从现在开始就多了一个小妹妹。"

4/

当年，蒋鹏程也对靳红说过，以后就多了一个妹妹。蒋鹏程说到做到了，确实做了靳红名副其实的异性兄长。这么多年下来，他把自己的位置摆得很端正，正得任谁都挑不出一点瑕疵。除了他蒋鹏程自己，其他人都忘记了他和靳红之间的那段往事，毕竟当年他们之间的故事至多只能算作爱的萌芽。他把这段情感藏到了逼仄的角落，加了密码，能解锁的只有他自己。至于她的心思，全世界的人都看得明白清楚，他这个聪明人又怎么可能不懂呢。

相处多年，蒋鹏程非常了解靳红的性格，性格决定了她不会轻易放弃资永的案子。说好听了是执着，说难听了是一根筋儿、死脑筋。这点，靳红和黎明智倒是非常相像。这样的性格是双刃剑，能成事，也能伤人伤己。

没错，黎明智和靳红才是同类人。当年，正是因为看清了这点，蒋鹏程才果断举起白旗撤退。其实，他也只有这一条路可走，他只是候选者。在别人看来，追求靳红这件事情上，他肯定比黎明智有胜算，单凭外形条件，他都明显优于黎明智一截。两人站在一起，高下立显，人都是视觉动物，谁能不喜欢帅哥呢？何况他蒋鹏程不光帅气，还能说能讲会做事，如果他肯用心思，再来个穷追猛打，黎明智哪还会有机会呢？但是，这些都只是别人的看法，别人看到的是外，他看到的是里。他清楚着呢，靳红和黎明智感情好着呢，别人连根针都插不进。如果只看外表便能确定另一半，那是"颜控"，不是她靳红，她的心里有"定海神针"。

在这样的情况下，与其强争，不如高姿态地退出。给人体面，更是给自己体面。人啊，很多时候，体面不都是自己给的吗？得自己成全自己。

红瘦

有时候，蒋鹏程也觉得自己太精明了，总是在计算着性价比，计算着收获和付出，计算着怎样选择自己的胜算更大。可是，生活中谁敢说自己不是精致的利己主义者呢？为自己着想，是天性。

坚定执着、是非分明，是靳红在蒋鹏程眼里的闪光点。那是他稀缺的，他做不到她那样的坚定执着。他会为了某些外在的目的，放弃内核的需求，比如选择文萃为妻。

第一次见到文萃，蒋鹏程喜欢她吗？根本谈不上喜欢，当然也不至于讨厌，更像是普通朋友相见的感觉。文萃爽朗直接，坦坦白白地表达了对他的喜欢。这份直接让他觉得这个姑娘有点儿可爱，但和男女间的喜欢好像差了那么一截。

最初接触文萃，蒋鹏程第一印象觉得文和靳颇像，这个像不是外表，论外表文不如靳。文萃家境优渥，可以说从小养尊处优，让全家人惯成了娇小姐，却能直接选定他蒋鹏程，一眼定终生，并"逼迫"文副厅长亲自做媒，自然是坚定执着。

与文萃确定恋爱关系不久，蒋鹏程还带着强烈的目的性，要介绍这两个女人相识。他心里想的是，让她们经常接触吧，古人说"近墨者黑，近朱者赤"，慢慢熏陶下来，这两个女人肯定会有相似之处了。

可是多年相处下来，终究是性格不同、道路不同、兴趣爱好不同、人生观不同，这两个女人终究没能如蒋鹏程所愿成为闺密，甚至连好朋友都不是，至多只能算熟识的朋友，不远不近地交往着。对此，文萃的道理很充分："你同学的事，我可不跟着掺和，你自己弄明白就行了。总之，老蒋同志，请你跟你的女同学们保持好距离。弄出什么花花事，看我不弄死你。"

文萃的前半截话，听着还是悦耳的，似乎给了蒋鹏程充分的自由。后半截话却是一字一句从牙齿缝里射出来的，有些威胁的意味。当然，这话也可以理解为爱。毕竟，爱本来就有独占性。何况社会上关于同学会林林总总的故事层出不穷，她有这样的危机感和防备心也算正常。

蒋鹏程自从听到这话，便不再特意让妻子与同学接触，甚至在很多事情上尽可能地回避她。他明白自己这样做一来是为了避免麻烦，文萃是个醋坛子，真要是捕风捉影闹出点儿幺蛾子，不是引火烧身吗？反而会影响夫妻感情、同窗之情。另一个原因则是为了维护面子，文萃有时候是真不给他面子，不管有人没人、人多人少，说翻脸就翻脸，这是两人相识最初就打下的基础。

可是，打下这样恶劣的基础又能怪谁呢？怪他，怪文萃，还是怪文副厅长那个"被迫"上岗营业的大媒人呢？

文萃毕竟是全家族宠着惯着的娇小姐，骄横跋扈是打小形成的习惯，早就刻进了骨子里。两人相识之初，蒋鹏程就感受到了，只不过，没有感同身受罢了。毕竟，那时彼此之间有着距离。何况在她处事的时候，方向动作都是冲着别人，当然包括在他和同事们面前颇为威严的文副厅长。

两人结婚前，文萃曾经为他将了文副厅长一军。那是关于他的一个机会，全厅只有两个名额。按照文副厅长的意思，他还年轻，机会多得很，明着去争有点太显眼了。文副厅长说："不能好事都让一个人占了嘛。鹏程确实很优秀，可他刚刚在职务上升了一级，总要顾虑一下同志们的看法嘛。平衡是一门艺术，你们女孩子不懂，鹏程一定能理解的。"

文萃当着全家长辈的面黑起了脸，质问："他理解没用，得先过我这关。我不管，叔叔您就得争取把这次的名额给鹏程，不光是为了那点奖金，主要是荣誉，这是为他将来发展打基础。当年您可说过，资本攒得越足，事业的发展机会就越多，上升的空间就越大。再说了，我俩虽然还没结婚，可他在我心里就是咱文家人。叔叔，不护着家里人，您还护着谁呀？"

蒋鹏程听得脸颊发热，这不是硬抢硬要荣誉吗？何况，文萃选择的时间也有点不恰当，当着文家一大家子的面，特别是他也在现场，这就有了"逼宫"的意味，弄得文副厅长骑虎难下。要是此时翻脸，估计文家的上一辈会同时把枪口指向文副厅长。

修养一向很好的叔叔跟侄女和起了稀泥："你这丫头，我又不是一把手，不能拍板决定。你呀，当厅里是咱家吗？再说了，即使在家里也得长幼有序嘛。"

叔叔这前半句是说给侄女听的，后半句是给全家人听的，字面下的意思是：瞧瞧把这丫头惯成什么样了？没大没小，没羞没臊，还没结婚就像个小母亲一样护着男人，将来还得了？

文萃装傻，继续强烈地表达着自己的意愿："一把手也得集体决策吧。这事就看您想不想办了，您想办就有办法变通，不想办也有一万个理由。我虽然在国企工作，可是机关那些事，让您熏也熏明白了。"

文副厅长说："你呀，这张利嘴，不知道上辈子是不是王熙凤。"

"叔叔您可饶了我吧，电视剧里那个凤丫头结局多惨。我可不能像她，要像也得像奶奶一样，子孙满堂，幸福一辈子。"

文家人全都哈哈大笑，说奶奶真是没白疼这个大孙女，劝文副厅长想想办法，毕竟都是一家人，培养好接续力量很重要。

蒋鹏程当时的感觉：这个女孩子帅呆了，做事干净利落，扔出去的球还能再打回来，哄得大家都开心。她对自己可真好啊，如果这都不是爱，那什么才是呢？这样比较下来，找个爱自己的人不是更幸福吗？傻子才会犹豫要不要接受呢！

蒋鹏程不傻，他活得很现实很通透，会灵活机动地处事，绝对不会一根筋。

真正走进婚姻，度过蜜月期，彼此真实的样子才渐渐显露。文萃的强势霸道不知不觉间施加到他的身上，蒋鹏程这才体会到了那种被烈火喷烤的真实感受。

他会在一个人的时候自问：自己不是曾经非常欣赏这样的强势吗？怎么加诸到自己身上就厌恶了呢？

这世界上，谁会喜欢脾气暴躁的人呢？何况，大多数时候文萃的脾气更像是火山爆发，没有前奏、没有预告、没有警示，突如其来，铺天盖地，咄咄逼人，他连躲开的机会都没有。

文萃经常会直接要求他，做什么、怎么做，开始怎么样，中间怎么样，最后怎么样，一步步都要按她的规定来进行。

蒋鹏程问："过程有那么重要吗？我怎么做不一样呢？就像做菜一样，最终菜做好了，吃起来味道挺好，不就行了吗？先放醋还是先放盐有那么绝对吗？"

"先放，后放，味道就是不一样。"

"我就问你，先放后放有毒吗？"

"那我也问你，按我说的做有错吗？"

"不按你说的做，就是错吗？"

"对！必须按我说的做，不按就是错！"

蒋鹏程愤怒了："你是皇上？"

文萃得意洋洋："你还真说对了，我就是这个家的武则天。你看看这房子、家具、电器，哪一样不是我选的，你为这个家操过心吗？你管过这个家吗？"

蒋鹏程不作声了。他在心里说：房子和家具、电器确实全是你选的，那是因为你根本不给我机会选。你选好，到了拍板的时候才假模假式征求我的意见，我说了某个更好，肯定会被你全盘否定。我能做得了什么主呢？

爱做主、操心命的文萃总是在试图改造蒋鹏程，比如他的穿衣习惯、吃饭习惯、刷牙洗澡习惯，事无巨细。

他开始时会逗她："什么都管，累不？"

文萃会立刻瞪大眼睛："管你是为了你好。你看你一身的坏习惯，不改掉怎么行？我可跟叔叔讲了，趁着他还在位置上，必须得提拔你。"

类似这样的话，听久了，蒋鹏程很烦。文萃动不动就把文副厅长挂在嘴边，不过是在提醒他，他的上升台阶每一阶都得靠文家。所以，请好自为之，在文家人面前好好表现吧。如果再画个重点，是在她这个文家"长公主"面前好好表现。

蒋鹏程心里清楚，文萃说的是实话，"朝里有人好做官"，古话传到今，自有道理。可是实话非要赤裸裸地摆到桌面上吗？看破不说破，朋友继续做，是尊重，是修养，也是一种善良。做个善良点的女人不好吗？非要把话说绝，把原本就稀薄的感情处没了吗？

文萃凡事都要占上风，有时候一点儿小事，比如蒋鹏程动作慢了、反应迟了，她都会大吵大闹："我就让你倒杯水，你一动不动，你眼睛钻电视里得了，足球就那么好看，一个破球，一堆人抢来抢去的，有那么好看吗？你想渴死我？"

"正好踢到精彩的地方，你自己倒杯水不就行了吗？"

"球赛重要还是我重要？倒杯水的事都不行，你还能为我做什么？"

"你怎么只记得我没做什么，而我做的你全不记得？"

"那我还得弄本功劳簿，把您老人家的功绩一笔笔都记上，再打个板像供祖宗一样给您供起来？"

类似的事情越来越多，导致两人的相处模式变成开口就吵，张口就骂，好像再也不能和颜悦色地相处了。鸡毛蒜皮、柴米油盐，任何一件小事都能成为吵架的导火索。而最终，是以她胜利宣告结束。而后，她还会补充一句："你何必呢，最后还不是听了我的。"

是的，他蒋鹏程只能听她文萃的，何必争呢？就为争成个战败国？就为了最后听一句嘲讽？

因为文副厅长的原因，蒋鹏程和文萃的感情注定从一开始就是不平等的。她占领高地，他委曲求全。她趾高气扬，他低声下气。她有恃无恐，他无可奈何。

可是，蒋鹏程清楚自己想要的是什么。人生有付出才会有得到，这是规则。为了遵守这个"规则"，蒋鹏程很不容易，他的表现最初很好，凡事尽量都顺着文萃的意。她不喜欢做家务，他来做；她喜欢逛街，即便走到脚上起了水泡，他也陪着；她喜欢赶时髦，购买奢侈品，尽量满足她。好在这方面，文萃倒是不给他施加压力，资金大部分得益于岳父岳母的赞助。当然，即使施加也没用，他除了工资没有其他收入。何况，他每月还要拿出一小部分钱给父母，聊表做儿子的心意，虽然父母每次都是急赤白脸地拒绝。

结婚之初，蒋鹏程甚至有些沉浸在这样的强势里，文萃喜欢做主就让她做，她喜欢皮沙发，按她的来，她喜欢那种灰色条框另类的地板，也由她来。虽然她的审美在他眼里丑到了极致。

一强一弱的感情，最初相安无事，甚至在文萃怀孕时达到了最高"糖度"。那段时间，她突然变得小鸟依人了，变得不再乱发脾气。

蒋鹏程很享受这种变化，看来准妈妈和小姑娘就是不一样，不再大呼小叫，不再乱发脾气，不再动不动生气。

文萃说："你别得意，也不要看我脾气变好了就觉得我好欺负。我这是为了肚子里的宝宝，如果妈妈经常生气会影响孩子的健康。"

"看来老公没有孩子亲啊。"

"你还嫉妒自己孩子啊？"

"我是羡慕。"

蒋鹏程羡慕的日子长远着呢。自从女儿出生，他在家里的位置直接变成了三把手，如果家里养小猫小狗小金鱼小乌龟，可能还得往后排。

而在孩子的教育上，夫妻俩更是有着不可调和的矛盾。蒋鹏程认为孩子应该吃些苦，养成良好的生活习惯。文萃坚持女儿必须富养，必须宠着。

"富养不是你这个养法，是让孩子精神上富足，有进取心，有梦想。"

"我的女儿我做主。"

"从小你就惯，孩子哭一声都不行，哭了就得抱。这都是什么习惯，谁家孩子没哭过？"

"我的女儿凭什么让她哭？"

"跟小朋友打架，你就差点儿把人家妈妈撕碎了。"

"我女儿凭什么要受欺负？就得让他们知道厉害，知道我女儿不好惹。第一次给他们制服了，他们就不敢来第二次了。"

"那老师呢？人家批评孩子两句，你就跟人家吵，还扬言要把人家开除了，你以为你是谁？"

"我女儿去学校是接受教育的，不是去受气的。"

"老师批评几句就是受气了？我小时候不听话还挨揍呢，按你的说法得跟老师决斗了？你这样做早晚会害了孩子。"

"我是爱孩子。"

"惯子如杀子。"

"我的女儿我来管，不用你瞎操心。"

家里的事，插不上手，女儿的事，更没有蒋鹏程的用武之地。文萃、岳父、岳母，三叔二大爷七姑八婆，文家人承包了女儿的各种琐事。以女为贵，让女儿成了文家的新一代宝贝。光是女儿的衣服都可以开场女童服装发布会了，经常是还没有摘下吊牌穿身上，衣服就小了。

疼痛让人觉醒，蒋鹏程化憋屈为动力，在工作上发力。他在工作中找到了快感，获得了满足。个人的努力，加上文副厅长的扶持，他的仕途顺风顺水。

如果换成一个懒政散政的人连连被提拔，其他人或多或少都会有些意见。在蒋鹏程身上没有出现这种情况，因为领导和同事们对他的表现为人一致认可。

"小蒋这样的同志不重用还重用谁？有能力、有素质、有担当、有干劲。"

"人家小蒋确实是靠工作实绩上去的，小蒋总是第一个到办公室，最后一个离开。"

"要是年轻人都像小蒋一样努力，咱们的事业发展肯定还会更快。"

"文副厅长这也是慧眼识珠了，给文家找了个好女婿。举贤不避亲，唯才是用嘛。"

那些年，蒋鹏程的心情是痛并快乐着。他的痛来自文萃，好像他做什么都是错，说什么都是错，一错百错千万错。有次两人吵完架，他脱口而出："要不，咱们分开吧。"

文萃瞪圆了眼睛："凭什么分？你是不是有了小三小四阿猫阿狗了？我告诉你蒋鹏程，你要是有三四五六我就把她们一个个斩草除根。"

蒋鹏程皱起眉头，没好气地说："你这是不讲道理！怎么就三四五六了，还七八九十呢。我工作忙成什么样子你不知道？我在厅里什么样，叔叔没告诉你？"

"我就知道你根本不管家里的事。"

"你让我管吗？我在这个家有话语权吗？"

"怎么就没有话语权了？户主是不是写着你名字？"

"我有什么话语权？结婚好几年了，陪过我父母一次春节吗？"

"平时你少去了吗？"

"平时也是我一个人去，你去过几次？再说平时跟春节一样吗？要是一样，为什么咱们不能平时去你妈家，春节去我妈家？"

两人之间的陈芝麻烂谷子在吵架时被回锅翻炒。吵到最后，仍是以蒋鹏程闭嘴告终。

后来，他们吵架的时候通常都是她在吵，他在沉默。

蒋鹏程在心里说：跟讲理的人可以说理，跟不讲理的人有理可说吗？已经说得两人赤条条相对了，再撕下去就成了无地自容了。

时间久了，蒋鹏程练出了一套本领：你吵你的，我做我的。他太清楚了，自己的婚姻就是人们所说的那种"床上无爱，床下无话"，可这样的婚姻为什么还延续着。为了孩子、财产、利益，其中牵扯得太多，过不好又分不起，痛苦得要死。

蒋鹏程工作上顺风顺水的日子过了好些年，直到文副厅长退休。最初，他的感受并不深，可是再后来，影响越来越明显，他的职务、职级变为纹丝不动，更是受到了某位上级，当年文副厅长对立面的强烈打压。

能力政绩是提升的必需，人脉资源更是决定因素。这是蒋鹏程坐了几年冷板凳，受了几年委屈后，总结出来的心得。

最近，蒋鹏程总会不经意间回忆起一些往事。他并不愿意去回忆，毕竟，往事不可追，要向前看向前走，他的年纪正是职务上升的好时候，他对未来踌躇满志。

回忆往事的时候，他通常都站在窗口。这是他放松眼睛，放松腰椎颈椎，放松紧绷神经的时间，这样的时间理应是放空状态，可最近，这样的时间却被回忆占据，这是他不喜欢又在极力控制的状态。总是回忆，不是说明人老了吗？他还有大把的光明前程要奔赴呢。

他抽回神，一条微信消息飞进了他的手机，说靳红到资永了。

第六章

慈者爱念怒目相向

1/

覃亦心找到陈奇刚家没绕路，按照导航，车径直停到了陈家门口。

靳红觉得顺利得有些出人意料了。全国有两千多个县级行政区，一千三百多个县，这也使得资永县变得籍籍无名，资永县放在全国一点儿也不显眼，各项综合实力排名都是后半截中的后半截。如果不是大巴车坠河事故的爆炸性传播，估计很多人一辈子都不会听到资永县这个名字，更不会关心原来中国还有这么一个县。

覃亦心确实到过资永，不过是跟着同学、朋友们开车自驾游玩。大学时代就是这样幸福，除了学习，就是各种游玩，各种欢乐。对这样一个地域面积并不小的县，她远谈不上熟悉，能一下找到陈家，肯定是做了功课，用心了。

"确定是陈奇刚家？"

"必须是啊，确定一定以及肯定。"

"想不到咱们亦心律师很厉害嘛。"

"没看是谁徒弟，强将手下无弱兵嘛。兵法有云，谋定而后动，知止而有得。本大小姐略懂兵法，深知不打无准备之仗，方能立于不败之地。"

靳红笑说："夸你你还飘了。不过呢，这次确实应该夸，准备工作做得充分、到位。"

"是吧！师父偶尔也得夸夸我这个小跟班嘛，要实行鼓励式教育、快乐式教学，不能一味地采取高压态势。"

"夸几句，你又贫上了。"

"这叫撒娇，撒娇女人最好命嘛。报告小姨，是我这边的一个朋友直接把位置发给我了，要不然我也找不到呀。"

"你朋友蛮厉害的嘛，资永人口几十万，一个大巴司机的家都能找到？"

"普通大巴司机找起来可能要费点儿力气。陈奇刚不一样，他现在可是资永的名人了，不过是臭名、骂名、恶名。只要出名了，找到他并不难。现在人们一旦八卦起来可个个都是专业水准，想八卦谁都能翻个底朝天，别说是家庭地址，就是陈芝麻烂谷子的事也能调查出来。"

"听你这么说，我想起了有'神秘组织'之称的朝阳群众了。"

"小姨，说白了，这也是人性。现在哪里都有这样的'神秘组织'，只不过关心的方向不完全一样。总之，这不是坏事，有多少传销窝点之类的，就是这些'组织'发现的呢。"

"有道理，你要好好感谢一下你的朋友。"

"一定转达师父的表扬。我朋友确实很够意思，怕我找不到，特意开车过来，找到后才发位置给我的。"

"问你朋友之前，没问你小姨夫吧？"

"我谨遵您的教导，您叮嘱不给小姨夫添乱。怎么样，我是个优秀的助理吧。"

"最近表现得确实不错，可圈可点。是不是俞彬背地给你补课了？"

"还用背地里？他随时随地出问题，随时随地考我。而且每次也不提前打个招呼，说考就考。如果没答上来，还会黑脸呢。终于想出答案了，下次见面想表现一下，结果人家没句表扬又提出了新问题，总之是见面必有考题。虽然他都去纪委工作这么久了，可大学助教那点习惯一点儿也没变。

他根本不像男朋友，更像老师。"

"他本来也是你老师嘛！我和你小姨夫非常欣赏俞彬这一点，谁规定学习非得在教室里、在课堂上，本来就应该随时学，持续学，学一辈子。保持良好的学习能力可是大本事，这方面你得向他学习。别看他只比你年长几岁，却比你成熟很多。可以说，兼具爱人和人生导师的特质。你要好好珍惜和他的缘分，不要动不动就闹小孩子脾气。感情越积累才能越醇厚，乱发脾气、搞冷暴力，那样做只会让感情越来越淡薄。"

"知道啦。感情越积累越醇厚，非常有道理。可不能总冷着另一半，是不，小姨？"她别有深意地盯着靳红，先是送上一个白眼，之后眨了又眨，接着狡黠一笑，"这方面，小姨你也要给我做出个好榜样呀。咱们来资永了，怎么也得去见下小姨夫吧，我还想着让小姨夫请我吃资永的特色菜呢。再说，您也得慰问一下小姨夫，他一个人在资永多孤单啊，他好可怜啊，没个人照顾，小姨夫过的是孤苦伶仃的单身生活啊。对了，我都帮你准备好礼物啦，在后备箱里放着呢，两罐蛋白粉，增强免疫力。"

靳红心里一动，涌上一丝愧意。一方面是感动亦心的懂事体贴，这孩子越来越像是自己的亲生女儿了。不，不是像，简直就是个贴心女儿了。另一方面，是为了黎明智。是啊，自从儿子去世之后，她对小智哥确实太冷漠了，基本上是不闻不问，真是无情无义。

"那等办完了事，再去看你小姨夫。"

两人走下车，望向院里，强烈的视觉冲击，令她们顿时感觉寂寥清苦，甚至有些恐怖。

陈奇刚家的院落面积很大，方方正正的农家院儿，四间平房半新不旧，房子的前后左右都是菜园。让人惊诧的是，附近好像只住着陈奇刚这一家，前后左右，一户邻居都没有，旁边全是空地，使得这座房子显得格外阴郁。

更醒目的是，房子正面写着红色大字：杀人偿命。每个字距都有一米左右的样子，看样子像是用红色油漆写上去的。油漆像是沾多了，在每个字的下面曲里拐弯地淌下，像是流淌的血液。

房子的玻璃很有特点，一部分玻璃完好无损，一部分破裂得如同龟壳，还有一小部分是临时凑数的塑料布。

院落里格外凌乱，农具、家具等旧物散落一地。菜园里的植物像遭遇过一场又一场浩劫，七零八落，东倒西歪。

两人望向彼此，眼神里是同样的疑问。

"小姨，这里不像有人住的样子。我们还进去吗？"

"你朋友发给你位置时，有没有提到什么？"

"他听说有受害者家属来这里闹事，他来的时候应该是有人住的。"

"跟谁闹事？"

"陈奇刚的女儿。当时好像只有陈奇刚女儿料理他的后事，好像陈家没有什么亲戚帮忙。"

靳红倒吸了一口凉气，墙倒众人推，破鼓万人捶，果然不假。陈奇刚自然是万恶不赦，纵然死了也解不了人们的恨意。可怜的是陈晓蕾，人们的恨意和愤怒只能由她替父亲承担了。

她们迈步进了院落，目光掠过菜园，走近了房门口，靳红敲了敲门。

靳红问："有人在吗？"

没有回应。

靳红再问："里面有人吗？"

没有回应。

覃亦心说："小姨，我们走吧，去找其他人了解一下情况。要不，我再给朋友打电话问一问吧。"

"等等。"

靳红站在门口，环顾着四周，周边没人。地面上有不少砖头、石块，还有一些花圈、纸人，她心里又是一紧。这些应该是大巴车坠河事故受害者家属发泄怒火留下的痕迹吧。发泄不到陈司机的身上，那就发泄到他女儿的身上、他的房子上、他的菜园上，总之，与他有关的一切都可怨恨、可作践、可糟蹋。

靳红绕着房子走了两圈，房子的各处都留有类似的痕迹，花圈有新有旧。走下来才知道，几乎每面墙上都写上了"杀人偿命"字样的醒目标语。

红瘦

"还我孩子！"

"还我妈妈！"

"死你全家！"

……………

靳红起了一身鸡皮疙瘩，不寒而栗大约就是这种感觉吧。突然一个念头闪现：承受这样的压力，那孩子会不会一念之间也做了傻事？

靳红在门口或窗户边上喊着："陈同学，你在里面吗？我是黎雨泽的妈妈，我特意到资永来看你了。"

没有回应。

靳红再喊："陈同学，你答应一声，我是黎雨泽的妈妈。"

没有回应。

覃亦心瞪大了眼睛，诧异地看着靳红，几乎耳语地问："小姨，里面有人吗？"

靳红摇摇头，眼神里是大写的不知道。

"陈同学，我不是来闹事的，也不是来索要赔偿的。我们见过面的，我们能谈一谈吗？"

没有回应。

"小姨，里面没人吧。"

"我再试一试。"

靳红固执地拍着门："陈同学，你在里面吗？我是黎雨泽的妈妈。"

覃亦心也跟着她一起拍起来。

仍旧没有任何回应。

身后突然有人喊："哎，你们别敲了，里面没人。"

两人同时回头，看到了一位六十岁左右的女人站在大门口，望着她们俩。

女人招呼她俩："你们别敲了，里面没人。"

靳红和覃亦心走向女人。

女人说："这房子，天天有人扔砖头、泼油漆、砸门窗，得吃了豹子胆才敢住。你们是不是傻，在那里又叫又敲的。"

靳红和覃亦心对了一下眼神，是啊，这样时不时被恐吓的房子里，不要说是一个小姑娘，就是一个大男人怕也不敢住。这样的情况下，两人还在不停地问有没有人，确实是傻透了。

靳红追问："您知道陈奇刚的女儿去哪里了吗？"

女人仔细瞧着她们，眼神里写着疑惑和不信任，身体做出防御的姿态："你们是谁？打听她的人可多了，是不是也想找她算账啊，她一个小姑娘，能还钱还是能偿命？"

两人都听出了女人话里话外对陈同学的维护，从这点至少可以确定这个女人应该是跟陈同学有某些关系，说不定很熟悉。

"您误会了。我们不是来索要赔偿的，我是她同学的妈妈。"

女人皱起眉毛，上下打量着她们俩，口气略有缓和："她同学的妈妈？你家孩子跟她是什么时候的同学？你是资永人吗？听着口音可不像啊。"

"我是省里来的，我儿子和陈同学是高中同学。"

女人答："这就难怪了，是从省里来的。看来，您的孩子肯定也是品学兼优的孩子，那可是全省重点高中。"

女人听了她们的介绍，又看了看 A 开头的车牌照，仍有些疑惑。

覃亦心拿出了学生证给女人看："我是她同学的姐姐，这是我的学生证。"

女人仔细查看了证件，确定了身份："你们大老远到资永找那孩子有事吗？"

"我是受儿子委托来找她的。"

女人问："那你儿子为什么没来？"

"他……有事来不了。"靳红心里一疼。想到儿子、提到儿子，她的心总会疼，这个毛病怕是要一直伴随她离开这个世界吧。

女人叹了口气："好吧，那我就信你们一次吧。晓蕾这孩子哪都好，就是命苦。"

从这位自称钟老师的叙述里，陈晓蕾一家的情况渐渐形成了大致轮廓。

红瘦

陈奇刚曾经当过兵，当年国家是安排了工作的，到市政做下水道工人。那份工作最是辛苦，天天爬下水道，被人称为处理堵塞、处理脏污、处理粪便的"大使"，每天臭气烘烘的，一天洗八回澡，还是觉得身上一股子臭味。陈奇刚想换个工种，找了领导很多次也没办成。眼看着比他后入职的同事都转行了，他还是干着老本行，领导换了几任也不给他换工种，后来他索性辞职，跟老婆在老家资永当起了花农，肯吃苦不怕累，闻着花香赚着钱，收入不比县城一般家庭差。

陈家有两个女儿，大女儿陈晓蓓，小女儿陈晓蕾。

钟老师说："你们见过晓蕾，她漂亮吧。她姐姐晓蓓比她还漂亮，那眉眼比电影明星都好看，皮肤白里透粉，是出了名的小美女。不过学习方面，还是晓蕾厉害，她姐姐没考上高中，早早就进入了社会。她姐姐性子柔和，她比她姐姐有主见。姐妹俩读小学时都是我的学生，所以，对这个家我还算是有些了解。"

陈家好日子的转折点跟资永大桥紧紧相联，大桥还没开始建呢，先是他家的花棚干不成了，房子被拆了，而后是晓蓓突然自杀，然后晓蕾妈妈思女心切得了重病不能自理，再后来陈奇刚凭借当兵时开车的技术找了一份大巴司机的差事维持家里的生活，晓蕾退学照顾妈妈。妈妈去世几天，就出了震惊全国的大巴车坠河事故。对了，陈家现在住的房子是租的。房主全家搬到厦门了，这房子卖不了多少钱，房主就盼着动迁呢。主要是让陈家帮着照看房子，房租收得很少。没想到，房子现在被弄成眼前这样子，房主也是跟着倒霉了。

钟老师只是大概介绍了陈家的情况："只知道这些，他家的具体情况别说我讲不清楚，晓蕾估计也讲不清楚，毕竟她只是个孩子。唉，就算知道了，估计她也不愿意提。晓蕾这孩子命太苦了，现在父母、姐姐全都不在了，只剩下她一个人孤苦伶仃。那孩子可是清华北大的苗子，从小学习一直是第一名，太可惜了。"

靳红问："您知道她现在在哪儿吗？能带我去看看她吗？"

钟老师看着她们，犹豫后终于点头："你们跟我来吧。"

2/

钟老师坐上了覃亦心的副驾驶座，指引着去往她家的路。

一路上，钟老师讲述了她把陈晓蕾带到自己家中的缘由："'百草枯'这个药名，你们都听说过吧。"钟老师的语气里带着五味杂陈，显然这个药是故事的开始。

覃亦心握着方向盘的双手抖了一下，起了一身鸡皮疙瘩。每每紧张她就会有这样的身体反应，考试时、面试时、参加竞赛时、第一次跟男友接吻时，她都是一样的身体反应。这种身体反应好像也是遗传的，姥姥、妈妈、小姨和她全都有。辣椒没有，好像只传女不传男，人类的遗传基因真是奇妙。

"百草枯"，是一个令人恐惧的农药名，有剧毒，如果没有稀释，十毫升之内就能致命，救活率不到万分之一，死亡的过程非常痛苦。喝下药二十四小时之内，嘴巴里面开始溃烂。随着时间流逝，嘴唇和脸部也会开始溃烂。可是，大脑意识却会无比清晰。再接着，是身体各个内脏器官开始衰竭，直到肺部纤维化和呼吸衰竭导致彻底死亡。这种药最可怕之处在于，直到死亡的前一秒，大脑都是清醒的，可是却一句话也说不出来了。新闻里曾报道过，不止一个人喝下这药后悔了，求着医生救命，但世界上根本没有解药，就是华佗再世也无力回天。"百草枯"也因此被称为毒药中的毒药。

"陈晓蕾跑去农药种子商店买百草枯，老板娘认出她是陈家的闺女，就留了个心眼儿，骗她说没有这药。她挺失落地问人家别的店有没有，之后就出去了。老板娘不放心她追了出去，重新把她拉回店里。直接问她干吗要买这么烈性的农药，死也是遭罪的死法。陈晓蕾一个劲儿地跟人家说是庄稼要用。老板娘干脆开门见山地说，'你是陈家闺女，我认得你，你买这

红瘿

药就是奔着死去的，这可不行。这世上没有什么事是过不去的，只要不死就能出头。你死都不怕，还怕活着吗？你才十几岁，好日子在后头呢，小时候把苦都吃了，熬下去，将来的日子甜得跟蜜一样'。总之，劝了一些，也骂了一些。劝得少骂得多，最后倒也把陈晓蕾骂醒了，答应会好好活着。"

覃亦心问："您怎么知道得这么详细啊？"

"本来资永县也不大，有点儿事就能传遍全县。现在人人都有手机，陈晓蕾因为她爸，全县人差不多都从手机视频认识她了。最主要，老板娘是我侄女。唉，我这侄女从小就厉害，典型的刀子嘴豆腐心。侄女知道陈晓蕾是我学生，特意打电话跟我讲了这事，我这心就悬起来了。我教了几十年书，像陈晓蕾这样有天分的孩子不多见。一本书她两天就能读完，一边听课一边就能把作业做完，根本没上过什么补习班、课后班，成绩照样全县第一，当年她可是全县唯一一个考上省重点高中的学生。"

听到"百草枯事件"的当天，钟老师就去找了陈晓蕾。陈晓蕾正被几个受害人家属围堵着，钟老师看到小姑娘脸上的巴掌印清晰可见，一声不吭地任由人家打骂，抬起手臂尽量地护着脑袋。钟老师分开了众人，护在陈晓蕾身前："这孩子是无辜的，你们不能对着她来。国法不允许随便打人骂人，你们这样做是犯法。"

"我们犯法，她爸没犯法？她爸死了就应该由她这个闺女来偿还！她是无辜的，我们家人就活该送死？"

钟老师只能耐心地劝。幸好，那些人里居然也有钟老师的学生，不好意思再闹。这样一来，钟老师好说歹说总算把那些人都劝走了，一场闹剧才算结束。这时，仔细一瞧才发现陈晓蕾的脸都让人打肿了，衣裳也被人撕破了。

"那些人就是拿陈晓蕾撒怨气呢。我问她疼不疼，她说不疼，说自己应该替爸爸挨打。我问她有什么打算，她说想离开资永去打工，走得远远的，越远越好。我问她为什么不马上走，要待在家里等人打骂？她说因为没地方去，亲戚都不跟她走动了，亲叔亲姑亲舅亲姨都不认她了。也就房主还算好心没撵她，估计人家也不愿意特意赶在这个时候回资永收房子。她想等父母过了七七四十九天再走，要不连给父母烧纸的人都没有。结果等来那些人三天两头去她家里闹事。"钟老师当时就决定，把陈晓蕾带回自己家。钟老师的意思是当时就带她走，可她怕那些人追到钟老师家，给老师添麻烦，最后答应等天黑了再去老师家。

"我也帮不上大忙，只能是帮着陈晓蕾躲，躲一天是一天。她现在住在我家里，楼不敢下，门不敢出。"钟老师讲了一路，叹息了一路。

靳红和覃亦心听得心里像压上了大石头。

"我也不问你们找晓蕾什么事了，既然你们来了，肯定是有正事。我就拜托你们别伤害这孩子。"

"好。"靳红回答得很痛快，痛快得让她自己都惊讶了。

见到靳红，陈晓蕾一脸的惊诧，手脚跟着不知所措，两手十指交叉攥成拳头，两个拇指来回搓动，低着头，不敢正视靳红。

靳红一脸严肃，精英律师的气势把空气都压得紧张了。

场面一度很冷。一时间，双方都不知道从哪里打破僵局。

钟老师忙提醒，陈晓蕾才喏喏地开口："阿姨好。"显然，她认出了只见过一面的黎雨泽妈妈。

靳红答："你好。"

靳红打量着面前的陈晓蕾，衣着朴素，简单的马尾，脸庞清纯秀气，看着似乎比上次见面时更瘦了。她的眼神落在了陈晓蕾的手腕上，上面戴着一条黑色皮筋，皮筋上装饰着一颗塑料的红色小心心。

天啊，这条不起眼的皮筋一下子勾起了往事。

那是在某天早饭时，靳红发现儿子的手腕上戴着黑色皮筋，上面装饰着一颗塑料的红色小心心，她脱口便问："辣椒你一个大男生都快一米八了，怎么还在手腕上戴着条小女孩的皮筋？"

儿子嘻嘻笑："时尚时尚最时尚，我的小皮筋，人间最时尚。"接着便背上书包去赶校车了。

靳红很快把这事给淡忘了，现在孩子们的喜好千奇百怪，养蛇、养羊驼屡见不鲜。同事家小孩子喜欢昆虫，从蜻蜓到蝴蝶，连苍蝇都要养着玩。

跟那些小孩子比起来，辣椒戴条皮筋简直就不是事儿。

有一次，靳红跟亦心闲聊提起这件事。

"辣椒恋爱了。"亦心肯定地回答。

"不会！"靳红坚定否认，"他们学校管理严格，明令禁止，不允许早恋。"

"小姨，辣椒都高二了，正是情窦初开的年纪，恋爱很正常呀。"

"不可能！如果恋爱了，总得露出点蛛丝马迹吧。老师还说他最近学习非常用功呢。"

"那更能说明他可能有喜欢的人了，不过呢，对方肯定是个品学兼优的女孩子。暧昧这事，如果遇上对的人呢，就是双提高，比着学。"

"现在学生暧昧就要戴小皮筋吗？"

"小姨，你这就不懂啦。戴小情侣皮筋是现在高中生、大学生的日常操作，俞彬手腕也戴过呢。"

靳红批评："你真是胡闹，俞彬在省纪委工作，戴个女孩子皮筋像什么样子。"

"你们说的话简直是粘贴复制啊。俞彬开始的时候死活不肯戴，本大小姐一向通情达理，善解人意，所以允许他只戴半天。"

"你真是能作。皮筋有什么特别意义吗？"

"代表男孩子已经有小祖宗了呀。请其他女生不要靠近辣椒，也代表辣椒给了对方安全感。"

"现在的孩子们真会玩。"

"看，小姨你落后了吧。要紧跟时代脉搏，既不忘初心，也继续前进。"

再后来，靳红观察儿子一直在正常轨道上，除了要的零花钱明显增加，各种零食也是明显增多，便和黎明智商量："要不，咱俩点拨提醒他一下，或者跟班主任老师沟通一下？"

黎明智说："小妹啊，你一向是讲民主的嘛。辣椒即使在恋爱也很正常，没影响学习，也没影响生活，又没做出什么过分的事。咱们一再反对，反而会让他产生抗拒心理。咱们要多观察、少参与、勤引导，当然，如果你非要点拨提醒一下也可以。重点要放在责任心上，对人对己都要负责任，不要越雷池。"

直到辣椒去世的时候，靳红才从儿子手腕取下一直戴着的皮筋，收藏起来。

同款皮筋，让靳红确定：陈晓蕾就是儿子的初恋女友。那么陈同学又知道儿子多少事呢？陈家又有多少秘密需要这个小姑娘来解开呢？

陈晓蕾对靳红坦白交代。

陈晓蕾在校外被几个小流氓纠缠了好多次，每次都被吓得半死。有一次，正好被黎雨泽和几个同学看到，冲散了小流氓。从那以后，只要出校门，黎雨泽都会陪在陈晓蕾身边。

"你知道那些流氓是怎么回事吗？"

"与我家拆迁有关。那些人威胁，如果我们家再闹就让人祸害我。"

"那些人是谁？"

"具体我也说不清楚。我爸妈叮嘱我少出校门。"

"你们家明明拆迁了，可为什么不在拆迁户里呢？"

"好像说我家是违建，要不然，我家的房子、花棚加上苗木那些，应该能得到很多赔偿。"

谈到这里，靳红突然改了主意，问出了另外一个问题，她指了指陈晓蕾手腕上的皮筋，说："很好看，我儿子也有一根一模一样的，他一直戴着。"

陈晓蕾的眼泪突然间决堤。她深深地鞠躬，不停地道歉："阿姨，对不起，是我害了雨泽。"

情窦初开的故事，在泪水里一点点清晰。果然像亦心讲的，黎雨泽和陈晓蕾是一对努力向上的小情侣，学校的教室、操场、图书馆、试验室，都留下了他们的身影。直到陈晓蕾的姐姐自杀，母亲急火攻心后患病不能自理，她决然离开学校，一切都停下了。

"我退学后，学校领导、老师和雨泽都找过我，可我不能不管我妈。家里人总得吃喝，我妈也要吃药。我爸如果不工作，家里就一分钱收入都没有了。可是……"

两人正聊着，陈晓蕾突然说："阿姨，我们加下微信吧，我有些照片要传给您。"

一张张照片传到了靳红手机上。天啊，那些都是她从未见过的，有辣椒在球场上的，有跟同学打闹的，有趴在课桌上睡着的，有伸着舌头搞怪的……还有他和陈晓蕾的合影。

这次聊天也给了靳红新的线索，计划去镇里搜集拆迁的情况。作为基层行政管理机构，那里应该保存着最原始的资料。

告别了陈晓蕾和钟老师，靳红说："亦心，我们去镇上。"

3

黎明智仍在忙碌着。

结束了难熬的住院治疗，黎明智重返工作岗位。这次他真是长了记性，不再当工作狂了，生命第一、健康第一成了他的生活信条。活着才是王道，健康地活着才是本事。

黎明智每天早上定时起床，在宿舍打一套极简版太极拳，一切收拾妥当之后，步行到政府食堂按时吃早饭，食堂服务员称赞他："黎县长，您是每天早上最准时过来吃早餐的县领导，真是好习惯啊。"

之后，他便投入紧张的工作中，中午绝不饮酒，如果有闲了，眯上十几二十分钟作为午休。晚上即使有接待任务也保持绝不超过两瓶啤酒，每每有人劝酒，他便说："我这刚从医院出来没几天，可不敢再喝喽。"

谁能跟一个刚刚出院的人拼酒呢，法律都有明确规定了，饮酒过量，同桌人可是要担责的。

认怂装软成了黎明智在酒局上最常用的方法，也是最不消耗精力和体力的好办法。良好的作息，适当的锻炼和调整，保证了他的身体在出院之后没有再出现不良状况。虽然他还会时常感到疲累，但整体是在好转中。

日常工作之外，黎明智不动声色地搜集着资永大桥从筹建到正式开始建设的相关资料。对于资永大桥建设工作，早在刚到资永的时候，黎明智便意识到了这个工程的重要性。作为分管交通的常务副县长，他到资永县任职之后本应该把工程的各项工作全都承担下来，时任县长蒋鹏程用两个理由把这个工程的工作任务担了过去。

蒋的话至今仍在黎明智耳边回响，毕竟那是他到资永后参加的第一次县政府常务会议。

"近年来资永县经济平稳运行，稳中向好态势持续巩固。经济向好因素逐渐积累增多，经济发展质效有效提升，市场主体持续增加，就业形势稳中向好，居民收入稳定增长，民生福祉不断改善。成绩来之不易，需要倍加珍惜。在这样的背景之下，人民生活质量提高要放到更高位置，资永大桥的建设是全县人民关注关心的重点工程，我们要把大桥建设作为一把手工程，做细、做实、做出实效，咬定目标不放松，让资永几十万人民的交通出行更快捷更便利，为百姓致富创造更为有利的交通条件……明智同志刚刚到资永任职，有些情况还不了解，掌握得也不全面，所以我这个班长承诺，会对明智同志扶上马送一程，大桥建设前期的工作，我们共同做一下铺垫，等到成型了，再把这个民生工程全权交给明智同志。我在这里也向班子其他成员，交通、财政、公安、发改等相关部门领导提出明确要求，必须服从、服务大桥建设工作，不找麻烦、不添乱，一切围绕大桥建设，一切为了资永老百姓。"

蒋鹏程在会上的讲话，黎明智全部当成了蒋鹏程对他的厚爱。可接下来发生的一系列事件，却让黎明智有了一些新想法。

这事是黎明智跟星辉建筑工程公司老总罗耀辉的接触中感觉到的。他到资永县第三天，罗耀辉专程来办公室看望他，按道理这样的看望非常合情理。从他到资永任职的第一天，来看望他的人就没断过，有的认识，有的不认识。认不认识不重要，毕竟多数人都是别人引荐而来，即使是自己主动登门的也是彬彬有礼。都是初次见面，有个接触为以后工作沟通交流打个基础。

通常情况下，引荐人都是政府办公室主任或者其他领导。引荐人这个身份还是有些敏感的，通常主要领导不会亲自出面，如果亲自出面了，那分量和意义不言而喻。

罗耀辉的引荐人是蒋鹏程。

蒋鹏程说："明智啊，星辉可是咱们资永的纳税大户。你们先聊着，我马上要去市里开个会。"

对于星辉公司，黎明智有所耳闻，对公司老总罗耀辉所知不多，因为蒋鹏程亲自介绍，他的客气程度又加了一层。交谈中，他明显感觉到略带酒气的罗耀辉非常自信和自豪，如数家珍一般介绍了星辉的荣誉和辉煌。

如果一切继续这样下去，皆大欢喜。可是，明智同志听得多、说得少的状态，让罗耀辉说到最后觉得甚是无趣。

"黎县长，您是省里来的，像我们这样镇办企业出身的公司，您可能都看不上嘛。"

黎明智说："怎么会呢，民营企业是经济发展的重要部分，你们星辉可是资永县的骄傲。"

接下来，便有了戏剧性的一幕。

"黎县长，今晚我做东，给您洗尘，咱们也不去什么星级饭店，就到咱自己家的小会馆喝点小酒闲聊天。"

黎明智来资永前刚刚上完一堂党课，"党员干部出入私人会馆"是绝对不被允许的。他刚到资永县任职第三天，随随便便就接受一位建筑公司老总的宴请，似乎有点不妥。

黎明智说："哎呀，不好意思，我今天还有个会议，可能要开到很晚。要不改天，或者等到大桥建成了，我们再共同庆祝。"

罗耀辉的脸色立刻变了："黎县长您这就说谎了吧，您的日程安排我可都掌握了。您到底是省里来镀金的领导，不给我们这些资永乡下人面子。您初来可能不知道，别的不敢说，在资永还没有我们星辉请不到的官员，没有我们星辉交不到的朋友。"

黎明智带着微笑不作声。

"那行，咱们改天再聚。"罗耀辉说完转身而去，留下了很久才散去的酒气。

黎明智不用照镜子去看当时自己的脸色，也知道一定很难看，有尴尬、不愉快，还有一些费解。两人第一次见面，罗这唱的是哪一出？初次见面，醉眼相见，已经不太礼貌了，没想到还弄出了这样的一幕。

第一次见面，罗耀辉在黎明智心目中留下了非常不好的印象。一个建筑公司的老总对一个分管副县长这样的态度，是他没有想到的。就是普通朋友第一次相识，也不会这样没素质吧。

显然，罗充分表达了对黎县"不识抬举"的憎恶，还有一层"下马威"的意思。再细分析，他一个私企老总，怎么会对副县长的工作日程了如指掌。他还了解县政府什么事情？在资永县怎么就没有星辉请不到的人，交不到的朋友？星辉公司会有这样大的影响力吗，又是什么样的资本使星辉公司拥有了这么嚣张的影响力？

后来，黎明智渐渐了解到，罗耀辉并没说谎。星辉公司在资永县确实没有请不到的官员、交不到的朋友。"呼风唤雨"这个成语，用来形容星辉公司在资永县的影响力再合适不过。星辉公司主业是建筑，副业星罗棋布，早已发展成了一个大规模的集团公司。可以说，资永各个产业都有星辉的触角。

资永长途客运，星辉是最大股东。资永最大的民营医院，星辉投资建设。此外，还有一家星辉幼儿园。规划建设目标是建成星辉小学、星辉中学、星辉高中的私人教育学校。另外还有一个养老机构，名字虽然与星辉没有关联，也是星辉公司全资建设的。至于茶楼、会所、洗浴中心、菜场，也有星辉的影子。让他惊讶的是，连资永的供热公司也被星辉公司承包了。于是，民间有了这样的传说——只要在资永生活就根本离不开星辉。

这些情况随着黎明智在资永县的工作时间变长，才一点点浮现出来。打个比方，就好像一个抽屉里面装着什么秘密，每次多拉出一点儿，就会多发现一些内容。可抽屉是不会允许人一下子拉开的，是一个逐渐发现逐渐显露的过程。总结下来，就是星辉已然在资永县一家独大。

红痩

黎明智没想到年纪不大的罗耀辉会有这样的本事，既然造就了这么大的"星辉王国"，也就不奇怪罗对初次见面的自己会是那个态度了。毕竟，是形形色色的人构成了千奇百怪的社会现象。他只是不太理解，这种人是如何创下这样大的家业的。

直到黎明智认识了星辉的掌门人柳存礼，谜底才被揭开。

老柳头儿平实、谦虚，这是黎明智对柳存礼的第一印象。

黎明智与柳存礼的第一次见面是在资永县高中的捐助仪式上，热心于资永教育事业、公益事业的企业家人士，为即将进入大学的资永县寒门学子捐资助学。其中，星辉公司因为捐资数额最大，列为慈善榜首，而这已经是星辉公司多年位列榜首。这项仪式，也是老柳头儿雷打不动必定出席的活动。

仪式上，捐款的慈善企业家们纷纷表态，为学子们送祝福、寄厚望。作为重头戏，压轴人物柳存礼是最后一个讲话的，他的讲话与其他企业家完全不一样。

柳存礼说："我本来不想讲，我文化少讲不好，可领导们非要让我讲，那我讲点实在话。第一点我非常羡慕大家，你们能读大学真好啊。实不相瞒，我连初中都没毕业，是一个实打实的土包子，当年家里穷念不起书，也没赶上好时代，要是能有现在的条件，我是不是也能像大家一样走进大学校门了，所以我最羡慕的就是你们。孩子们啊，你们为咱们资永争了光，一定要好好学习啊。"

掌声热烈。

"第二点，咱再继续说实在话。我希望大家到大学之后好好学习，将来把你们自己的日子过好了，咱们自己日子好了，国家日子才能好。资永的秀才们，是不是这个理儿。"

掌声热烈。

"接下来，我再跟大家说最重要的话，就是你们不要觉得自卑，觉得今天是我们这些人来做慈善了，资助你们，大家可千万不要有这种想法。为什么这么说呢？你们想想，现在的你们要比当年的我强上多少倍，当年我可是连饭都吃不饱，然后我不也一样成立了公司，你们将来能发展到什么程度，谁能知道呢？希望你们都比我老柳头儿强。到那个时候，你们自己能力足的时候，能帮别人就帮一把，能拉一把就拉一把。要是志向远大你们就往外走，为国家贡献力量。要是还喜欢咱资永这块土地，离不开这方水土，你们就回来，咱们一起建设家乡，让资永闻名全国。"

掌声热烈。

"你们都是读书人，别笑话我老柳头儿讲话土气。再次祝贺大家考上好学校。感谢党委政府、慈善总会、学校、各位领导，给咱这次机会，让咱能为资永的天之骄子做点儿事，谢谢大家。"

掌声雷动，持续很久。

柳存礼讲话的时候，黎明智就在他的身后，心里微微一动。工作多年，他接触过很多企业家，不少人在这种场合时常会摆出高高在上的架势，有一种我救你了，我帮你了，要感恩之类的味道。老柳头儿反其道而行，没有套话空话，让大家不要感恩，这令黎明智在心里为老柳头儿点赞。

看似平常普通的实在话，体现的却是一个人的修养，没有文化的老柳头儿有素质、有智慧，这是黎明智的第一感受。

黎明智印象深刻的还有柳存礼的衣着打扮，与其他企业家穿西装打领带不同，老柳头儿几乎总是一身唐装，脚上是千层底的布鞋。更让人难以置信，老柳头儿用的居然是一部老人机。

对此，老柳头儿曾经解释过："人老了，眼也花耳也背，现在的智能手机，又是微信又是微博，我都搞不懂，所以干脆就用个老人机，字也大声也大，用着方便。当然，我也有微信，有一个手机专门用微信，但是我基本都不会用，都是孩子们在给我弄。"

黎明智与柳存礼的第二次见面，是他到资永县后第一次检查城市建设工作，顺便拜访县内的部分企业。作为常务副县长，他主要就是想看一看，详细了解一下，并不想惊动太多人。没想到去星辉公司的时候，居然是老柳头儿亲自陪同，这让他很意外，毕竟老柳头儿已经是"半隐退"状态。

老柳头儿的"座驾"与其他企业家不一样，别人的车都是奔驰、宝马、保时捷之类，老柳头儿坐的是一辆中巴，外表看上去跟"中国神车"差不多。

老柳头儿邀请黎明智："要是不嫌弃我这老头的中巴车，咱们一起坐。"

黎明智应邀上车。

在车上，老柳头儿讲起自己为什么不喜欢坐奔驰宝马的原因："我也有奔驰车，那个就是充门面的，谈生意的时候才坐一坐。再好的轿车，也没有这个中巴车宽敞，想伸腰就伸腰，想直腰就直腰。再说了，那些个所谓的豪车太显眼了，上了路，别的车都得躲着，给其他驾驶员添乱，也给交警添乱。"

老柳头儿的话依旧实在。

只是，黎明智注意到，那辆外表很普通的中巴车，里面却是极为奢华，装饰精致，吧台、冰箱一应俱全，真正是低调的外表，奢华的内在。

谈起星辉公司的发展时，老柳头儿更多是对过去的怀念，诸如他当年在工地上扎破了脚，留下了病根，害得他只能穿布鞋；诸如当年搬砖头手都磨没皮了，所以总是想着一定要给工人备足劳保用品；诸如当年曾经吃不饱饭，所以现在看着谁把半瓶水扔掉，看着馒头米饭剩菜被扔掉都会心疼得不得了。

关于星辉公司目前的情况、将来的打算、整体的布局，老柳头儿只说上一句半句，都是众所周知的内容。这种复读机模式的回答，标准又保险，不会出差错。

对于黎明智的问询，老柳头儿含糊地说："我现在基本是退休状态了，事情都交给了孩子们，两个女儿、两个姑爷很能干，还有侄子们在帮衬，都不用我操心，我也乐得清闲了。不过啊，孩子们有时候做事没分寸，喝点马尿就不知轻重，怼天怼地。黎县长，您可大人有大量，别跟那个臭小子一般见识。孩子们的错，都记在我老头子身上。"

听到最后一句，黎明智心里一惊。显然，话里的意思是，上一次罗耀辉那个臭小子酒后无德，多有得罪。老柳头儿这次陪同黎县视察工作，是在赔礼。这让黎明智充分感受到，老柳头儿才是星辉这艘巨大航母的真正主人。主人对家里家外事，全盘掌握，无所不知。

细思极恐的事，还有大巴坠河事故之后，交通局一把手的汇报："黎县长，在检查维修过程中发现，资永大桥确实存在安全问题。"

黎明智的眉毛拧成了两条虫子，问："资永大桥才通车多久？"他话说到一半停下了。这样的废话没有意义，交通局长会不知道大桥通车没多久吗？

"是，没多久。"

"怎么验收的？验收合格谁签的？"

交通局的一把手沉默了。难怪他沉默，之前他一直在商务局工作，刚刚任职交通局长只有三个月，结果刚上任就遭遇了资永历史上最"著名"的大巴车坠河事件。资永大桥验收的各种签字里，怎么可能没有分管副县长黎明智呢？

4/

当年，蒋鹏程到资永县任职是强烈申请才实现的。事实上，他的目标并不是资永县县长。他的想法是只要能在职级上提升一步，再离文萃远点儿就好，至于安排他去哪里，职务是什么，他坚决服从组织安排。

蒋鹏程曾经不止一次在文萃吵闹、摔东西，甚至挥舞菜刀、水果刀的时候，躲进书房，紧闭双眼，在文萃的大吵大闹中展开丰富想象——如果自己待在一处安静的空间里，没人跟他埋怨、责怪、咒骂，没有杂七杂八鸡零狗碎的琐事，可以随意看看书、喝茶、听音乐，或者什么也不做，只是发着呆。这样的话，生活得多美好。

对于是否要离开厅里，到下一级的市或者县区去任职，蒋鹏程内心纠结了三年时间。他习惯了厅里的环境，熟悉厅里的业务和同事，到基层去任职毫无疑问是一种锻炼，但何尝不是一种考验呢？

厅里有事情自然有领导顶着，到了基层，担子重、责任大，多少基层

红瘦

领导因为一个决策失误结束了政治生涯。到了基层必然要直面群众，一个政策落实得不彻底、不到位、不妥善，就会成为群众的出气筒。这些，还只是蒋鹏程粗浅的认知，实际上遇到的困难一定比这还要多。那时，蒋鹏程想真正做些实事，而不是在厅里像毛驴拉磨一样地重复昨天的自己。

他的仕途之路在文副厅长退休之后便按下了暂停键，眼见着同期的同仁们或提拔高升或转换赛道，蒋鹏程每一次笑着祝贺别人的同时，内心都会产生不小的波动，造成波动的原因不仅仅有个人事业发展的比较，还有家庭生活中的郁闷和不快。

是的，蒋鹏程的婚姻生活太痛苦了。文萃并没有把蒋鹏程的谦让当成"君子之风"，而是误以为他"好欺负"，漫无止境的吵架成了两人婚姻中的日常。

当蒋鹏程第一次向组织上正式提出，想在职务上迈一步，如果厅里解决不了，可以派他到基层去的时候，厅长并没有给他明确的答复。他想，自己肯定是没戏了。事实证明他的预测非常准确，在接下来的人事变动名单中，果然没有蒋鹏程的名字，他为此又郁闷了好久。

蒋鹏程硬着头皮第二次去找厅长。厅长说："小蒋同志，你是厅里的业务尖子，厅里不是没有考虑过你的提拔问题，主要是厅里也有很多困难嘛。你再等一等，等老张、老李和老刘的问题解决了，厅里一定会考虑你的问题。"

后来，老张、老李和老刘的问题都解决了，蒋鹏程还在原地踏步。

工作上的不如意，让一向有干劲、有想法的蒋鹏程消沉了，一度产生了就这样混到退休的想法。可是，他还不到四十岁，混到什么时候是个头呢？

相比事业上的不顺令他消沉，家庭婚姻则让他崩溃。

文萃的脾气越来越大，性格越来越暴躁，对蒋鹏程各种埋怨，说得最多的话是："你蒋鹏程有本事，你就再进一步！你想想，自从叔叔退下来之后，你还有过一丁点儿进步吗？一点儿都没有吧！不要再讲自己有什么本事了，当年是什么学生会主席了。你姓蒋的真有本事，你就再升个一官半职给大家看看。"

文萃最诛心的一句话是："我当初真是瞎了眼，居然能看上你！"

第一次听这话，蒋鹏程沉默。

第二次听这话，蒋鹏程沉默。

第三次听这话，蒋鹏程开口了："文萃，嫁给我，你受委屈了。毕竟你是大家闺秀，原本就应该找一个门当户对的嫁了，而不是找我这样的穷小子。我也不想让你再受委屈了，咱们离婚吧。"

这回，轮到文萃愣了。之后便是疯狂地爆发，她直奔厨房，拿出尖刀指着他胸口，厉声质问："姓蒋的，你给我说清楚，你是不是找了小三小四了，找着下家了，就想跟我离婚了？"

蒋鹏程又紧张又害怕又生气，眼睛瞪得滚圆，气得全身都在发抖，大声辩解："文萃你这是歪理邪说！我每天早出晚归忙工作，你不知道吗？党纪国法，你不知道吗？我怎么会犯那种低级错误？你这是诬蔑、造谣、无中生有。"

文萃已经太久没见到过蒋鹏程这样激动了，一时间愣住了。沉默了不到一分钟，一串话又从她的嘴巴里迸射出来："我告诉你姓蒋的，我生是你的人，死是你的鬼，你别有什么歪心眼，你跳不出这个家，也逃不出我的手掌心。"

文萃说得对，他蒋鹏程确实跳不出文萃的手掌心了，就像孙悟空飞不出如来佛的手掌心。他怕她，他认命，可他想清静点儿，这有错吗？

都说孩子是父母的复制品，女儿身上却没有一星半点他的基因。女儿，也是蒋鹏程自认为最失败的事情。在他的人生失败中，排在第一的是婚姻，第二是女儿。

无论蒋鹏程是否愿意面对，他都得承认，女儿蒋小文这棵小树彻底长歪了，再想改也改不过来了。

文萃对女儿的教育一直坚持富养。因为教育理念不一样，夫妻俩没少吵架，最终的战败方永远是蒋。

他清楚地记得，女儿蒋小文小时候有次受到了老师批评，文萃直接到

红瘦

学校对老师大吵一番："我的女儿蒋小文到学校是来接受教育的，不是来让你欺负的，我的女儿只有我有资格管，你该教的教好就完事了。我的女儿我都没舍得骂一句说一嘴，你凭什么对她骂骂咧咧的？"

老师听得瞠目结舌，一时语塞。从那以后，老师对蒋小文同学敬而远之。原因很简单，两个家长管一个孩子都很累，一个班主任要管五六十个孩子，肯定有照顾不到的地方。既然尽心照顾，悉心培养，发现问题，纠正问题，你们家长不满意，那就按家长的"要求"执行，孩子别磕着别碰着，别犯大错误，任由孩子折腾好了。万一再告到校长、教育局那里，老师还得吃不了兜着走，人家老师何必去捅她文萃这个马蜂窝呢？

因为对女儿过于放纵，蒋小文养成了一身的毛病。等文萃意识到情况不妙，掉过头来管理蒋小文时，翅膀硬了的女儿哪里还忍得了妈妈的管教？母女俩经常闹得家里鸡飞狗跳。蒋小文动不动还会闹个离家出走，当然，她也走不远，至多是跟朋友通宵在电脑房里打游戏罢了。

文萃开始责怪蒋鹏程："都怪你对女儿不管不问，对这个家不管不问，要不然女儿会变成今天这个样子吗？"

蒋鹏程说："我倒是想管，你倒是让我管呢。"

气话归气话，女儿毕竟是亲生的。他这个当爸爸的，看着蒋小文无心学业，跟不三不四的人混在一起，心里也着急。

夫妻俩难得目标一致，商量后决定，干脆采取人盯人策略。逮到机会，蒋鹏程就跟女儿推心置腹地长谈，反复做思想工作。

蒋小文终于向他坦言："爸，你们别逼我学习了。跟你们说实话吧，我是真学不进去。要不，你们就生个替代品，重新培养吧。就像我玩游戏一样，重新弄个小号，升级打怪，反正我是无药可救了，我自己都放弃了。"

听完这番话，差点儿让蒋鹏程喷出一口老血。

不过，后来发生的一件事让蒋小文有了彻底的转变。那是一个秘密，蒋鹏程和文萃决定用一生守护的秘密。为了守护好这个秘密，蒋鹏程和文萃送女儿出国了。

女儿出国之前，蒋鹏程叮嘱："女儿，把那段历史永远埋葬！不要让任何人知道，不论对方是谁。"

蒋小文郑重答应。

仿佛一夜之间，十几岁的蒋小文懂事了。

几年后，蒋小文回国，她的爱好从朋友交际变成了购物。

蒋鹏程对此持反对态度："女儿你不能这样，我们也是工薪家庭，要量力而行。"

蒋小文自那件事后，跟他这个爸爸明显更亲近了。撒娇说："我不管，我喜欢。你们不给我钱，我就找姥姥和姥爷要，反正他们工资高，钱都花不完。"

全家族惯着的蒋小文哪里会缺钱，蒋鹏程虽然对她提了要求，但并没有强制执行。他已经知足了，毕竟女儿不再做出大格的事，也按照他的意愿，重回国内，安安分分地工作了。

蒋小文的问题解决了，婚姻里的争吵打闹却没有解决，造成的直接结果是蒋鹏程想远远地逃离。当他第三次去找厅长的时候，厅长终于说："组织上会考虑的。"

公示结果出来的时候，厅里很多人都对蒋鹏程表示祝贺。

"祝贺你啊，小蒋。"

"以后咱们得叫你蒋县长啦。"

蒋鹏程终于在职务上迈进了一步，他非常开心。他清楚，在厅里他只是一名工作人员，但是到了县上他就是一县之长，身份、地位、权力自然不同。

文萃是在公示后才知道蒋鹏程工作调动的事情。她又是一通大吵大闹，质问他为什么一点儿也不跟她提前透露。

蒋鹏程解释："我也是刚知道的嘛，服从组织安排。"

文萃冷笑问："为什么让人家两地分居？厅长怎么不跟他老婆分居？"

蒋鹏程强绷住笑，说："厅长不是咱们省的人，是从部里下来的，人家老婆在北京，也是两地分居呢。"

文萃仍是一脸不悦地说："我不管，他们分居是他们的事，我们不能分居，我这就去找厅长。"

蒋鹏程说："你不能去！组织任命，不是儿戏。木已成舟，你去了也没用。再说了，这件事你这样看，虽然我离家有点儿距离，但是咱们孩子大了，老人身体也健康，需要做的事也不多。"

文萃冷哼一声："这也不是让咱们分居的理由！"

蒋鹏程解释："你怎么不想想咱们得到的？我职务上去了一步，为后续发展打了基础。我回省里的事，以后组织上肯定会全面考虑。"

文萃这才算接受了夫妻分居的事实。

蒋鹏程真正感觉到自己是个领导，是从资永县开始的。在厅里他的身份就是一个工作人员，往下一看人数很少，往上一看全是领导。

到了资永县之后，蒋鹏程真正体会到了什么叫领导，什么叫权威。难怪有人把一个县的主要领导称为"一方诸侯"了。他在资永县工作如鱼得水，除了去省里市里，在县里的时候，所有人都是围着他转，一口一个蒋县长，各种请示、汇报、报告，让他压抑了多年的情绪终于有了比较彻底的转变。

更快乐的原因还有一个：蒋鹏程终于离开了文萃的生活圈，终于可以清静了。白天工作忙碌，晚上回到宿舍的时候，他就会觉得一个人的生活真幸福，清净真好。

只是，半年之后他就开始体会到了寂寞的味道，毕竟他也有一个人待的时候，毕竟要休息，总不能每天都是工作。

其间，蒋鹏程有机会结识了资永县内外的一些企业老总。就是在跟老总们的一次聚会中，他认识了他生命中除了文萃之外的另一个女人。

关于女人的名字，蒋鹏程一辈子都不想提起。因为回首往事的时候，他会觉得自己的品位太差了。

那个女人是某公司的接待人员，酒桌上像只花蝴蝶一样穿梭着，各种酒令笑话张口就来。说实话，让蒋鹏程心动的是女人的身材，甚至他回想女人的脸是什么样子时，完全没有印象。他只记得女人个子中等，前凸后翘，凹凸有致。

那天，女人和众人一起频频向蒋鹏程敬酒。不知不觉间，他的眼神有些迷离，时不时瞟向女人，他感到自己无法控制，心跳速度也在加快。他当时就有一种冲动，想把这个女人搂进怀里，狠狠地蹂躏。

女人的一举一动，呼吸、动作，都有着雌性动物散发出的味道，是的，纯粹的动物味道。当时就是这样的动物味道，让蒋鹏程沦陷了。

那天晚上，蒋鹏程不记得自己喝了多少。他只记得自己很疯狂，生命中从未有过的疯狂，女人的挑逗让他变成了一只雄性猛兽，疯狂进攻。

后怕的事接踵而来。

几天后，那家公司老总来到了蒋鹏程办公室，明确提出：公司现在有一个审批，请县长多关注。另外，就是那个女人的私事，也请县长关心一下。

蒋鹏程立刻惊出一身冷汗，他当时就想到了一个词：交换。

没错，就是交换，赤裸裸地交换。

蒋鹏程能怎么样？他的把柄在人家手里。

蒋鹏程自然是答应。

后来，女人又多次找过蒋县长，他每次都以工作忙或者其他理由拒绝了。兽行的欲望里，他想占有这样的女人。做人的原则里，让他唾弃这样的女人。

原因很简单，蒋鹏程了解到这个做接待的女人不知曾经在多少个男人的怀里打过滚，是一个情场高手，更是一个技巧高手，这令蒋鹏程后悔不已。之后，女人的屡屡纠缠，更让他如坐针毡。他便把公司老总找来，表达了不想受女人纠缠的意愿。

老总倒也讲究，明确表态："蒋县长您帮了我们公司，我也帮您。您放心，我一定让她消失在您的视线里。"

此后，那个女人果然消失在了蒋鹏程的空间。

打那以后，每到酒桌上，蒋鹏程都会刻意控制一下，特别是有漂亮女人在场的时候，更会提醒自己注意。

夜深人静的时候，蒋鹏程承认：丰乳肥臀的雌性特征对他有着强大诱惑力。想到这，他突然意识到，那个女人体型跟文萃年轻时居然有些相像，这令他感觉像吞了一只苍蝇一般。

他骂自己："真恶心，我怎么会看上这种货色？"

他告诫自己：要把精力投入到工作中，真正做一番事业，把资永县当成自己的家乡来建设。可是，多年沉积下来的难点、焦点、热点，让每项工作的推进都变得那么难。难，也要做，资永会好的，自己也会越来越好的。蒋鹏程鼓励自己。

后来，蒋鹏程在资永县也接触过几个让他有了瞬间心动的女人，接触之后，却又觉得寡淡无趣。真正在蒋鹏程心上打下烙印的，还是在星辉私人会所里见到的那个服务员。

看到那个女孩的第一眼，蒋鹏程便有了似曾相识的感觉。

第七章

冰释前嫌伉俪同心

1/

覃亦心并不赞同靳红先去龙王镇。

告别了陈晓蕾，覃亦心的想法是先送小姨见小姨夫。她在导航上查了一下，从钟老师家去县政府和去龙王镇的距离差不多，只是方向不同。

到了分岔路，覃亦心把车子驶到路边，拉入N挡，提出了自己的想法："小姨，我先送你跟小姨夫会合，去镇政府调查的事交给我，师父要给徒弟锻炼的机会，要相信我嘛。"

"不是不相信你，我是根据时间做的决定。现在正是工作时间，即使我去见你小姨夫了，估计他也是把我一个人晾在宿舍里，还不如我们一起去镇上，之后再去见你小姨夫。"

覃亦心挑了下眉毛以示自嘲，到底是她想得不够周全了。车子重新挂入D挡，向龙王镇政府方向行驶而去。

覃亦心从后视镜里看靳红，瞧她状态还不错，脸色也还好，便说："小姨，咱可以先给小姨夫打个电话嘛，就说我想让他请我吃饭。你们可好久没有请我吃饭了，我是不是要失宠啦？"

红瘦

"你个馋丫头。微信早过去了，一直没回信，估计你小姨夫是在忙吧。你专心开车吧。"

靳红的目光投向窗外。夏末的资永县有着浓烈的美丽韵味，万物都是行将丰满的状态。天空清澈澄亮，绿意醇厚张扬，混杂着植物饱满丰硕的气息，蜻蜓、蝴蝶和各种飞虫互不影响，看似无序地按照各自的规则占领着行动空间，猎取着美食，嬉闹着、游戏着，甚至在光天化日之下进行着传宗接代的繁衍大事。

靳红从不过问黎明智的工作，她太知道了，平常他的日程都是满满的，满到连夫妻间的固定通话时间都按程序推到了晚上。除非有紧急事件，两人才会直接拨通电话，多数时候都是先在微信联系，彼此都方便再详谈。现在两人见面又不紧急，她便发了一条消息：我到资永了，晚上见。

直到她们的车驶入了龙王镇政府大院，靳红一直没有收到黎明智的消息。

还没下车，靳红和覃亦心便感受到了龙王镇政府大楼的气派。

靳红并不缺少见识，可眼前的豪华还是震惊了她。幸好，这里没修建什么广场、小桥喷泉，要不占地面积更大。职业习惯让她马上开始思考，国家三令五申要求严格控制修建政府办公楼，在这里执行落实了吗？镇政府有多少工作人员，人均办公面积是多少，会不会严重超标准了？土地使用证批下来了吗？如果批下来了，是怎么批下来的，符合法律规定吗？

最关键，建设资金是哪里来的呢？靳红了解到的情况里，资永县级财政各项指标、各种数字在全省排名靠后，龙王镇的排名可想而知。这样的政府大楼建设得花费掉多少真金白银，除了上级给的部分配套，大部分资金应该是自筹而来。那么，自筹的部分又是哪里来的？她分析，里面一定包括了如下几项：土地出让金，各种罚没款，土地、矿产资源，固定资产的出租、出售收入，杂七杂八聚集成了庞大的政府预算外收入和罚没收入，比如交通罚款等。当然，还有很大一部分预算外资金来自于地方政府借款。总之，无论怎么算，钱总归都是国家和老百姓的，花得让人心疼。这么多钱花在老百姓身上，用来发展农业产业和实体经济，实现镇强民富，不好吗？

靳红突然记起，黎明智讲过资永县某个镇的几任领导都因为盖超豪华办公室出了事，受到了党纪国法的制裁。她当时只是一听，并没走心，毕竟这样的事在网上一搜索，便会出现连篇累牍的信息。网民和她一样，早就见怪不怪了。可网上看跟到实地真切感受还是有差别的，龙王镇政府大楼给她的直观感受，用"震撼"这个词形容绝不为过。

这些想法在靳红的脑子里一闪而过。毕竟，她哪有资格去过问这个呢？她最多是感慨：这些人胆子怎么会这么大，他们为何要糟蹋国家和老百姓的钱呢？

镇政府大门口，两个保安拦住了她们。年纪大些的四五十岁，还有一个小伙子二十岁左右的样子。

年纪大的保安打量了一下她们，客客气气地问："你们是谁？来找谁？"

"我们是律师，想找咱们镇上的书记和镇长。"

保安接过靳红的律师证，反复地看了之后，确定证件上的照片和眼前的人一致，这才说："你们稍等，我请示下领导。"

年长的保安回到警卫室拨打电话。

几分钟后，一位中年男人出现在靳红和覃亦心面前。男子中等个，胖胖的体型，笑容从脸上一直堆到了脖子上，推出了几条深深的褶痕。男人身子向前探，半弯着腰，一副极为恭敬的姿态，与两人握手。

"两位好。自我介绍一下，我是咱们镇的办公室主任，我姓高，你们叫我小高就行。"

"您好，高主任。"称这个年纪跟自己相仿的男人为小高，靳红实在说不出口。她把保安还到自己手上的证件交给了高主任，"这是我的律师证。"

高主任看了一下证件，眉毛拧了一下："哎呀，您这个姓不多见啊。"

靳红嘴角一翘，微微笑，她看出来高主任不会读"靳"姓的发音了。从幼儿园开始，类似事件在她身上不断重复。当然，更多的人会直接问她姓什么。高主任属于委婉型的，足见他的情商不低。想来也是，能做办公室主任的哪一个不是八面玲珑呢？

"靳，跟'远近'的'近'一个发音。"

"您一说，我倒想起来了，有个男明星跟您一个姓，人挺帅气的。靳律师好，不知您到镇上有什么事？要不，咱们楼上说？"

两人跟随着高主任到了主任办公室。

办公室的面积不大，堆满了文件。不难看出，高主任平时业务繁忙。

两人被请到了沙发上，高主任将两瓶矿泉水送到了她们手上。

"也不知道靳律师你们喜欢喝什么，我就不请示了，擅自做主。总之，美女喝水肯定不会错。"

两人同声道谢。

"听保安说，靳律师想找咱书记和镇长。说来不巧，我跟您汇报一下，书记去县里开会了，镇长去县财政跑款子了，副书记、副镇长有的去开会，有的下到村里去了。您是不知道，咱们镇里工作每天都是忙得鸡飞狗跳的。就在昨天，有个村因为分地的事打起来了。您看领导都不在家，您今天肯定是见不到了，还请您理解一下。"高主任一下子把所有的路全封死了。

"理解。高主任，那我能看一看镇里拆迁工作方面的资料吗？重点是跟陈奇刚家相关的拆迁资料。"

"您说的陈奇刚是那个大巴司机吗？"

"对。陈奇刚是咱镇上的花农，您知道他吧。"

"知道，我参加工作就在镇里。可是……"高主任有些犹豫。

靳红说："高主任，我这是在法律允许范畴内的正常工作，还请您配合。"

高主任脸上的笑容把褶子堆得更深了："法律的事我不大懂，主要是我确实有难处。一来镇里领导都不在，您看这些资料的权限不归我管。另外一个原因吧，不怕你们笑话，镇上的前任领导都出事了。您就是找到现任的书记和镇长，恐怕他们也说不清楚这些事。还有一个原因，我们是去年才搬进这栋大楼的，过程曲折就不细讲了。搬家时，人多手杂，很多东西都丢失了。您别说一份拆迁资料，就是咱们好多领导干部的个人档案都弄没了，后来有人想调任公务员都没办成，挺好的提拔机会，因为档案问题就失去了。您在大城市不了解，咱们乡下就这样。"

高主任脸上笑容满满，语气亲切，看似在讲苦衷，脸上明明白白写着四个大字：无可奉告。

面对这样笑着待人接物、处理事情的高主任，靳红两人也是无可奈何，总不硬逼着人家吧，或者抬出黎明智来压人家。后一种情形，别人会做，她不会，要不然她就不是靳红了。以前她也曾到资永做案子，从没打过小智哥的旗号，也没影响过小智哥的工作，都是悄悄来，悄悄撤离。

靳红只好起身告辞。

两人上了车，高主任还站在龙王镇政府门口跟她们挥手告别，那份亲切劲儿，跟送别重要领导的样子差不多。

车子开出一段距离，覃亦心感慨："小姨，这位高主任是个人精儿啊。"

"办公室主任，哪一个不是人精？都是眼观六路、耳听八方、左右逢源的主。记得在什么文章上讲过，办公室主任得是'七武士'。"

"'七武士'？这什么称号啊？只听过 CCTV6 是'六公主'，傲娇得很。'七武士'得是什么功力？"

"意思是，一个优秀的办公室主任得具备七项功能：笔杆子、活档案、消防员、管理员、多面手、好参谋、策划师。"

"哇，这么牛！"

"牛是真牛，但也是个苦差事。在上级领导眼里，办公室主任要无所不能、随叫随到、鞍前马后。这个角色一般人干不了，干好了说明不是一般人！"

"小姨，我听着怎么想起了清宫剧里的人物大太监呢？不对，应该是大内总管哈。"

"胡扯，这个比喻可不好啊，收回去。"

"好，听小姨的，都怪我胡说八道。可听您这么一讲，办公室主任也没什么好处啊！"

"当然有好处了。办公室主任是离一把手最近的人，是领导的心腹、军师。以镇上的办公室主任为例，同一级别的主任，一定没有办公室主任权力大。即使是副镇长，也未必能达到办公室主任的权威呢。"

"跟师父在一起，就是长知识。小姨咱们是直接去县政府还是去小姨夫的宿舍？"

靳红看了下手机微信，小智哥的对话框里还是她那句：我到资永了，晚上见。"直接去县政府吧。"

"好啦，小姨你眯会儿。"

靳红应了声，从陈晓蕾到钟老师再到高主任，一路走来，两人确实在连轴转了。她想，等到晚上，让小智哥请亦心好好吃一顿。这孩子一路开车还要照顾她的情绪，真是累着了。年轻真好啊，又当司机又做助理，身兼数职也没见有一丝疲惫之态。她也想跟小智哥好好谈一谈，关于家、关于案子。特别是关于案子，她有太多的问题想弄清楚，关于星辉公司、罗耀辉、陈奇刚、陈晓蕾。

闭上眼没几分钟，一个陌生的电话号码出现在靳红手机上，手机智能提示，是快递电话。

"您好，请问您是黎雨泽同学吗？"

靳红身子一抖，手机从左手换到右手，点开了外放功能。

"我是黎雨泽的妈妈。"她的声音和身子在发抖。

覃亦心放慢车速，像小动物似的竖起两只耳朵听着。

"我是邮政快递，祝贺黎雨泽同学金榜题名。我跟您确定一下收件地点和时间。是直接送到这上面的地址，律师事务所吗？"

"对。"靳红的声音仍在颤抖。

"一个小时后给您送过去，方便签收吗？"

"我在出差，可以明天再送吗？"

"最近的快递有些多，特别是录取通知书，我们都很谨慎。您看，方便别人替您签收吗？"

"给您添麻烦了，我还是想亲自签收。"

"可以理解，那我明天再给您送过去。"

"谢谢！"

挂了电话，靳红发现自己脸上已经全是泪水。

覃亦心从后视镜里看看她，张开嘴，又闭上了。

靳红心上的伤口又一次撕裂了。辣椒的录取通知书终于到了，这本来是多么欢喜的一件事啊，儿子寒窗苦读十几年，终于取得了好成绩，如愿考上了理想的大学。就像一棵小苗终于长大，果实成熟了，可以享受丰收的喜悦了。可是，儿子却不在了。

车子还在向前行驶，导航温柔的声音不时提醒着驾驶员："前边左转，请提前驶入左转道……前面三百米有监控，限速 50……"

靳红突然改了主意，说："亦心，咱们直接回省里吧。"

覃亦心一愣："再有半个小时就到县政府了。"

"你小姨夫一直没有回消息，估计他也没时间见我。"

"那要不要给小姨夫打个电话？"

"不打了，直接回律所。"

覃亦心想再劝一劝，"小姨您来都来了，见一见小姨夫"，最后还是把到了嘴边的话咽了回去。

下了高速，靳红联系了快递小哥："您可以半小时后把黎雨泽的通知书送过来吗？……要是不方便，我自己去取也可以。我这边反复让您改时间，实在是抱歉。"

"没关系。家长和孩子们的心情，我们能理解。我离得有点儿远，可能要五十分钟左右才能到。"

靳红刚进律所，快递小哥也进来了。

收到大学录取通知书快递件那一刻，靳红的手不停地颤抖着。

"送了这么多录取通知书，您是我见过最激动的家长了，祝贺您家的小孩金榜题名。"

"谢谢。"靳红的泪落在了录取通知书的快递袋上。

快递小哥真诚的祝贺，律所里好多人都听到了，同事们的目光不约而同望向了靳红。她不愿接受别人的同情、可怜和安慰，她木然地回到了自

红瘦

己的办公室，进去之后便把门锁上，抱着快递，眼泪成串滚落。她多么希望接到这个快递的人是儿子啊，儿子一定会郑重地打开，一样一样拿出里面的东西，通知书、银行卡、入学通知单……

难受到了极致是什么，是窒息，是觉得无药可救。

是的，能救她的只有儿子。

那天，靳红在办公室待到很晚，不言不语，不吃不喝，也不见任何人，就连亦心送过来的她最喜欢的咖啡也没喝上一口。

直到晚上九点，黎明智的微信电话打过来。

黎明智解释："小妹，对不起，才给你回电话，一直在忙，没看微信。你在什么地方，我过去找你。"

"我回省里了。"

"啊！不是告诉我在资永吗？"

"发消息的时候在，本来打算去办公室找你的。后来……"她的喉咙哽住了，开始抽泣。

"后来怎么了？小妹，你在哭吗？出了什么事？"

"后来，快递小哥给我打电话，说辣椒的录取通知书到了。"

两人都沉默了。如果这时用电影拍摄中的分镜头，便可以看到，两个中年男女，在不同空间，对着窗外，捧着电话，做着同样的事——哭泣。

靳红打破了分镜头的非静止画面："小智哥，你周末回来吧，我们一起拆开，取出通知书。"

"好！"

"本应该由辣椒亲自拆开的。"她的眼泪又涌出来了。

"我们替他拆开吧。还有，小妹，我答应你，等我把手头的工作都处理好，要做的事都做完，我就跟组织上申请调工作，回云州陪着你。以后，咱俩再也不分开了。"

靳红的眼泪完全停不下来了。她比任何一个人都了解黎明智，他是一个话少嘴硬心肠暖的人，这样的话能从小智哥的口里说出来，上一次是什么时候，她和他都不记得了。

手机两端，又是很久的沉默。

再次先开口的人是黎明智："还没告诉我，你到资永来做什么？顺利吗？"

"还是调查星辉的案子，关于陈奇刚家房子的拆迁问题。我带亦心特意去了龙王镇。"她把在龙王镇的事简明扼要讲了一遍。

"高主任说的那些倒不全是谎话，龙王镇的书记、镇长今天我都见着了，书记跟我们开了一天的会，下班时镇长来我办公室汇报一些工作，提到了他去县财政请款子的事。"

"怎么镇里领导也这么忙呢？"

"越是基层，事越杂，镇里直接面对老百姓，很多事都棘手。特别是这个龙王镇，连续几届主要领导都出了事，现在组织上派谁去谁打怵，民间都说镇政府的风水不好呢。"

"怎么会不好呢？那么气派的镇政府大楼。"

"气派有时候可能是坏事。就像一个人，德不配位，必有灾祸。"

"龙王镇是白跑了一趟，什么人也没见到，什么资料也没看到。"

"关于资料，高主任说的也是真实情况。下面确实存在档案管理、资料管理混乱的问题。不要说拆迁资料了，有的红头文件都可能会丢失，这不是个别现象，而是普遍存在的问题。好在国家现在越来越重视了，下面也就跟着重视规范了。以后，这方面的管理肯定会越来越规范了。"

"可我只能顾眼前了，我现在就着急想了解陈奇刚家的情况。"

"小妹啊，你接手的可是星辉公司的案子，为什么要重点去调查陈奇刚呢？"

"接这案子也有些天了，越调查越混乱。我总觉得星辉公司隐瞒了很多事实，应该有很多事情是我们不知道的，只有全面掌握相关情况，才能维护法律的公正。律师的职责是维护法律的公正，这是当年教授对我们的教导，你没忘吧？"

提起往事，夫妻俩的心好像又近了。那些青葱的岁月、美好的时光，一直在他们的记忆里鲜活着。

"既然这样，你不要再去龙王镇了。"

"为什么？"

"如果你再去，有些资料可能会永远消失。"

"你的意思是？"

"有些事比你我想象的都要复杂。这样吧，我帮你想办法。"

"好，你周末回家吧。我们一起拆快递，一起看儿子的录取通知书。"

那晚，靳红和黎明智都有了很久不曾有过的深度睡眠。

儿子的离开，拉远了这对夫妻之间的距离。儿子大学录取通知书的到来，又将两人之间的距离拉近了。

2/

靳红除了星辉的案子，手头还有其他案子要做。同时兼顾几个案子，差不多是同行们的工作常态。当然，"同行们"指的是像她一样有了一定知名度和影响力的律师。"二八定律"适用于很多领域，包括律师行业。"靳红们"拿走了行业里的大部分好收成，余下的才由其他人分吃。刚入行的有些律师甚至连案源都没有，收入自然可怜。可是，谁又不是摸爬滚打熬过来的呢？

年轻的时候，靳红是工作狂，恨不得一天二十四小时不休不眠、不吃不喝，全部时间都用在工作上。对，她就是想把自己变成工作机器。她一度以为自己患上了工作强迫症，她总是觉得案子做得不够完美，如果某些方面准备得充分一些，某个地方的不足弥补一下，案子肯定打得更漂亮。即使在难得的休假里，她也会带上笔记本电脑，时不时地翻看资料，思考学习。即使如此，她还是觉得自己在虚度光阴，浪费很多宝贵的时间。以至于年幼的辣椒曾经委屈巴巴地说："妈妈不爱我，妈妈爱工作，工作使妈妈快乐。"

靳红对待工作态度的转变，不过是近几年的事。必须承认，时间、经历、年龄都在改变人。这几年，她明显感觉到父母年纪渐长，身体不如从前。幸亏姐姐是医生，照顾父母身体的事基本落在了姐姐身上。自己能够过得轻松，不过是因为姐姐替她承担了大部分做女儿的责任。就像那句"鸡汤"所讲："哪有什么岁月静好，不过是有人替你负重前行。"

儿子渐渐长大，也让靳红开始醒悟，如果再不抓紧陪伴儿子，以后即使自己想陪，怕是人家辣椒也没时间了。就像某个作家所写："所谓父女母子一场，只不过意味着，你和他的缘分就是今生今世不断地在目送他的背影渐行渐远。"儿子终将长大，终将有他自己的小世界。作为母亲的她，可以偶尔去那个小世界里做客，却不可能是那里的主人。

不断有同行和同龄人突发疾病或意外离世，亲眼看到原本欢蹦乱跳的一个人困于轮椅、囚在病床。目睹过白发人送黑发人的凄惨、年幼孩子失去父母的煎熬，让靳红反思，生存的意义、活着的意义和工作的意义。

靳红想，人活一世，至少要对得起生自己的人、自己生的人，爱自己的人、自己爱的人。在不拖累别人的前提下，为亲人、为社会多做点儿有益的事。

于是，靳红不断调整工作状态，从忙成陀螺，变得能挤出一些时间，陪儿子看看纪录片，讨论一下哪些经典纪录片值得反复观看，比如《地球脉动》《美丽中国》和《人生七年》。她偶尔也陪小智哥看看球、爬爬山，陪父母吃顿团圆饭，陪姐姐喝个下午茶，说说心里话。

工作只是生活的一部分，靳红越来越希望同一时间只做一个案子，那样可以多一点儿时间陪伴亲人。年纪越增长，她越在乎亲人、亲情。

其实，律师还好，法官、检察官更忙。有的立案大厅甚至像银行一样，特意安置了"叫号机"，不同之处在于这里的窗口没有安装防弹玻璃。

忙，是成年人的日常。为了碎银几两，为了烟火生活，谁不忙呢？至少她靳红还守着家，跟亲人距离很近，没有在外漂泊着，没有上演双城生活的人生苦戏。

平时，靳红在律所的时候少一些，在外面的时候多一些，并不是她愿意去跑去做，而是职业要求，她必须用大量的时间做调查，还要处理好各种手续、合同、提纲，写好各种法律意见、辩护意见、代理词。其中，各种调查取证，是她做好案子的基础。基础不牢，地动山摇，万事莫不如此。

从资永回到云州的第二天，靳红着手另一件案子的调查工作，刚刚调查不久，所里的老大，老郑同志的电话就打了过来："靳大律师你在哪儿呢？又在调查案子吗？"

"老大，您这是关心手下还是在查岗啊？"

所里人都称老郑为"老大"，老郑喜欢别人这样叫他，他常说所里的员工都是一家人，自己是这个家里的老大，要照顾好兄弟姐妹。本来，靳红对"老大"这个词挺反感的，容易让人想起黑社会。后来想想，老郑说得也在理。自己的父母对姐姐也常叫老大，婆婆也常称小智哥为老大。此"老大"非彼"老大"。索性，也便随了老郑的意思，跟着所里其他人一起称老郑为老大。

"我查谁也不敢查你啊，当然是关心喽。"

"老大放心，我一定认认真真给你打工，绝不偷懒耍滑头。"

"别开玩笑，咱们可是合伙人，不是打工的关系。说正事，靳红，你去资永怎么没跟星辉罗总打个招呼嘛，人家打电话过来挑咱们的礼了。人家说这不是招待不周嘛，太失礼了，还说要来所里给你赔礼呢。"

靳红愣了一下，脑细胞飞速转动，老郑怎么对她去资永做调查这么敏感，特意打电话来核实。就因为星辉罗总的一个电话吗？这不符合老郑的性格，也不符合所里的规矩。

律师事务所的工作流程与体制内的工作流程完全不一样，体制内出差或者其他事都要层层汇报、请示、报备，有各种假条、签字、批复。所里的工作流程更便捷快速，通常律师接到案子之后，在行动上有很大的自由度。

她想自己的资永之行有那么重要吗？重要到引来老郑特意打电话关心吗？老郑关注调查情况这类事，可是前所未有。老郑一向乐于当个甩手掌柜，给足了所里的律师自由度，对她这个合伙人给予的自由更是远超其他人。

脑子里的话自然只在脑子里，她说出来的话，既委婉又合情合理："还不是为了少给人家罗总添麻烦嘛。"

电话另一头安静了三十秒。"你的想法我能懂，你想掌握最新、最全、最真实资料嘛。你平时总强调这些，我是如数家珍啊，特别是'真实'这两个字，我记得清清楚楚。"老郑在"真实"两个字上加了重音。

"当然。老大嘛，一切尽在掌握。"对于顺嘴说好话的事，靳红并不吝啬。

"星辉的情况我了解一些。公司做得太大了，难免树大招风，让人羡慕嫉妒恨。现在的人仇富、仇官，资永很多人都把星辉和罗总看作眼中钉，张嘴闭嘴全是人家的黑暗面，就没看到人家为资永的经济发展做了多少贡献，为资永老百姓创造了多少就业岗位，就是为全省社会经济发展，人家星辉也做出了很多贡献嘛，我曾经就听到省里的领导提到过星辉公司。"

握着手机，靳红有了一种错觉，电话另一头不是老郑，而是体制内的某些领导在做报告。一时间，竟然不知道怎么接话。

显然，嘴巴一直没停的老郑也意识到了自己有些拿腔拿调，这样的腔调对别人可以，对她靳红使用，便会直接拉开两人之间的心理距离。她可不会吃他这一套，她有她的资本，过硬的专业能力让她长了一身硬骨头。

"瞧我说这些干吗？咱们见面再细聊。你回所里直接到我办公室一趟。不，我现在就去你办公室等。快点儿回来哦，咱们好好唠一唠。"

电话挂了，靳红的脑细胞却在活跃地旋转跳跃。奇怪了，自己去资永的事只有亦心知道，另外就是通知了小智哥。那么，星辉罗总是怎么知道的？

她脑子里的回忆键打开了，迅速搜索，到达资永后遇到的每一个人，陈晓蕾、钟老师，不会，绝对不会。这些人一一在她脑海里闪过，最后锁定了跟人说话时半弯着腰、一脸堆笑的高主任。靳红顿觉豁然开朗，高主任完全有可能跟罗总认识。不，这两人百分百认识，说不定是熟悉到可以称兄论弟的程度。以星辉公司在资永县的影响力，说不定那位高主任是带

红瘦

着告密的喜悦向罗总汇报着："近"姓女律师来资永调查陈奇刚和拆迁事件了。

靳红这才幡然醒悟，原来自己的行踪都掌握在人家手里了。自己是去调查星辉公司、陈奇刚、关于拆迁索赔案的林林总总，还没调查出什么结果，没想到人家罗总来了个反调查、反跟踪，罗总的手段真是高明。

在资永县，还有星辉和他罗总手伸不到的地方吗？他罗总掌握也就罢了，还要特意让老郑知道，再由老郑以"温馨提示"的方式告诉她，这又是为什么呢？示威吗？警告吗？这样做的目的又是什么呢？

按道理，她靳红应该算星辉公司的自己人。毕竟，她是为星辉公司、为他罗总服务的。星辉罗总当初点着名请她做律师，又开出了大价钱。她尽心尽力工作，不怕麻烦、不怕累，深入资永县龙王镇去调查，不是很合理吗？为什么他们要上演一出反调查的戏码呢？

靳红脑子里突然冒出了电视剧里演过的桥段——她的照片已经被送到了资永各地，一经发现，立即上报罗总。

他们在防备她什么？又在怕什么？为什么会有这样突然的大转向？这种做法，简直是东北的天气，昨天还是南风和煦，今天就变成北风呼啸了。从夏天直接到冬天，秋天全部删除。他罗总越是这样做，越是在证明，她靳红的推测正确无误。

他们在隐藏什么？

他们为什么怕调查？

他们既请律师，又在明显隐藏事实真相，所为何故？

靳红跟老郑见面之后，把这些问题列了出来。

老郑脸上挤出的笑挂不住了："靳红，你到律所来快十年了吧。咱们合作这么久了，一直很愉快。可是，这件案子，你怎么就不能听我一句劝呢？"

"劝我什么？不调查就做案子？您现在自己不接案子了，可规矩您总是懂的，哪个律师也不能这么做吧？"

老郑的语气缓和了一下："云州也好，全省也好，你靳红都是有一定知

194

名度的大律师，但是星辉公司选中你，给出这么高的律师费，你知道为什么吗？"

"因为我的胜诉率。"靳红不假思索地说道，这是她引以为傲的行业立足资本。

"这确实是主要原因，但咱省里胜诉率高的律师可不只有你一个吧？说实话吧，第一个原因，你爱人老黎在资永工作。人家点名找你，是给老黎面子，肥水不流外人田，这钱谁赚不是赚，你赚了，就等于老黎赚了嘛，你们可是一家人。第二个原因，省交通厅的蒋鹏程副厅长向星辉公司力荐你。你想想，他们对你多信任，寄予了多大的厚望。但是你现在的调查好像走偏了，你不是在帮着当事人，而是在调查当事人。你的枪口，现在对着的是星辉，是罗总。"

"我怎么是对着星辉呢？我只是在调查真相，不掌握事实真相怎么做案子？"

"事实真相就是人家出钱，咱得为人家做事。哪怕是驴唇，咱们也得安在马嘴上。"

靳红震惊了，她没料到，一向敬重的老郑会说出这样的话。驴唇若是对上了马嘴，那法律的公正呢？律师的职业操守呢？扔进马桶里、丢进垃圾箱里了吗？她感觉自己不认识眼前的合伙人了，曾经的老郑也是个追求理想追求法律正义的有志青年，当年她入职所里的原因也正是如此啊，志趣相投，三观相合。可是，如今的老郑还是自己熟悉的那个人吗？

一个人为了钱可以堕落到什么程度？他老郑缺星辉这一个案子，只差这一点儿钱吗？不，差的是星辉背后的关系网，以及这张网上的一系列公司和一系列案子。老郑是怕丢了以星辉为中心的一整个圈子，丢了这条复杂的利益链条。

两人之间的谈话，从最初的和颜悦色，到了剑拔弩张的境地。他们都阴沉着脸，现场气氛凝重，老郑更是史无前例地拍了桌子。

"靳红，给你个建议，这个案子交给所里其他人去做。我承认，我有考虑不周到的地方。我原以为你家老黎在资永，这件案子你做起来可能更方便一些，现在看反倒是掣肘，让你不得施展了。"

靳红火气腾地上来了，问："老郑，你这话什么意思？案子是案子，为什么要扯上我家老黎？如果当初知道他们星辉公司是冲着我们老黎才找我做，我根本不可能接这个案子。老黎从来不干涉我的工作，我也不干涉他的工作，都是各做各的工作，怎么到了星辉公司这就掣肘了？他到资永县工作才几年，跟他们星辉公司、跟他罗总没有半毛钱的利益纠葛。"

"你跟我讲这些有用吗？我这也是为了你，你考虑一下吧。"

"那我也是为了你老郑、为了所里。调查越深入，我心里越害怕。老郑，不仅我不能接这个案子，所里也不应该接。"

老郑盯着她，像看一个外星生物："你傻了，咱们跟钱有仇吗？即使案子败了，律师费、诉讼费他们都是要交的，为什么不接？星辉不差钱，有钱为什么不赚？而且这可是笔大钱。你不缺钱，我缺、所里缺。"

靳红质问："你忘了吗？我们的几条原则，有些案子是一定不能接的。"

"这个我当然知道，那些都是行业内的规矩嘛。当事人自以为是的案子咱不接，不过，他罗总虽然有点狂，倒没达到那种程度嘛。第二个是当事人计较的不能接，可人家不差钱、不差事，而且人家对诉讼的预期也都是合理要求，没有额外过分的要求。"

"您忘了最重要的一条，涉嫌虚假诉讼和非法目的的案子不能接。"

老郑脸一黑："你这是话里有话。"

靳红说："我说的是实话。我在调查中发现星辉提供的资料有很多疑点，跟事实情况并不相符。我几次联系罗总，他都以种种理由拒绝面谈，所以，我只能自己进行调查。现在看来，如果这个案子做下去，我们都可能会被拖下水，不但我靳红可能会被吊销执照执业证，咱们所这么多年累积下来的口碑可能也会坏掉。"

老郑安静了。

靳红说："老郑，我这样说是对自己负责，也是对所里负责。所以请你好好考虑我的建议。"

老郑冷哼一声，接下来的话有了咬牙的意思："靳红，我很尊重你，你很优秀，但是你别忘了谁是所里的老大，接不接案子还得我说了算。"老郑说完便出去了。他走得不失风度，走出她的办公室时还轻轻地把门带上了。估计所里人根本不会从出去的老郑脸上看出，刚刚办公室里发生了一场"恶战"。

靳红觉得自己当时的眉毛、眼睛、嘴角都是下垂的，像张扑克牌脸，难看死了。门关上了，她的心里还在"咚咚"打着鼓。她从没顾虑过星辉是资永的企业，而小智哥在资永工作，自己要回避一下。之前自己也接过资永县的案子，作为一个职业律师，她清楚应该坚持的操守，应该守住的规矩，从业多年，没有在这方面越过一步。

当时靳红兴高采烈地接着这个案子，现在一看问题多多，自己疏忽的地方太多了。当初想法太单纯了，小智哥在资永县工作，她就想为资永企业做点事，也算是从另一个角度跟小智哥携手了。

这时，她的脑子突然蹦出一个问题：会不会是小智哥告诉了星辉，她去资永做调查的事？

"不会！"她思考了一下，非常确定。要不然小智哥不会说帮她搜集星辉和陈奇刚拆迁案的资料。

既然是蒋鹏程力荐自己接星辉的案子，那么，前几天跟他见面为什么劝自己退出？当初推荐自己的是他，现在让她靳红退出来的也是他。蒋鹏程究竟想怎么样？蒋鹏程最初的目的是什么？现在又是为了什么？

靳红突然想到一个词：阴谋。

对方想利用她把小智哥牵进来，而她的调查让对方慌了。

阴谋的目的：把黎明智也牵扯到里面，跟着他们星辉合伙达到某些目的。说白了，就是要胁迫小智哥把星辉公司那些见不得光的事情变得合理合法。

权力和法律融合在一起会产生什么样的效果？光是想，就让靳红起了一身鸡皮疙瘩。

靳红的手机微信提示音不时响起，但都没有打断她的思路。

她越想越怕，越想越恐惧。

难道，小智哥在星辉公司的利益纠葛里面扮演了一些不光彩的角色吗？

那么，小智哥要帮她去调查是真心话吗？还是说他也想帮星辉公司隐瞒什么？

靳红理顺着头发，想抛开这些让人不寒而栗的猜想。如果换作以前，她会坚定地相信小智哥。就在刚刚，她还在因为老郑诋毁小智哥疯狂反击。可现在，她对黎明智也只能打上一个大大的问号。

关于蒋鹏程，靳红已经可以完全确认了，蒋鹏程和星辉公司的关系一定不一般，但这个不一般到了什么程度，合理合法吗？能拿到台面上吗？

敲门声响起。

"请进。"

进来的人是覃亦心："小姨，都过午饭时间了，你怎么也不去吃点儿？"

她拿起手机看了下时间："忙起来就忘了。"

覃亦心说："就知道你会这样，我买来了。看，山城毛血旺。喜欢吧。"

覃亦心把藏在身后的袋子拿了出来。

靳红会心一笑，这个丫头，太知道心疼人了。知道她最近胃口不好，也就这川菜还能让她开胃了。她一边吃，一边看手机。微信的内容杂七杂八，她快速浏览，挑一些需要处理的回复了一下。然后又打开另一个页面，处理了一下短信。"微信时代"，手机消息内容杂七杂八，基本以骚扰消息为主，但其中的一条，让靳红呆住了。

"黎明智，干净吗？"

3

周末，天气格外好，阳光透过纱帘，格外温柔地渗透并占领了室内。阳光使家变得又暖又软，使得家具地板有了天鹅绒一样的细腻质感。这样的阳光和时光都有着慵懒的气质，适合放松散漫地享受闲适。

以前，如果有这样的好时光，靳红便会偎进沙发里看纪录片，或者什么也不做，闭上眼睛，放空思想，放空身体，清清净净地享受，任由时间溜走。难得的浪费，何尝不是一种幸福呢？这样的时光对她来说太奢侈了，一年之中难得有几次。很多时候，人真的需要慢下来，才能感知那些细碎平常的小美好。

这个周末，难得美好的阳光和氛围。靳红和黎明智已经在客厅里坐了半个多小时，茶几上静静地躺着那封快件，他们为了由谁来打开儿子的录取通知书纠结推让。

"小智哥，你来拆吧。"

"你来拆，你是一家之主。"两人结婚时，黎明智坚决要求靳红当户主。

"还是你来。"

推让的结果是，两人都干坐着，两双眼睛落在快件上，思绪万千。

两人都回忆起儿子高考后对他们提出的明确要求："你们可要做合格的父母，不许随意拆开我的录取通知书，那可是我人生中最有意义的通知书，我要亲自拆！"

当时，他们答应得很痛快，他们都相信自己能做到。答应儿子的事，一定要做到啊。这是儿子人生最重要的大转折，这个转折按钮得由儿子亲自按下。可是，现在录取通知书只能由他们来拆开了。

靳红提了个新建议："我们到儿子的房间去拆，当着儿子的面去拆。"

黎明智赞同这个提议。

辣椒的房间同他在世时一样，各种物品都按他的习惯排列摆放着。每天，靳红都会到儿子的房间坐一会儿，有时还会在床上躺一会儿。她现在来儿子房间的时间，比儿子在世时都要多。她常常后悔，以前为什么没多陪儿子坐一坐呢？

黎明智也是一样，只要回家了，必定也会在儿子的房间坐一坐，摸摸儿子用过的东西，看看儿子读过的书。

这一刻，两人的目光都望向了墙上儿子的照片。

黎明智把裁纸刀交到靳红手上。

靳红一样样取出了里面的东西，整齐地摆在了书桌上。录取通知书、

红瘦

入学须知、银行卡、本科学生助学援助政策、学校概要……

一切无声。

一切有声。

讲述着黎雨泽短暂的十八年人生，十二年寒窗，浓缩了他从小到大的成长。如果不是一场意外事故，他现在会是什么样？他的未来又会是什么样？可能会有风雨，会有苦涩，会有艰难，但更多的一定是美好和幸福吧。

谁知道明天和意外哪个先来？果然不假。

靳红盯着儿子的照片："儿子，祝贺你考入了理想的大学。"话音出口，泪水决堤。

两个年纪加在一起近百岁的人抱在一起放声大哭。眼泪里，是他们累积的思念和难过，还有再也回不去的一家三口的幸福时光。那样的日子再也没有了，这个世界关于儿子的消息也会越来越少，录取通知书可能就是关于儿子在人世间的最后一条消息吧。

人啊，不过是一粒尘埃，终将被世界遗忘。

这些天，各种关于高考的信息，从身边人、媒体处铺天盖地袭来，谁家的孩子考入了北大、清华，谁家的孩子是省市区县的高考状元，谁家的孩子发挥不理想寻死觅活，哪对夫妻终于在孩子高考后去民政局领了离婚证……

再不会有人来问他们：黎雨泽的成绩怎么样？考得理想吗？录取通知书收到了吗？

那些关心，或是祝福，或是羡慕，什么都好，是他还活着的证明。

现在，他们身边的人都会刻意不在他们面前提起孩子，即便是与高考相关的新闻都成了禁谈内容。

他们也在尽可能地避免接收一切相关信息，他们就像两只孤独的野兽，只能在自己的家里关起门，悄悄地舐舐一直流血的伤口。这样的疼是不能与人共享的，是不能陈列在外人面前的。这样的疼只能自我化解，靠时间、靠心性，慢慢地结成痂痕。

人们常说，伤口会随着时间的流逝慢慢愈合，伤痛会随着时间的流逝慢慢变淡，比如爱情的走散、婚姻的结束，但是父母对子女的爱不会随着时间流逝而减少，只会越来越沉甸甸，最后沉积到心灵深处。

丧子之痛，这样的伤怎么形容呢？它不是肉体的伤，更像是刻在骨头上的图腾，永远不会消退，注定要伴随父母一生，直到父母与这个世界告别才算终止。

好像过了很久，两人才慢慢平复情绪。

靳红说："咱们把录取通知书送到儿子那里吧。"

黎明智明白，她的意思是"烧"给儿子。

"烧"是中国传统的祭奠方式之一，最传统的是烧冥币，后来又增加了新项目，"烧金条""烧电视""烧手机""烧麻将""烧汽车""烧空调""烧房子"……花样百出，层出不穷。

一直以来，两人对这类"白色消费"持反对态度，祭奠缅怀亲人无可厚非，但用鲜花、绿植祭奠又低碳又环保，不是更应该提倡吗？

这一次，靳红想"烧"一回了，为儿子做一次她一直反对的事。

黎明智说："我们去文具店选个适合的相框，把录取通知书裱好，跟儿子的照片放一起。"

两人就这个提议达成了一致，他们好像恢复了从前的默契和亲近。

靳红把跟老郑之间的争吵、自己的分析，全部讲了出来。

"你的分析有道理，星辉公司也好，罗耀辉也好，确实不简单。"

靳红盯着黎明智的眼睛，他的眼睛明明白白地写着真诚。

黎明智被她盯愣了，问："盯着我干吗？我知道不简单，但也没有确凿证据。"

靳红继续盯着他的眼睛，问："小智哥，跟我说实话，你跟星辉公司熟吗？"

相濡以沫多年，黎明智明白她话里的意思是在问他：你跟星辉之间是清白的吗？

靳红当然知道黎明智作为常务副县长，必然会跟县里的民营企业熟稔。也知道作为常委，他比其他副职有着更为集中的权力。她也知道问出这样的问题，便是直接撕裂了他们之间的信任。

红瘦

黎明智心里刹那间有些疼，疼的是小妹怎么也不信他了。不过，这样的疼只是持续了一瞬，便被另一个念头冲没了。没错，他意识到，冷淡他多天的小妹关心他、护着他，为他提心吊胆，怕他参与其中，才会这样一针见血地质问他。正因为这样直接，她才是靳红，才是他的爱人。

黎明智扶着她的肩，几乎一个字一个字地说了出来："小妹，我可以对天发誓，我在资永清清白白，从来没有做过违反党纪国法的事，从来没做过对不起良心的事。"

靳红说："我相信你。"她说得很坚定，黎明智却在她的眼睛里看到了一丝怀疑，他知道这个怀疑不光是针对星辉，而是从儿子去世之后就落下了。她怀疑人世间的一切。

现在的靳红看上去跟以前好像没有太大差别，除了清瘦一些，除了眼角出现了一些皱纹，鬓角多出了一些白发，她好像还是她，但是她又不是她。辣椒的离世对靳红刺激太大了，她整个人都像走在浓雾里，走不出来了。她不相信任何人，包括她自己。

黎明智有时候为了她的不信任，深感痛心。老婆的那丝不相信，让黎明智很无助、很抓狂。如果连小妹都不信任自己，别人又会怎么想？别人会怎么看待他黎明智跟星辉公司之间的关系？近些天收集上来的各种资料让他脊背发凉，他最初真的以为蒋鹏程是在支持他的工作，减轻他的压力，把资永大桥建设作为一把手工程来做。但仔细查阅那些资料之后，再将这些资料和发生的一系列事件当成一颗颗珠子穿成一串，他怕得很。

人啊，真的可以做到胆大包天，肆意妄为。

因为儿子去世出现在两人之间的裂缝，夫妻双方都在极力弥补着。可是就像人们常说的，扎在肉里的刺，除非彻底把它拔出来，才能彻底结束疼痛，无论是修补或是揉捏，只会让伤痛更疼。这种比喻适合于夫妻之间，同样也适合于恋人之间的相处。

夫妻、恋人之间最恰当的相处之道，是把话说明说实，不互相欺骗。

俞彬确实对覃亦心有所隐瞒，覃亦心也一直耿耿于怀，每次见面她都会追问一下，那次突然失联的原因。

俞彬颇为无奈："我工作那么忙，你又不是不知道我是干吗的，为啥老是追问呢。"

"以前你都会提前告诉我，就那次没告诉，你一定有不可告人的秘密。我跟你讲，恋爱中的女人都是大侦探福尔摩斯的亲传弟子。"

"有些时候不对你讲，可能是善意地隐瞒。你怎么像个小孩子一样揪着不放呢？这样可不是乖宝宝啦。"他的语气到底还是软了下来。

覃亦心当然要揪着不放了，她在这件事上就安心不做"乖宝宝"了。她就想刨根问底，查出真相。她心里一直有道阴影，那道阴影是俞彬的大学初恋。结果，女人的第六感果然准确得一塌糊涂。

俞彬被亦心磨得没办法了，终于说了实话："我可以告诉你实话，但是咱说好了，不许生气、不许插话、不许吵闹，耐心听我说完。你答应了，我就说。"

"你就是个严厉的老师，一点儿都不像男朋友。"

"哪位老师会像我这样宠着你？就你这小嘴，老师说一句，你怼十句，早被记大过了。"

亦心使出撒娇大法："那你不是我男朋友嘛，大男人应该让着小女人。"

俞彬说："可以让着你，但你要讲道理。不许生气、不许插话、不许吵闹，如果同意，我就给你讲。"

亦心伸出了小手指："拉钩。"

两人算是达成了"君子"协定。

真相果然跟亦心猜测的一样，俞彬的初恋女友从德国回来了，邀请俞彬去德国。

亦心张圆了嘴巴，发出了一个感叹词："喔。"

这个"喔"字有着很多种含义，可以理解成知道了，还可以理解成原来如此，更可以理解成那你想怎么样？最后一种意思是从亦心眼神里飘出来的，她几乎是用30度的斜视在看着俞彬，眼神里有着一种挑衅的味道。

俞彬重重地捏了一下她的鼻子。

她甩开他的手，急歪歪地说："疼，疼死了。"

"她是带着儿子回来的，她老公去世了，她继承了一笔遗产，所以邀请我跟她一起去德国。"

亦心又发出一个"喔"字。眼睛盯住了俞彬，射出无数支"利剑"。

"你眼睛里全是刀光剑影，怪吓人的。我当然是拒绝了，我要留在国内陪你这个磨人精。"

"就这些？"

"是，我全交代了。"

"可是，你们恋爱那么多年，告诉我实话，你是不是一直在考虑要不要跟她去德国，所以一直拖到现在才把真相告诉我呢？"

俞彬轻拍亦心的额头："胡说什么呢，我跟她都分开好几年了。在外人看来，分手的原因是她去德国了，而我没有去。真正的原因是世界观、人生观不一样。我总想踏实做点事，往小了说是个人抱负，往大了说是家国情怀，我永远不会去国外定居，至多偶尔旅行。人家一直向往国外生活。我和她梦想不一样，必然不会一起往前走了。"

亦心调侃："你将来会后悔的，人家现在可是个富婆，你要是跟人家在一起了，就可以尽情享受荣华富贵了。"

俞彬又拍了一下亦心的额头："你呀，越说越偏了。那你支持我去德国喽？"

亦心白了他一眼，鼻腔连续发出几声"哼哼"。逗得俞彬哈哈大笑。

"你个小醋坛子。"

亦心双手比画了一个大圆："我是醋缸，超级大的醋缸。"

"咱不说好了不生气嘛。"

"她走了吗？回德国了吗？"

"也就这两天吧。"

亦心又是一声"喔"。

"好啦，这事就过去了。"

"好吧，那我们一起去送送她。"亦心提出新建议。

俞彬又重重地捏了一下她的鼻子："你呀，送人家是假，宣示主权才是真吧。"

"对。我就是要宣示主权，省得她老惦记着你。你问问她什么时候走，咱们去机场送。"

"去机场送不方便吧，那个时候肯定都是人家的家里人吧。其实就没必要送。我都不送，你干吗要去送呢？结束了就是结束了。"

"我要主权！"

"你实在想去，我带着你去酒店见她，让你宣示主权。"

"酒店？她回国没住在父母家？"

"老教授还住在原来的老房子里，当年她去德国老教授不同意。她不回国，老教授更是不同意。她这次回来想住在家的时候，老教授偏脾气上来了，不让她回家住。另外还有一个原因，她小孩子也不习惯老房子，各种设施确实有些老，所以就住在酒店了。"

他们到酒店的时候，覃亦心的表现让俞彬在心里点了无数个赞，既宣誓了主权又落落大方。覃亦心郁闷了好些天的情绪终于云开雾散。走到酒店大厅的时候，她对俞彬提出了新要求："你要请我吃火锅，还要送我礼物，算作补偿。我都郁闷好多天了。"

俞彬自然一一答应。可是他很快发现，覃亦心的眼神不对劲儿。他的眼睛顺着她的眼神扫过去，也跟亦心一样，目光定格在了那里。

出现在他们视线里的是两个人：黎明智和一个年轻的女孩。女孩很漂亮，年纪不大，二十几岁的样子。

黎明智和女孩子说着什么，能明显感觉得出，他们不像是上下级关系，可是两人的状态又显得非常熟悉。

覃亦心和俞彬都拧起了眉毛。

覃亦心的火气腾地冲了上来，迈步冲向视线里的两个人，俞彬一把拉住她。

"站住！"

覃亦心急得直跺脚，问："你没看到吗？小姨夫跟那个女人在一起呢，一看就可亲密了，两人的关系肯定不正常，我过去问问怎么回事。"

俞彬一把拉住她："你冷静点，别添乱！小姨夫工作那么忙，大庭广众之下，跟人说话很正常。人家可能就是正常的工作关系，还可能是县上招商引资的外商。"

亦心一脸不悦："你瞧那女的眉飞色舞的，小姨夫还配合呢，哈哈大笑。"

"小姨夫真跟那女的有什么特殊关系，还会当着大家的面？在酒店大堂里？你是不是傻！小姨夫是副县长，工作那么忙，他身上指标那么多，他跟谁接触不正常？这世界上除了男人就是女人，难道小姨夫跟女人接触就不正常了？你这是什么逻辑？"

"我不管，我就要过去问一问。辣椒没了，如果小姨夫再怎么样的话，那不是要了小姨的命吗？"

最终，覃亦心还是没去成。原因太简单了，俞彬把她拉走了。不过看到的那一幕就像一根刺扎进了她心里。

一直以来，覃亦心把小姨夫当成了爸爸。小姨夫在她心目中的形象那么正直，那么高大，她不相信小姨夫会那样。小姨夫多自律，而且他跟小姨的感情也很好，可为什么会出现这样的一幕呢？

吃火锅时，她把这些问题自言自语地说了出来。

"你不要胡乱猜测，更不要把这件事告诉小姨。"

"为什么不能说？我得让小姨提高警惕，防火防盗防小三。"

"你这是捕风捉影，这样做非常不好。你怎么能确定关系就不正常？你这样的想法太可怕了，必须调整。按你这样想，将来我要跟哪个女同志接触了，你都要大吵大闹吗？"

"那不一样。小姨夫跟别的女人接触的时候根本都不那样，一眼就能看得出小姨夫跟那个女孩关系很好。而且，你看那个女孩看小姨夫的眼神，一股子狐媚样，一点都不对劲儿。"

"距离那么远，你能看清吗？还狐媚样，你的嘴巴太损了。"

"我就能看清，我是女孩子，我知道那是什么眼神。至少那女孩的眼神不正常。"

"反正这件事你不能告诉小姨，不能给小姨添堵。你要是告诉了，我知道了，肯定惩罚你。"

"那好吧。"亦心答应了，一脸不情愿。

4/

蒋鹏程到资永县任职的第一天，多年后仍然记忆犹新。

那是一个阳光明媚的上午，资永县召开全县干部大会。当天，送蒋鹏程就职的是省委组织部副部长，这在历届资永县县长的任职中属于高规格的欢送了。

会上，省委组织部副部长宣读了省委决定。省委批准，蒋鹏程同志任中共资永县委常委、县委副书记、代理县长。对资永县未来的发展提出了殷切希望，对蒋鹏程同志给予充分肯定，提出殷切厚望。蒋鹏程同志政治思想素质好，党性观念强，立场坚定，年富力强，作风正派，勤勉敬业。这次资永县主要领导的调整，充分体现了省委和省委组织部对资永，对资永干部、资永工作的重视、关心和厚爱。希望鹏程同志在资永守正笃行，为资永县经济社会发展，为资永县人民的福祉做出更多的努力、更大的贡献，带领资永人民走上幸福富裕的道路。

蒋鹏程也在发言中表态，完全拥护、坚决支持省委市委的决定，旗帜鲜明讲政治，做到对党绝对忠诚，坚守为民情怀，实干实绩创业，保持为民、务实、清廉的政治本色。

这次发言，蒋鹏程做了精心准备，发言稿里的每个字他都字斟句酌。在撰写材料时，他心潮澎湃。他深知，到资永任职对于自己来说是一个新起点，更是自己未来发展的新征程。他想把资永县的工作做好，带领资永人民走上更富裕的道路。发言里的每一句话，都出自他的真心真情。

蒋鹏程的发言激情澎湃，当年在学生会演讲时锻炼出的高水平在这次得到了充分展现。他记得，会后不止一个人来到他的办公室，表达了相同的意思："蒋县长，听了您的讲话，我们心潮澎湃，我们资永县盼来了一位好县长，资永人民有了希望，有了盼头。"

蒋鹏程非常清楚，这样的夸赞有着很大的含水量。拍马屁这件事，自古有之，他记得听过一个传说，便是把马屁拍得出神入化。

话说，清代大才子袁枚，少年聪颖，禀赋过人，二三十岁就官拜七品县令。赴任之前，袁枚去向恩师尹文端（乾隆年间的名臣）辞行。尹文端问："你此去赴任，都准备了些什么？"袁枚答："学生就准备了一百顶高帽子。"尹文端一听，面色不悦："你年纪轻轻，怎么能搞这一套，还是要讲究勤政务实呀！"袁枚答："老师您有所不知。如今社会上的人大都喜欢戴高帽子，像您老人家这样不喜欢戴高帽子的人真是凤毛麟角呀！"尹文端听完，心情大悦。

名臣都在享受着被拍马屁的快乐，何况普通人？试问，谁会不喜欢被夸赞呢？拍拍别人的马屁，被人拍拍马屁，何尝不是一种快乐呢？说穿了，马屁也是一种职场礼仪。适时适度地拍马屁可以拉近下属和领导的关系，增进同事间的交流，活跃办公室的气氛。投之以桃，报之以李。彼此夸奖一下，互相拍拍马屁，何乐而不为？

来自资永县各方人士的马屁也好，赞美也罢，至少证明，蒋鹏程被资永接受了。被认可、被承认是他的工作动力。当然，他会把心里的欢喜藏起来。他一个劲儿地谦虚着："过奖了。感谢大家的认可。"

蒋鹏程的表态和决心，不只是在会议上，很快就落实到了实际行动中。他把资永县的每个部门全都走遍了，听汇报、了解情况、分析存在的问题。又把资永县的各个乡镇、街道、农场、林场也走遍了。

为了摸清真实的情况，蒋鹏程还想出一个好办法。他在周末休息时带上司机，不打任何招呼，直接逐个村子去摸底。到了村里，他不联系村上的干部，就是跟村民聊家常，东一句西一句地问。两个多月的时间，他就把县里的情况摸了个差不多。

掌握到的情况，让蒋鹏程心情沉重。他早就知道资永县在全省、全市的各项排名属于偏后的后半截儿，各种数据都简单明了地陈列在他的眼前。可是实际了解到的情况，让他知道那些数字背后有着非常大的水分，数字里的水分是在粉饰太平，掩盖不足，更是在辜负党的重托、组织的信任和老百姓的期望。

看到的一切都让蒋鹏程如坐针毡、心急火燎，恨不能一时间就把资永县变成全国排名第一美、第一富、第一强的县。

比如说市政管理方面，竟然仍有一些交通要道没有安装红绿灯。多年过去了，就那么"顺其自然"，没有一个人去关心、去解决。人大代表没有这样的建议，政协委员没有这样的提案，人们对日常的不合理熟视无睹。

以某镇为例，镇中心的一个丁字路口经常出现恶性交通事故，明明只要安装一个红绿灯就能减少很多事故，让老百姓不再提心吊胆，可就是没人想到去安装交通信号灯。是乡镇的领导看不到？还是交通部门看不到？又或是公安交警部门看不到？蒋鹏程在县政府常务会议上直接提出了这个问题。

会上，副县长、公安局局长，交通局局长，某镇的党委书记、镇长，一个个相关领导，全部保持了统一的面红耳赤和沉默不语。

蒋鹏程说："这个问题，我到资永两个月就能看到，你们一直在这里工作、在这里生活，难道看不到吗？仅仅是一个红绿灯就能解决的问题，给老百姓造成了多大的伤害？我在暗访中了解到，平均每个月那个路口就会出现一到两起重大交通事故，有时是大货车、小轿车直接开进住户家里。人家不止一次找过相关部门，请求给想办法解决一下。可总有各种理由拒绝人家、搪塞人家，事也不办，脸也难看。我想问问大家，这样的干部是在为人民服务吗？大家还记得入党誓词吗？"

会议结束，一周时间之后，镇中心丁字路口的红绿灯安上了。红绿灯成了老百姓的平安灯，车辆经过那里井然有序，事故发生率明显降低。很快，县政府常务会议上蒋县长的讲话传到了资永县老百姓的耳朵里，百姓交口称赞："新来的蒋县长真心为咱老百姓着想，真心为咱办实事、真办事。"

不久，蒋鹏程遇到了这样一件事：一个小企业老总来到他的办公室，进门就要给他跪下。

随后赶来的县政府办公室主任忙拦住那个企业老总："您看您有事跟我说，蒋县长正在忙。咱们到外面说。"

企业老总说什么也不走。

一番了解后，蒋鹏程知道了真相，原来这个企业老总在办某个手续的过程中，被县上某局里的一个小股长拿捏得骨头不疼肉疼。"蒋县长，我去找他盖个章，他跟我说，手续已经过期了，上面写的截止日期是上个月三十号，让我重新弄……然后我按人家吩咐重新去弄了。弄好之后，他跟我说，这周的业务太忙了，让下周来，他得把手头这点活干完，手头的活着急，上面催着要。然后，我又等了一个礼拜。一个礼拜之后再去找，人家说身体不舒服，得马上去医院。再然后我又跟到医院，人家说，在医院里看病，没办法办业务……幸亏我早有准备，留下一个信封给了人家，里面装着5000块钱……第二天，那位股长活蹦乱跳出现在了办公室，章总算是给我盖了。"

这件事听得蒋鹏程气得想要拍桌子，可他还是耐下性子继续听下去。

企业老总说："章盖了，事办了，可我实在是憋屈委屈得要命。听说您是管事的好官，我就来找您了。"

蒋鹏程说："你说的这件事我应该管，但是请您稍等一下。"他随即就把县纪委书记叫到办公室。

很快，那位股长得到了应有的处理。

自从到资永县工作，蒋鹏程几乎没有了休息时间，他的每个周末不是在省市县上开会，就是在跑招商，再不就是在落实各项工作，处理各种问题。

蒋鹏程的电话经常在深夜打给各个分管的副县长、相关部门的一把手，结果弄出来了一个传说：蒋县长是不是吃了兴奋剂，跟工作狂似的，随时随地都能想到问题，分分秒秒都在安排工作。这样的话甚至也传到了他的耳朵里，他对此一笑而过，他也不想这么累，但他在实际工作中发现了一个现象，就是如果想让下边的人真正干事，他就得比别人更辛苦地干事。他想让别人工作一小时，他自己就得工作两小时，他想让别人打起五十分的精神，他自己就需要打起一百分的精神，要不然事情根本就推动不下去，工作也做得不扎实。

谁不愿意待着享受呢，他不知道享受好吗？可享受根本不出活，活也干不下去。他蒋鹏程到资永县不就是为了工作吗？

这样下去的结果是文萃跟他闹起了隔空内战："你心里还有没有这个家？一两个月也不回来看看。女儿在国外，你也不回家，家里冷冷清清的，就剩我一个人，连个说话的人都没有，跟个孤寡老人、留守儿童似的，我早晚得抑郁了。"

蒋鹏程不作声。

"喂……你在听吗？"

"听着呢。"

"要不你想办法调回来吧！"

"那是组织上决定的事。"

"你去跟组织申请。"

"你当是小孩子过家家玩呢？我才到资永不到一年嘛。你的工作又不忙，有大把的时间，你可以去练练瑜伽，或者找你的好朋友、好姐妹、亲戚朋友一起玩，可以打点小麻将。总之，你喜欢做什么就做什么嘛。一人吃饱全家不饿，没人说没人管的，自由自在多好啊。"

"一个人太寂寞了。还有，你一点也不关心女儿，你看女儿在国外过得多辛苦，天天吃汉堡、比萨，连一顿中餐都不舍得吃。"

"有你说的那么严重吗？你太夸张了吧。就你女儿还会舍不得吃？舍不得就不是她了，少买一个包，够她吃好多顿中餐了。再说了，她都那么大了，她自己做个蛋炒饭不行吗？我像她那么大的时候，什么家务活不会干？"

"又来忆苦思甜。现在是什么时代？你那个家庭又是什么样的家庭？老蒋，你看看咱们的女儿是跟人家合租，就那么一个小小的房间。合租那个德国女孩根本不能接受咱们的女儿做中国菜，吃个螺蛳粉都骂咱女儿在吃屎，吵得就差报警了。"

"这个不能怪人家德国女孩报警，我也受不了那个味道。你们娘俩怎么

211

就喜欢吃臭东西呢？什么螺蛳粉、榴莲、臭豆腐。"

"那是三香。"

"你们说香就香吧，别当着我的面吃就行，也别影响人家德国女孩子了。多换位思考，相互理解。"

"你一点儿也不心疼女儿，胳膊肘总是往外拐。老蒋，说正事，要不咱们给女儿追加点儿生活费，让孩子住个单独的小公寓。"

"怎么又要追加生活费，都追加多少回了？她在国外一个月的费用，够她爷爷奶奶在国内生活好几年了。合租公寓怎么了？她怎么就那么娇气？以前咱们的革命先辈去国外的时候过得多简朴，跟前辈比她简直生活在蜜罐子里头了。"

"又开始爱国主义教育了。"

"不教育行吗？别好了伤疤忘了疼，她才消停几天，你又来搞事情。咱们为什么送女儿去国外，不就是为了锻炼她的自立能力吗？别人不知道她，咱们父母心里没数吗？"

"蒋鹏程，你还是不是蒋小文的亲爸爸？她一个人在国外孤苦伶仃多可怜，我的女儿凭什么过得那么辛苦？别人家的孩子在国外过得要风得风要雨得雨，我们的女儿就得跟人家挤那间小破公寓，就这你还叽叽歪歪。你不管我管，明儿我就给女儿打钱去。"

"惯子如杀子，你懂不懂？蒋小文出那么大的事，你还不吸取教训，还想让女儿不思悔改吗？文萃，我警告你，绝对不能再给蒋小文增加生活费了。"

"我不用你出钱，不用你管，我有办法。我不跟你说了，你就是个守财奴。"

一通电话下来，又是不欢而散。

文萃的办法，一个多月之后才传到了蒋鹏程的耳朵里，通过女儿的微信视频电话。尽管蒋小文不争气，可毕竟是自己亲生的，视频电话里看看女儿，说说话、逗逗趣，是他为数不多的幸福时光。再不争气的女儿，也是他的血脉。

"老爸，谢谢你，你太好了，你是世界上最好的爸爸。"

"为什么夸爸爸？说爸爸好的是你，说不好的也是你。爸爸还是爸爸，在你嘴巴里一会儿好一会儿坏的，究竟是爸爸在变还是你在变？"

"爸爸变了嘛。"女儿在视频通话里撒娇，"以前让你给我买辆二手车你不答应，跟同学合买你也不答应，没想到你让罗叔叔直接送了我一台新跑车。Daddy，你不知道我把这辆车开出去有多拉风，同学们都羡慕我，我告诉他们，这是 Daddy 送我的礼物。"

"罗叔叔，什么罗叔叔？"蒋鹏程在脑子里搜索着罗姓朋友。

"我也说不清楚，妈妈跟我说有位罗叔叔来看我，帮我重新换了公寓，还帮我买了台新跑车，说是受你委托，送我的神秘礼物。Daddy，我好开心啊。对了，他还送了我一张卡，让我安心刷，说卡也是爸爸送我的礼物，爸你简直太伟大、太无敌了……不说了，我跟同学有约会，拜拜。"

蒋鹏程立刻打给文萃："女儿说的罗叔叔是谁？"

"罗什么？"文萃一时间也愣住了。

"送女儿车，给女儿换公寓。对了，还给了女儿一张卡，让她随便刷。"

"你说的这个罗呀，就是你们资永县星辉公司的罗耀辉，他不光跟你认识，跟我叔叔也很熟悉。不对，我叔叔的好朋友不是他，是他的岳父，姓柳，跟我叔叔是多年的好朋友。"

"他怎么知道小文在国外，还能一下子找到的？"

"说来也巧了，我跟叔叔家大弟打麻将的时候，正好罗耀辉在场，他也喜欢打麻将，大家就一起玩嘛，这才熟悉起来的，他那时知道咱们是一家。再后来，知道了咱们的宝贝女儿在国外。"

蒋鹏程哼了一声，眼前出现了罗耀辉的样子："怎么会那么巧？人家精着呢。早知道你是我老婆，人家去打麻将就是故意认识你的。"

"认识就认识嘛，你还怕人家认识我啊？前些天，罗耀辉说他正好在国外，问需不需要看望一下孩子，问了孩子在哪个城市，要了女儿的电话。我倒没想到，他出手蛮大方的嘛。"

蒋鹏程没等她说完，便挂了电话，然后无力地坐在椅子上，骂出两个字："蠢货！"

第八章

蛛丝马迹隐于不言

1_/

　　就黎雨泽大学录取通知书的保存方式，靳红和黎明智最终达成了一致：装进镜框，和儿子的照片，并列挂在他房间的墙上。他房间里的摆设同生前一样，只增加了属于他的大学录取通知书，以及冲洗好的佟仁和陈晓蕾发来的照片。一切都在他习惯的固定位置，仿佛等待他回来。他的一生太短暂了，像烟花、像流星，一闪即逝。为人父母，靳红和黎明智要记住这些短暂的快乐，也要依仗着这些才能活下去。只要他们还活着，这个房间永远属于儿子。

　　电影《寻梦环游记》里，亡灵节的时候，亡灵若想通过花瓣桥来到人世间，条件就是人世间有人供奉他的照片。有人供奉他的照片，意味着他还没被在世的人遗忘。当他被最后一个人遗忘，那才是真正意义上的死亡。

　　有人说，人的一生会死三次——第一次是生理上的死亡，呼吸消逝，与世界告别。第二次是社会上的死亡，举行葬礼，身份从社会上剔除。第三次是精神上的死亡，被世上最后一个纪念你的人遗忘。黎雨泽不是真正的死亡，他永远被父母供奉、想念，只要父母还活在人世间。往后余生，靳红和黎明智不只为了自己活着，更是代替儿子活着。

一切都安置处理好了。靳红抛出了一直困扰她的问题："小智哥，还有一件棘手的事，我脑仁都想疼了也想不出办法，你帮我解决吧。"

这个问题，不光她要面对，黎明智也一样，一样脑仁疼。那就是怎么对家里的老人隐瞒下去，现在已经拖得几位老人家急眼骂人了，现在拖得他们要兴师问罪上门要人了。

"姥姥、姥爷每次来电话都要问一次，辣椒怎么老不见人？说不上几句，就跟我急，说我故意不让他们看外孙，没安好良心，就想气死他们。"

"奶奶也一样，说辣椒高考结束了也没回老家去看一看，问我是不是又给孩子报什么班了，弄得孩子时间紧任务重才没去老家。还说，要是孩子实在没时间，奶奶就过来看孩子，反正现在高铁飞机都方便。我只能说孩子跟同学出去玩了，高考完事了，孩子好不容易放松了，不能催着回来。其实，奶奶说要过来看辣椒，就是那么一说，高铁飞机得把老太太折腾散架了。奶奶身体不好，我是真不敢讲实话。"

"昨天晚上姥姥在电话里跟我急了，说辣椒出去这么久，怎么电话也不打一个啊，以前学习忙，一周还能打个电话听听声儿呢，让我叮嘱孩子在外面要注意安全。姥爷说梦见辣椒掉进冰水里了，辣椒跟姥爷说他冷想烤火。听得我当时眼泪就掉下来了。小智哥，是不是辣椒在给姥爷托梦呢？"

夫妻俩好一阵子沉默，儿子的房间里，只有两人的抽泣声。明天和意外哪个先来，是道难解题。可谁又能真正做到把每一天当成最后一天来过呢？心灵鸡汤是一回事，生活是另一回事。

平复好久，夫妻俩才算平静下来。

"姥姥说当年亦心考上大学的时候，姥姥和姥爷给亦心的奖金是一万块钱。到了辣椒这，他们准备奖励一万块钱，另外还要再偷偷增加个红包，里面再包一万块钱，还让我保密，暂时别让辣椒知道，说是给辣椒的惊喜。更不要让亦心、大姐和姐夫知道，要不然肯定会被批评成重男轻女的老古董。"

黎明智说："这事你得劝劝妈，老太太偏心眼偏得太严重了。辣椒小时候，老太太就偏心眼，为这把亦心气哭多少回了。什么事都向着辣椒，苹果要挑大的给辣椒，羊肉串如果是亦心吃了一串，一定要给辣椒两串，还闹着要把房子写到辣椒名下。我如果没记错，那时辣椒刚上中学吧。总之，辣椒做什么在他们那里都是对的，隔辈亲真是一点儿道理也不讲。"

"这事也不能全怪我妈。亦心是奶奶带大的，亦心跟奶奶比跟我妈亲。辣椒是姥姥带大的，老人家都这样，带谁跟谁感情深。辣椒有什么也惦记着姥姥、姥爷，连学校周边的小零食都要拿给他们尝一尝，连圣诞袜子这类小东西都能想着送姥姥、姥爷和奶奶，也是细心了。"

讲起儿子的好，靳红的嘴巴和眼泪停不下来。儿子离世后，她记得的全是儿子的好，件件桩桩如数家珍。身边的黎明智一声声地叹息，回忆如果可以成真，那该多好。

话题还是拉了回来。

"小智哥，如果让老人家知道了真相，不是拿刀子剜他们的心头肉吗？"

商量到最后，夫妻俩决定：先把录取通知书给老人家拿过去，让他们看一看高兴高兴。至于是否告诉老人们真相，以及什么时候告诉，他们还是没想好。

"拖"不是办法，却是他们现在能想到的唯一办法。

除了家事，还有公事。跟合伙人老郑之间的不愉快仍在继续，靳红对黎明智说出了心里的疑问：蒋鹏程为什么会向星辉推荐自己？单纯因为同窗之谊，她的高胜诉率，还是夹杂了其他因素？为什么做了"好事"不留名，跟她从来没提过？罗为什么也从来没提过是蒋介绍的？星辉公司点名请她来接案子，是否真与小智哥有关？老郑抓住这个案子不放除了高收益还有没有其他原因？

靳红对黎明智谈工作的时候不多，这样郑重谈出来的时候更是屈指可数。夫妻俩的原则一直没变，在家里少提工作，多讲生活，不把生活和工作混在一起，要不家庭生活得多累。但少讲不等于不讲，重要关头、重要事，靳红还是想听一听小智哥的意见。通常他的意见，她都会采纳。这不仅仅因为旁观者的视角有时会比当事人更全面一些，更因为她信任他。

靳红的问题一抛出来，他便明白了，她这次是真的需要他从一个旁观者的角度帮她分析。因为换个角度，可能会看得更清楚，她想让他给出不同的解答。

"鹏程确实非常看重同窗情，当年他离开资永时向组织上强烈推荐我任县长这一件事就能看出来。当时我并不知情，还是后来别人告诉我的。虽然我没有接任县长，但鹏程对我的认可和向组织推荐这件事是事实。而且他从来没向我提过这件事，这点更可贵。通常人们做了好事，恨不能让全世界知道，让别人领情答谢，他显然不是那类人。当然，这并不能排除他的推荐里还有其他原因。人都有两面性，或者说多面性，鹏程在工作上确实是强势些，但不能因此否定他的能力。"

他继续分析："罗耀辉指定你来接这个案子，不排除与我有关系。毕竟星辉公司的所在地是资永县，虽然总部在云州，但大部分的生意都在资永。这些年，他们一直想向外扩张，公司总部设在云州就是为了实现这个目标，但效果并不理想。星辉公司守住资永县这个大本营，必然要与政府部门处理好各种关系。罗耀辉这个人太重利益了，有些不择手段，为人处世跟他岳父柳存礼更是不能相提并论。"

他接着说："至于老郑，他肯定看重利益，他是律师，更是个商人。这件事情上，不排除罗承诺以后公司的法务事宜交给老郑来做。我听说，他们的法务副总因为与罗意见不合，已经离职几个月了，一直没有找到适合的人。老郑看重的应该是这个，这可是块肥肉，星辉公司每年的案子可不少。不过，老郑的态度也无所谓了。他不让你做，你本来也对星辉有看法，那就索性不做这个案子了。落得省心，有什么不好呢。"

靳红对这样的分析非常满意和认可。她感受到了小智哥依然是护着她的，原以为有了隔阂的心，隔着的不过是一层膜，轻轻一碰就没了，两颗红红的心还是贴在一起。小智哥还是小智哥，他没有变。

黎明智哪里知道她的脑子里一瞬间有了这些念头。男人与女人都是人，但在思维上更像两种生物。

"小妹，我向你保证，我一直是清清白白做事做人。无论是跟星辉还是其他公司，绝对没有任何利益上的往来。资永县的案子，你也尽可以放心地接，不要有任何的压力和顾虑。把案子做好，追求你的梦想，维护法律的正义。"

"我还有个想法，从所里离职。不光是因为星辉，主要是我一直想做独立律师。"她的语气里有一丝犹豫，毕竟律师行业，胜者为王，独立律师，案源为王。她自认为不会缺少案源，但独立律师意味着更辛苦，能留给小智哥的时间会更少。本来就聚少离多的夫妻感情，已经受到了儿子离世的重创，再加一层重码能禁受得起吗？

"我支持你。你如果想做，再给自己一些时间全面考虑，不后悔的话，就可以去做。最坏的结果嘛，还记得周星驰电影里的那句话吧，我养你啊。"

听到"我养你"三个字，靳红的心一下子踏实安稳了。安全感是自己给的，也是爱人给的，两者并不矛盾，是自爱与被爱的契合。

俞彬"教"覃亦心"拖"字诀："没有证据之前，你不能捕风捉影，更不能在小姨面前胡说。"

"可万一是真的呢？万一小姨夫真变心了呢？"

"你要相信小姨夫一定能处理好这种问题，相信小姨夫的定力，同时也要相信小姨的魅力，相信他们的感情。你呢，要专心做个乖宝宝。"从师生到恋人，加上年龄差，他不自觉把亦心当成孩子。

覃亦心嘴巴噘得高高的，最终还是点头称是了。事实上，她才不乖呢。她跟小姨夫感情很好，可她跟小姨更亲。小姨是跟她有血缘关系的至亲，她怎么忍心小姨蒙在鼓里呢？小姨多爱小姨夫啊，实打实的"护夫狂魔"，谁敢说小姨夫不好，小姨会跟人家拼命。

再说了，即使小姨夫跟那个年轻女人之间没有什么，她给小姨一个温馨提示也没错吧。虽然覃亦心还没有走进婚姻，可比起妈妈、小姨那辈人，她对感情的信任度明显要低很多。这也不怪覃亦心，现实生活里，中年婚姻只剩下一地鸡毛的多着呢。表面光亮，实际上烂透的感情不是一例两例。有多少夫妻早就不爱了，不，爱这个字太奢侈了，是根本没有感情了，却因为婚姻和家庭的责任而纠缠在一起呢？如果是各忙各的、不吵不闹，已经可以划为"模范样板"了。还有些人早把彼此当成了空气，当成了透明人，苟延残喘地维系着婚姻的完整。

小姨和小姨夫的婚姻在覃亦心眼里是鲜活的，是有着小浪漫、小温馨的榜样。比如小姨夫工作确实非常忙，可是只要有时间就会为小姨做各种美食，两人偶尔还会来个红酒晚餐。小姨和小姨夫的婚姻是她的榜样，她希望自己将来的婚姻也能像小姨的一样温馨。她不允许这个榜样被破坏，她必须把任何不稳定因素消灭在"萌芽"状态。

万一是最坏的结果——小姨夫真的跟某女有什么见不得光的事，至少小姨不会一直蒙在鼓里，不会是最后一个知道的。她必须得护着小姨，那可是她唯一的小姨。

覃亦心违背了对俞彬的承诺，对靳红支支吾吾地讲出了她的所见所想："小姨，我这只是温馨提示，不见得小姨夫真有什么事。我看到了就想告诉你，因为我听人家说过，如果夫妻间有了第三者，最后知道的永远都是当事人，我不想小姨遭遇这样的事。当然，这是最坏的结果。唉，总之，小姨你要有防备之心。还有，你要对小姨夫好一些哦。"

靳红的眼神瞬间动了一下，不过很快恢复如常了："亦心，首先对你提出表扬，不愧是我的亲传弟子，这种推理和怀疑精神值得表扬。以后，对待案子就应该这样做。不过，在你小姨夫身上，你还真是想多了，你说你认识你小姨夫多少年了？从出生就认识了吧。"

"不对。你们恋爱时，我就已经出生了。"

"那就是你小不点的时候就认识了。你说你小姨夫是什么样的人？"

"小姨夫正直，内向，书卷气浓，非常善良。记得有一次小姨夫带我跟辣椒去吃饭，当时是个大雨天，一个环卫阿姨没处躲雨，小姨夫就把环卫工人叫到了我们车里，一点儿也没嫌弃阿姨身上又脏又湿会弄脏车。"

"回答得很好。那个女孩我知道，你小姨夫跟我讲过，那是他朋友的女儿找他有事。你呀，精灵古怪的，小脑袋里都想什么呢？"

"原来你知道呀，怪不得这么镇定呢。"

"你要把精力放在案子上，不要总是想杂七杂八的事。专心致志，一丝不苟，才能做成事。你现在一脚门里一脚门外，初入行的几年最难，我只能扶你一把，关键还是要靠你自己。"

原本的温馨提示，变成了严师现场教学。覃亦心连连点头。

"我也要提醒你，这世界上不就是男人和女人。谁规定工作中只能接触同性呢？以后，你对俞彬可不能这样，别动不动疑神疑鬼胡思乱想。"

亦心突然咯咯地笑起来，笑得靳红直发愣："小姨，你说的话跟俞彬说的好像。"

"我和俞彬是英雄所见略同。"

"好吧，就算你们是英雄吧。这回好啦，我也安心了，也不会破坏小姨夫在我心目中的伟大光辉形象。小姨夫心中只有一个女神，就是他老婆，我小姨。"

2

事情好像都过去了，又好像没过去。

过不去的，是靳红心里那道坎。虽然她是个实打实的"护夫狂魔"，可护着是一回事，心里不舒服又是一回事。

靳红"教导"亦心专心致志学习工作那天，她回到家感觉特别疲惫。她打算像往常一样，做个面膜，听听书便睡觉了。

平常日子里，靳红很少去美容院。虽然那是她这个年纪的女人差不多都要去尝试的必要项目。但是谁规定她必须跟同龄人一样呢？一套美容护肤做下来，至少半天，她没有这个时间。网络上铺天盖地出现的美容事件也让她心生忌惮，即使只有万分之一的概率，她也不希望那种事发生在自己身上。与怕老怕丑相比，她更怕毁容。

别人的需求未必是她的需求，比如被很多人热衷的奢侈品，靳红觉得自己不需要。有多大能力做多大的事，今天不花明天的钱。消费观念方面，她身上非常鲜明地体现了父母的遗传基因。无论是做了一辈子教育工作的父亲，还是做了一辈子医生的母亲，对消费的概念都是量力而行，物品以实用为主。另一方面，还因为对美的观点不同，在她的审美里，有些奢侈品实在是丑到家了，哪有中国传统服饰、首饰的美感呢。当然，她的观点不一定是主流，要不然也不会有大量的奢侈品被抢购，更不会出现花样繁多的高仿货了。

于是，在家里做面膜便成了靳红坚持下来的简易快捷的护肤方法。这样做，既可以给皮肤简单保养，又能同时做其他事，比如琢磨案子、看纪录片、读闲书。还可以施展她的"面膜催眠大法"，一边做面膜一边小睡，这是她的快乐之一。

这天，她的"大法"不起作用了，一个半小时过去了，两个半小时过去了，三个半小时过去了，她还是睡不着。

覃亦心的脑洞大，可以根据酒店大堂看到的一幕做出猜想。这是大部分女性思维的特点，直觉强又富于幻想。

靳红想得比亦心还要多，她在心里来来回回拉锯。毕竟，她自己清楚，在亦心面前她是撒谎骗人故意伪装，她压根不知道酒店大堂里和小智哥亲密聊天的年轻女人是谁。所有的云淡风轻全是虚假的欺骗，她心里在乎着呢。从那时开始，她暗暗吃了一肚子的醋。这一切的罪魁祸首，是远在资永县的黎明智。

靳红扪心自问，从人品、性格、行事风格分析，小智哥都不是随随便便的人。何况那是酒店大堂，那里到处都是监控，即使有什么故事，小智哥也不会傻到那种程度，或者说胆大到那种程度。他既严谨又理性，那种行事风格太不像他了。

不过按照时间推算，那天小智哥确实在那家酒店参加会议。因为前一晚他是在家里住的，她能确定亦心所见属实，背后的真实情况是什么才是她想知道的。虽然她极力压制着探究真相的冲动，可冲动就像根羽毛在她心上不安分地撩拨骚动。

她太想知道了，能让小智哥变得不像他的那个女人是谁？他们之间是什么关系，发展到了什么程度？她一向认为，自己跟小智哥的感情坚不可摧，是什么样的女人，能打破这样的感情？或者说，他们的感情已经出现了裂缝。那么，这样的缝隙是从什么时候出现的，是从儿子辣椒离世时开始的吗？还是更远更靠前，远到可以追溯到小智哥从资永任职开始？

靳红接过的离婚案件不算多，那是她不太喜欢的领域。律师也有各自专注的方向，这是律师行业逐渐细化的必然。可是，她见过的婚姻里鸡飞狗跳的故事却不少。

因为"疑邻盗斧"的心理，她开始在脑子里搜索小智哥的"疑点"，好像没有，好像他一直都是"固定模式"，除了工作没有什么能影响这种模式。可是又好像有一些"疑点"，比如小智哥最近跟她聊天时心不在焉。一路想下来，越想越觉得有些可疑。

难道，她和他的幸福婚姻要触礁了吗？

人啊，劝人容易劝己难。

别人眼里，靠"嘴巴"吃饭的靳红在开导朋友和案件当事人的时候，引经据典，分析利弊，头头是道，入理入心又入脑，总能把别人劝得豁然开朗，云开雾散。到了自己身上，关心则乱，用情则乱，越想越觉得，事出反常必有妖。

她心里清楚得很，只要骗得了自己，全世界都会赶着配合，可她真心做不到。她不要当个糊涂虫，她必须查出究竟。

作为一个律师，想要调查另一半真是太容易了，靳红很快拿到了那家酒店那几天的开房记录，搜索黎明智的名字当然是"查无此人"。那几天那家酒店只有一位持有资永县身份证的客人入住，是一名乡镇企业老板，一个六十几岁的男性老总，与年轻漂亮的女人完全风马牛不相及。开房记录可以排除漂亮女人来自资永县的推测，那么她是谁呢？

至于酒店大堂的监控录像，倒是拍到了小智哥和一个女人在对话，可是因为角度问题，只能看到女人的侧脸，也只能看出女人年轻漂亮、气质古典，除此便一无所获。问及当天的酒店服务人员，口径一致：当天客人非常多，同时有几个会议和活动进行，进出人员特别多。这些信息全都没有价值。

出师不利，无功而返。

下一步的调查要从哪里入手呢？小智哥不是喜欢跟女人搞暧昧的男人，就连他们夫妻俩在外人面前也是相敬如宾。所有的亲密甜腻、"臭不要脸"和"耍流氓"都留在了私下，藏在了二人世界里。在那个小世界里，小智哥可以做"流氓"，她可以变"妖精"。

可是，与小智哥在酒店大堂亲密聊天的人究竟是谁呢？

"她是谁"三个字，在靳红脑子里重复了若干次。

靳红脑子里蹦出了她曾经接过的一件离婚案子，当事人找了私家侦探去调查，专业人做专业事，效率奇高，效果奇好。她想，要不然自己也请一个私家侦探，或者上点监视、监听设备，用证据来证实猜想的真伪。

想来想去，她觉得自己不能那么做。凡是请了私家侦探的夫妻，他们的婚姻大都是到了无法"挽救"的程度，所有的调查，更多时候是为了争夺房子、票子和子女的抚养权。那样的家庭早就成了空壳，夫妻间只有算计没有恩爱，都不如陌生人。

她和小智哥至多是出现了一点儿小插曲，还远没到那种程度。她要做的，是把插曲删除，像调琴师一样，甭管用共振、共鸣，还是别的办法，总之，要把音调准了调正了，回归最佳状态。

靳红不能再失去了，她已经失去了儿子，不能再失去小智哥了，她不允许已经支离的家庭，再扩大到破碎。她要捍卫，要坚守。她要像个母兽一样，消除风险，清除危机，毫不含糊。她把心里的不痛快折算成了满级战斗力。

她明明白白白地知道，护卫家庭的行动，远比星辉公司、拆迁案件、老郑的不可理喻重要得多，那些是排在小智哥后面的"次之"和"接下来再说"。

于是，靳红改变了习惯，平时她跟小智哥大多时候都是在晚上打微信语音电话，杂七杂八地说些事情，大多数时候都是小智哥打给她。这回，她把语音电话变成了视频电话。

红瘦

"你该干什么就干什么，你就开个视频就行，让我看看你。"

黎明智逗她："老夫老妻，看不腻呀？再说了，我去撒尿去洗澡你也要看？那你不成女流氓了？"

"谁看你撒尿洗澡，人家是检查宿舍收拾得怎么样。"

"行，你看吧。"黎明智把手机摄像头换了方向，镜头从房间各处扫过，同时传过来的还有他的声音，"你可不许生气啊，房间确实有些乱，我是真没时间收拾。你也知道我，不喜欢别人进我的私人空间。"

"这点臭脾气，我还不知道吗？咱俩谁也别说谁，都一样。"

"办公室工作人员说要安排一个家政阿姨过来打扫，可我不习惯，总觉得别人进我屋里打扫卫生怪怪的。反正我一个单身汉无所谓了，再说了，这不就是个宿舍嘛。有你的地方，才是我的家。"视频里，黎明智跟靳红开着玩笑，他的身影一会儿出现在视频里，一会儿又消失了，声音时断时续。

靳红有些讨厌自己了，这份怀疑真可恶，糟蹋了小智哥的真心真情。

黎明智又出现在镜头里："小妹，如果你要来的话，我就好好收拾一下。"

"我去还用你收拾吗？你就当个甩手掌柜吧。不过，饭菜得你做。"

"行，那咱俩配合，你管收拾，我管饭菜，保证可口。不说了，我得看一下工作微信群，处理些事。要是没事，你早点儿睡，别东想西想，早点儿休息啊。"

视频关闭了，两人互发了晚安的表情包。靳红在床上烙饼一样折腾着，怎么也睡不着了。

生活中，经常会出现一些误会，误会如果解开了，一切真相大白。如果解不开，就会让人纠结在里面，活得越来越拧巴。人就是这样不断反思，不断纠结，不断揣摩，不断寻找着突破口。

靳红虽然不是离婚律师，但也见过听过一些离婚案子。离婚案子里，有些夫妻确实是因为过不下去才散的，性格不合、三观不合，生活在一起的每一天都是煎熬。有些是因为打打闹闹甚至家暴，见不到婚姻的光明。还有些是因为出轨，彼此走散。这里面，彼此不信任是婚姻中的大忌。

她是个律师，她对案子讲证据、讲真相。对小智哥难道不应该讲证据吗？如果单凭亦心见到的一幕、自己的猜想，就判定小智哥在婚姻中有不忠行为，对小智哥太不公平了。

可是思想的天平有时候会摇摆不定，她不记得是哪个作家说的，男人是用下半身思考的动物。小智哥再理智、再自律，他毕竟也是男人啊。自从小智哥到资永后，他们夫妻之间的生活越来越平淡了。夫妻间的亲密行为越来越程式化，一切都按照步骤有序进行。谈不上激情，更谈不上水乳交融，剩下的只是机械式的运动，至少她感觉是这样。

特别是儿子辣椒离世之后，他们好像都忘了人生中还有那件事，那是夫妻感情的黏合剂、润滑油。她对小智哥的态度也是越来越差，不，是非常过分，冷淡冷漠，无情无义，肆意妄为。

如果说小智哥变了，也是她在推波助澜，她也要承担一部分责任。

她和小智哥之间有多久没有开心地笑过了？好像很久了吧，今晚的视频通话是小智哥开玩笑最多的一次了。谁会愿意对着一个冷脸老婆？她想要小智哥给她提供情绪价值，可她给小智哥了吗？

按照亦心的说法，小智哥跟那个女孩在一起有说有笑，至少说明小智哥不反感对方，两人之间的相处是愉悦的。谁不想生活里多点开心、多点快乐呢？靳红感觉自己好可笑，为了一个根本不认识的女孩在烦恼。对方是小智哥身边的工作人员？媒体记者？还是招商引资的合作伙伴？

原来，她那么在意小智哥，要是她的生活里没了小智哥，跟把她生拽活剥有什么区别？

人啊，总是遇到了事才懂得自己的心。

同样烦恼的人还有黎明智，他没想到那次在天台救了小杨同志却救出了麻烦。那次之后，小杨同志每天都给他发来微信，时不时跟他聊天。

对每天微信问候这件事，黎明智没有放在心上。他的微信好友太多了，亲人、朋友、同学、领导、同事、上级下级、招商客户、业务伙伴。每天都有一些朋友给他送来温馨的问候，这是维系情谊的方式之一。现代人都

红瘦

太忙碌了，微信早就成了维系情谊的快捷方式。对于小杨同志发来的微信，他有时间了便会出于礼貌回一下。可他黎明智又不傻，很快就发现这个女孩对他的态度慢慢地发生了变化，具体体现在称呼上，在他眼里这是个危险的信号。

"黎县长，我叫你明智哥哥可以吗？"小杨同志又一次提出了同样的问题，后缀用了调皮的动态表情包。

"还是叫明智同志更好。"

"那样太古板了。再说了，我可不是党员，还要叫同志吗？我从小就羡慕有哥哥的人。"

"最好还是以同志相称。"

小杨同志没按他的要求办，继续称他为明智哥哥。而他的微信回复越来越少，是的，他有些怕这个女孩了，也有些讨厌自己狠不下心肠。感情里拖泥带水可不是个好兆头，害人又害己。

黎明智承认，自己最初对小杨同志的印象蛮好。

这个能在危急险要关头冲在工作一线的女孩子肯定是有担当有责任心的，他一向敬重敬畏工作的人，毕竟工作让人得以谋生，工作给了人施展抱负的舞台。"畏则不敢肆而德以成，无畏则从其所欲而及于祸。"这方面，小杨同志是称职的。与很多混日子的人相比，她在工作中的表现非常优秀。

这个痴情到被男友移情便冲动差点儿做了傻事的女孩子注定单纯重情，这样的女孩子身上具有善良真诚、不重心机的特点，没有那么多坏心眼儿，相处起来不累。

可是，这个女孩子也有致命的弱点，冲动、固执、敏感、执拗，这样的性格注定容易受伤。如果从心理学角度来讲，何尝不是缺爱的表现呢？心病还需心药医，他不是她的药，她自己才是解开她心结的药。

黎明智的男女之爱只能给靳红。

他有些后悔曾经在微信里发过一句"鸡汤"给小杨同志："如果你爱的人放弃了你，请放开自己，好让自己有机会爱别人。"他发给她时，只是想安慰她："天涯何处无芳草，何必单恋一枝花。"显然，他的安慰劝解起到了另一层作用，把小杨同志引向了另外的方向。

他可不想引火上身，于私，婚姻需要忠诚，于公，党纪国法必须严格遵守。对此，他非常坚定。

黎明智不想伤害小杨同志，作为一个男人，最起码不能仗着女人的喜欢施加伤害。他只是选择了不失礼貌的冷淡，他想，这样给对方造成的伤害会不会少一些呢？

他的冷淡好像起了些作用，成功地把小杨同志的"小火苗"浇灭了一些。至少有十天，她没有再就"同志"称呼进行深入的询问和探究。他想，小杨同志真需要进行心理辅导了，把感情引向正确的方向——阳光朝气的方向。方向决定论不但适用于事业，同样适用于感情。

没过多久，小杨同志在微信上给黎明智发了一条网络链接。

对于各类链接，黎明智一向持排斥态度。毕竟，网络病毒陷阱太多了，网络钓鱼、木马病毒、社交陷阱、信息泄露，简直防不胜防，不好奇、不轻信、不参与是有效的"保命"招数。何况每天工作那么忙，他哪里还有多余的时间呢？

"尊敬的明智同志，不是病毒，不是诈骗，点进去，有惊喜哦。"后缀依然用了调皮的表情包。

黎明智犹豫了一下，最终还是打开了。

小杨同志没有骗人，确实有惊喜。链接内容是一次网络美女评选比赛。原来小杨同志参赛了，而且成功晋级三甲。评选比赛视频里，小杨同志跟平时的样子完全不一样。身着汉服的她，清秀淡雅，含蓄内敛，乌发蝉鬓，细眉杏目，颇具东方的古典美。视频里，小杨同志正在弹琵琶，玉指素臂，着实有些惊艳。评论里说："人家是真会弹，不是做做样子，弹挑、轮指基本功都不错。"这倒是让他刮目相看了，小杨同志确实秀外慧中。如果不是为情所困，怎么想都应该是人生赢家，事业爱情双丰收。

"祝贺你啊，小杨同志。"

"谢谢。您这周六有什么安排吗？"

黎明智思考了一下，实话实说："这周去省里集中学习，周末在云州有场会议。"

"真巧呀，比赛的颁奖仪式也是在云州，邀请您作为亲友团到仪式现场看我拿奖，好不好？"

"这恐怕实现不了，会议日程安排得很满。"

小杨回复遗憾的表情包。

事情就是这么巧。周末云州会议结束，黎明智走到酒店大堂偏偏与杨依依碰头了。

杨依依脸上的欢喜都快开成花了，大眼睛笑成了一条细线，酒窝浅露："你不是说有会议，不能参加我的颁奖仪式吗……好可惜，仪式刚结束，你没看到哦。"语气里在撒娇，眼神里是娇嗔。

"颁奖在这里吗？"

"会议在这里吗？"

两人相视而笑。

3/

那天，黎明智选择跟杨依依开诚布公，地点选在酒店大堂的咖啡厅。

关于和杨依依的相处方式，之前黎明智的想法是含蓄处理，不越雷池，让时间和距离冲淡一切。生活在中国这个古老的东方国度，为人处世有很多奥妙。生活中很多事不必说得太明白，心照不宣的事何必苦苦问个明白呢？眼珠子一转一个道，眉飞色舞是聪明。"大直若屈，大巧若拙，大辩若讷"更胜一筹。

装糊涂何尝不是智者呢？装糊涂不是和稀泥，是让彼此都有台阶下，都有面子留。黎明智年轻时没有这样的思想境界，那时的他多是揣着糊涂装明白，生怕露怯。如今年纪大了，经历多了，他越来越觉得，揣着明白装糊涂妙处多多，是包容善良，是避免纠纷，是宰相肚里好撑船，是得饶人处且饶人。明察秋毫是本事，点到为止是修养。

　　黎明智把装糊涂用在跟小杨同志的相处上，是明哲保身，是捍卫婚姻，也是真心希望对方走上正确的感情轨道，是盼对方幸福。在他看来，小杨同志太单纯了，不明白爱情是什么、婚姻是什么。有个流行词叫"恋爱脑"，倒是颇适合她。等她成长了、成熟了，知道什么适合自己了，就会找到幸福的方向了。这里的成长、成熟与年纪无关，与心智有关。

　　可杨依依直接把火点上了，把窗户纸捅破了，弄得黎明智有些窃喜，有些紧张，更有些害怕。毕竟没有人讨厌被别人喜欢，何况杨依依青春靓丽，古典扮相着实让他心弦一动。他是个俗人，总免不了有些俗气。紧张的是他万万没想到小杨同志会这样直接大胆，害怕的是这份感情极具魅惑性，而他并非坐怀不乱的柳下惠。

　　黎明智承认，对妻子以外的女性，他做不到视而不见。优秀、漂亮、知性、温柔、干练，各种不同类型的女性各有其美，谁会不欣赏呢？就像百花园里各花有各花的娇美，哪一朵花看过去都养眼。可养眼和归属是两回事，黎明智的婚姻是他和妻子从相识相恋到相伴日复一日的付出，是时间沉淀后的风雨同舟、荣辱一体。他绝对不会亲手破坏，也不允许被别人破坏。他必须和妻子联手守住婚姻的城堡，击退任何入侵者，无论是夺走儿子的残暴命运，还是其他因素，当然其中就包括小杨同志。

　　两人的谈话成了黎明智的一言堂："小杨，感谢你对我的欣赏。我爱人你也见过，我和她是大学同学，我们的感情非常好。我能理解你，你刚失恋没多久，需要一份感情寄托，但很遗憾我不适合你，你应该找一个更适合你的男孩子。或者说，你可以先冷静一段时间，等一切都想明白了，再走进下一段感情。记得你说过，希望有个哥哥，那我就不客气了。作为你哥哥，我想告诉你，如果一个已婚男人接受了你，你就变成了别人婚姻的破坏者，对你以后的人生影响很大。希望我们能保持好这份纯粹的友谊，祝我们友谊长存。"

　　黎明智觉得自己的表现糟透了，不想伤害人的初衷变成了拖泥带水。谈到最后，他告诫自己，必须狠下心了。他想说："爱人先爱己，学会理性分辨，你才会幸福。"还没说出口，又觉得太"鸡汤"了。

红瘦

"你还没试过，怎么断定我就不适合呢？"杨依依脱口而出。

黎明智想说："小杨同志你的执念太深，这样很容易上当受骗。如果遇到的不是我，而是个不主动、不拒绝、不负责的渣男，你就惨了。"可最终只说了一句"不要急着去爱别人，还是先爱自己吧"，便抽身而去了。

这次谈话让黎明智决定，针对小杨同志的"恋爱脑"，自己必须调整战术：保持距离，拒绝暧昧，坚决拒绝。

夫妻俩总是心有灵犀，同时调整战术的人还有靳红。

靳红驶出资永县高速公路出口时已经是晚上八点。她提前计算过时间，这个时间刚刚好，从高速公路出口到黎明智的宿舍车程不到半小时。晚上八点半，如果没有特殊情况，小智哥应该回到宿舍了。

靳红这个时间到资永县，一来不会影响黎明智工作，对于他那个"工作机器"来讲，再好的关心如果影响他工作，也会变成一份不受欢迎的打扰。同样不喜欢被影响工作的她，对此持赞同态度。二来她确实也应该关心一下"单身"的老黎同志了。她冷落他太久了，久到她以为一切理所应当，久到她忘记关心他过得累不累、苦不苦。直到亦心这个小侦探的"温馨提醒"，她才看懂了自己的心。她在乎老黎同志在乎得要命，既然在乎，就应该给予爱与关怀。第三个目的不能说出来，有些阴暗，也是她心里的疑惑。她相信，"突袭"时看到的、感受到的一定最真实。她太需要一个答案了，自己的婚姻到底是坚不可摧，还是出现了裂缝。

靳红出现在了黎明智的宿舍外，但她没有钥匙。她站在宿舍门口，平复呼吸，然后拨通了微信电话。

"小兔子乖乖，把门开开。我要进来……"靳红调皮地唱起了儿歌。儿歌是她灵机一动想起来的。

黎明智打开门，一脸的惊喜和掩饰不住的欢乐，他几乎是把靳红抱进了屋里："这是惊喜吗？太意外了！今天是什么重要的日子吗？你生日，还是我生日，都不对啊。结婚纪念日，也不对啊。"他的声音里满是喜悦。

"确定不是惊吓？"她逗他，刮他的鼻子。

"胡说！喜不过来呢，没有吓。"他还是在笑，神情突然一变，"不行，我得赶紧收拾一下，我都一个多星期没收拾了，否则一会儿又得挨批评了。"

靳红这时才开始扫视宿舍。平心而论，房间整体视觉效果距离猪窝还有一定差距，至多有些乱，充分体现了宿舍主人"良好"的生活习惯。

目光首先扫过的是沙发，布艺沙发上放着不知是换下还是准备穿的夹克衬衫、长裤。接下来是地面，红胡桃色的地板上覆盖了一层薄薄的灰尘，可以在上面练字，也可以在上面留下足印。然后转移到开放式的餐厅厨房，一副很久无烟火的状态。这是一间被主人遗忘的烟火之地。再进入卧室，被子稍做整理却又没整理到位地覆盖在床上。不用叠被子，省去了现代人太多的麻烦。小智哥还算好，至少能看出整理过了。

最后，目光落在了有卫生死角之称的洗手间。洗手台和洗脸镜上到处都是水渍，坐便圈是抬上去的，坐便周边七八处已经发黄的尿渍清晰可见，浴室里的五金件上积了厚厚的水渍，遮盖了原本的金属光泽。洗衣机里面堆着白色衬衫、黑色裤子，貌似还夹杂着内裤。

靳红检视的过程里，一向话少的黎明智开启了碎碎念的抱怨模式："你怎么这么晚开车过来呢？这个时间，高速上视线不好，开车危险你不知道吗？怎么不提前打个招呼，万一我没回宿舍，你是不是得在外面等着了，现在晚上气温也低了。都怪我，平时就应该按你的要求搞好卫生，就不会像现在这么乱了……"

靳红突然抱住了他，眼泪不争气地流了出来。

黎明智想从她的拥抱里挣脱出来，她却紧抱着他不松开，他只好把她抱得更紧。

"小妹，老郑是不是又气着你了？还是发生什么事了，怎么突然就来了，是不是受委屈了？"他的语气温柔了不少，"你今天到底是怎么了？"

靳红的心思早就随着目光说出来了。她难过了，心疼了。她的小智哥在资永县过得太苦太难了。

"突袭"的第一感受让靳红的心安定了。黎明智还是她的小智哥，他对她的感情没有变。见面之后没来得及说上多少话的中年夫妻在宿舍里紧紧相拥，他们太久没有这样深情相拥了，久违的相拥让他们同时体会到了彼此的需要。他们熟悉彼此的呼吸和心跳。他的吻轻轻落在她的头发、脸颊、嘴唇上，从轻浅到深情。他们成了紧紧纠缠在一起的情人树。

他们好像回到了彼此人生中的第一次，心跳加速，面色潮红。不，比第一次更好。现在的他们更了解彼此的身体，彼此的欲望，彼此的至高点，两人久违地度过了一个酣畅淋漓缠绵沸腾的夜晚。

第二天早上，靳红醒来的时候听到了厨房的声响。这一夜，她睡得太沉了，完全不知道小智哥什么时候起床的，更猜不到他会在已经冷落了很久的厨房里做出什么早餐。

鸡蛋、汤圆、水饺，成了夫妻俩的幸福早餐。

"有些日子没吃你做的早餐了。"靳红感慨。

"等回云州了，每天都给你做，还得增加点营养，好好给你补一补。"黎明智说得一本正经。

靳红听得出话里的另一层意思，轻轻骂了句："臭流氓。"

"不要流氓的丈夫不是好丈夫。"黎明智继续一本正经道。

"你呀，在资永学坏了。"

"我只对你一个人坏，在资永可不坏。"黎明智终于绷不住了，别有深意地看着靳红。

"这才是我的乖小智哥。不过……"她犹豫着要不要讲出来酒店大堂发生的事，提醒小智哥各个方面都要注意一下。

"小妹，怎么话说一半就停了，这可不是你的性格啊，咱们还有啥不能说吗？"

靳红吃了一颗汤圆、一个水饺后，将酒店大堂发生的那一幕三言两语讲了出来。自然，目击者成了所里的一位老同事。

"人家也是好心让我提醒你，在公共场合跟女同志，特别是年轻漂亮的女同志接触，还是要注意些，以免让人编造出什么花边新闻来。你还记得市里某局的局长因为什么出的事吧？你可不要讲什么清者自清，现在网络暴力吓死人，你最好不要给人任何捕风捉影的机会。"

"那你怎么回答的？"

"还能怎么回答，说那是我们一个朋友的女儿，找你有事。"

"聪明！"

"我可不聪明。我笨着呢，自己老公跟漂亮女孩聊得火热，我都不知道对方是谁。"

"那人你也认识啊，就是资永县人民医院的小杨护士。"

靳红在脑子里搜索，实在想不出小杨护士是谁。

"就是事故那天，我被送进医院了，当时不是有几个医护人员吗？那位护士就是小杨护士。后来还有一次，我住院了，也是小杨护士护理我。"

"你什么时候住院了？"靳红的注意力从"漂亮女孩"转到了"住院"问题上。

黎明智这才意识到说漏嘴了。住院的事原本是一直瞒着老婆的，结果还是自己不打自招了。

"小问题，住了没几天就出院了。"

靳红眼含热泪，鼻音又出来了："住院这么大的事你怎么不告诉我？平时没人照顾也就算了，生病了也自己在医院熬。"

"你看，我就怕你担心才没讲。你老公我现在生龙活虎的，表现得不比年轻时差吧？"他又开始逗她。

"讨厌。老实交代，到底怎么回事？"

黎明智这时实话实说了："我太想儿子了，晚上睡不着，有时候好不容易睡着了，也是梦见儿子。后来我就想要是白天累透了，晚上或许就能睡着了。结果大意了，忘了自己已经是四十几岁的大叔了。"他还是开玩笑的口吻。

靳红哭得更猛烈了，同时开启碎碎念模式："你说你在资永过的什么日子，袜子攒一沓洗，衣裤也是攒一起才洗。屋子非要自己收拾，你哪有时间，找个家政阿姨收拾一下不好吗？生病了也自己挺，像个没老婆的单身狗。"

"衣服袜子攒一起洗，那是节约能源，省水省电，低碳生活。不找家政阿姨是不喜欢别人进我宿舍，毕竟这也是我在资永临时的家啊。至于生病真不算什么，都过去啦。现在我的生活越来越规律了，身体也越来越好啦。"

他的安慰，除了让她泪水不停，好像没起到其他作用。他只得严厉起来："好了，不许哭了。今天是周四，我们还能在一起待半个小时，然后我就得去单位了。你呢，好好休息一下。如果所里没特别的事，你今天就不要回去了。明天我争取早点儿下班，我们一起回家。"

"是我不好，太不关心你了。"

"好啦，不许再哭了。"黎明智突然有了一个新想法，"那你就关心我一下，帮我解决一个问题吧。"

4/

蒋小文的视频电话和文萃的争吵让蒋鹏程非常不安，他意识到这可能是罗耀辉给他布下的一个陷阱。近些年，这样的例子很多，他只是没想到自己也会钻进去。他认为自己一向自律又谨慎，不会犯这种低级错误。罗可真是个好猎手，擅于蹲守，直击软肋，他蒋鹏程的软肋就是老婆和女儿，那是他的"七寸"。

蒋鹏程自从到资永任职，除了那次的"接待女"事件，自认为没犯过其他错误。而且，那个问题早就解决掉了。

党纪国法常学常新，自觉接受党纪国法约束，蒋鹏程可从来没忘记。

就像他在县政府党组学习会议上所讲："只有把党纪国法当成紧箍咒，才能时刻提高警惕，才能不被糖衣炮弹击中，只有持续不断地用党纪国法净化灵魂，才能真正做到心中有党、心中有民、心中有责、心中有戒。如果放松了防腐拒变的警惕性，就会在不知不觉中被猎人迷惑，丧失党的崇高信仰与理想信念，让自己迷失正确的政治方向。"

要求别人做到的，他自问，自己也做到了。

中央一再强调："讲规矩是对党员、干部党性的重要考验，是对党员、干部对党忠诚度的重要检验。必须管好自己的亲属和身边的工作人员，不得默许他们利用特殊身份谋取非法利益。"

蒋鹏程问自己：你管好亲属了吗？答：没管好。他蒋鹏程怎么就遇上了这种老婆？是命不好还是眼瞎了？人家夫妻怎么就能和睦恩爱、荣辱与共，他的爱人怎么就自私自利，不断制造麻烦，还要自诩胆大心细。女儿不懂事，老婆惹麻烦，他活得太累了。

但是事情已经发生了，就只能想办法去解决，可他又该如何解决呢？

蒋鹏程能想到的办法只有一个：把钱还给罗耀辉。毕竟人家为他蒋鹏程女儿租的公寓是花钱的，人家送他蒋鹏程女儿的跑车也是花钱的，还有那张随便刷的卡，肯定也有一个金额。即使女儿不知道，文萃也一定知道。在金钱上，她的算盘打得精着呢。

蒋鹏程想，必须把总体数额弄清楚，还给罗耀辉。只有两不相欠，他才能保证某些"事故"不会发生在自己身上。他不止一次听到过，某某领导因为拿了人家的，吃了人家的，花了人家的，用了人家的，收了人家的，之后就被人家控制了，活成了一个傀儡。

他不想重蹈别人的覆辙，所以决定跟文萃好好谈一谈，她一定知道真相。而且，他的小家里，真正掌握财务大权的是文萃，如果不是她在背后点头怂恿，女儿一定不敢接受那么贵重的礼物。

对于蒋鹏程突然回家过周末，文萃显然很高兴，再打再闹，他们毕竟是夫妻。收到微信消息后，文萃准备了一桌美味的佳肴，黄金虾仁、剁椒蒸鱼、山药炒木耳、牛肉烧笋……

"今天这么丰盛，这手艺可明显有所提高啊，士别三日当刮目相看。"蒋鹏程赞道，他希望这次的"夫妻会谈"能够在和谐融洽的氛围中进行。看来，这是一个好的开始，一个好的预兆。

"我哪有这手艺，是在饭店定好拿回家的。"

蒋鹏程并不意外，继续夸："那也不错，荤素搭配，营养丰富。"

文萃感慨："你常年不在家，女儿也不在家。我每天要么回妈家吃，要么去叔叔们家里吃，再不然就是跟朋友们吃。一个人做饭一个人吃实在无聊，做几次就不愿意做了，手艺都退步了。再说了，咱们俩也吃不了多少，索性就在饭店打包回来了。这是在你熟悉的那家酒店定的，他家的菜合咱们的胃口。"

蒋鹏程点头称是，毕竟文萃说的是事实，他非常理解。何况，文萃今天确实用心了，特意开了一瓶红酒，酒已经在醒酒器里。红酒与空气充分接触之后，滑润芳香的醇正口感才能完全释放。看到那瓶红酒，他就知道价值不菲，问："这酒是家里的吗？"

"咱家里有几瓶酒？你廉洁得要死。这是叔叔给拿的，送了我们一箱，好像是他朋友从法国带回来的。"

文萃叔叔退休后也没闲着，任职某协会主席，虽然是民间组织，因为叔叔的关系网还在，确实帮协会的会员单位做了不少事。对于这些，蒋鹏程很少关心。对于文家人、文家事，他一直保持这样的态度，不过问、不关心、不参与。

他们先是说了一些近来的情况，然后不自觉地就讲到了女儿。

蒋鹏程进家前再三告诫自己：一定不要跟文萃争吵，一定不要进入恶性循环的模式。

但理想与现实的差距总是巨大的，两人再次进入了不可开交的吵架模式。

蒋鹏程提出了几个问题：女儿的新公寓花了多少钱？女儿的新跑车花了多少钱？那张卡里究竟有多少钱？

文萃剜了他一眼："你管那些干吗？女儿过得好就行了，又不是咱们伸手跟他要的，是他罗耀辉愿意给的。"

"天下哪有免费的午餐，人家凭什么白给咱？伸手必被捉这句话，你没听过吗？"

"咱们伸手了吗？那是人家硬塞到咱衣兜里的，难道咱还扔出去吗？马路上捡到的钱，凭什么让我还？"

"你真是胡闹，不讲道理。你就告诉我一共多少钱？"

"你问这个干吗？"

蒋鹏程强压着心里的愤怒，尽量平静语气："还能干吗？就算人家硬塞到咱兜里的，就算是咱白捡的，也得知道多少钱。"

文萃原本高调的声音变得支支吾吾："七七八八加一起大概有五百万吧。"

蒋鹏程一下子惊住了："这么多钱？买辆跑车、换个公寓就这么多钱？对，还有那张卡，是吧？"

"跑车大概是一百多万元人民币，租公寓花多少钱我没记住，另外，他还陪女儿买了衣服和包，其他的就都在卡里了。不过我也叮嘱女儿了，不许她乱花钱，咱们女儿还是挺听话的。"

蒋鹏程"啪"地一拍桌子站了起来，手指着文萃："文萃，你还有什么事不敢干？现在、立刻、马上告诉女儿，那张卡不许动，一分钱都不能再花了。看看跑车能不能卖掉，能卖多少钱，马上凑钱还给那个姓罗的。"

文萃也一拍桌子站了起来，与他对指："凭什么让女儿卖掉跑车？"

"不管怎么样，这钱必须得还给罗耀辉！"

"你别动不动在我面前摆官架子，还必须、马上，当个小县长你都要上天了，你怎么不长翅膀飞起来？我们文家当领导的人多着呢，别拿你那个县长吓唬我。"

蒋鹏程语气低了下来："家里的钱都是你管，你要我拿什么给？你实话告诉我，家里现在有多少钱，现在家里的积蓄加在一起能有五百万吗？"

"没有。"文萃的声音低了些。

"那你把女儿卡里的钱要回来，咱们再凑一凑，把钱还给姓罗的，那个王八蛋根本没安好心，他就是想害死我。"他看了文萃一眼，补充道，"我要是出事了，你们娘俩可怎么办啊？我最惦记的还是你们俩！"

文萃像是被后一句话打动了，安慰道："你是不是傻了？这些事谁能知道？连个转账汇款记录都没有，对吧？那车不是写在咱女儿的名下，查也查不到。卡也不是咱要的，开卡用的也不是咱女儿的身份证。这点儿心眼我还是有的，这钱不扎手，你放心吧。"

"那车在谁的名下？"

"车好像在罗耀辉一个美国朋友的名下，名字我忘了。反正美国人就那些个名字，什么雅各布、迈克尔之类的。咱们女儿只是开开人家的车，不是车主。"

"那也要凑钱还给他。"

文萃态度再度强硬："你愿意给你给，我坚决不给。你今天就是说出花来，这钱我也不拿，家里的钱，你一分也别想动，有本事自己去想办法。都说八百遍了，这钱不扎手，我心里有数。"

蒋鹏程被激怒了，他拿起红酒瓶摔在了地板上，红色的葡萄酒流在地板上，像一摊红色的血，格外刺目。让人惊讶的是，酒瓶居然没碎，只是在地板上打着滚儿。

他清楚，以文萃的性格，如果说不拿钱，家里的钱他确实一分也拿不出来。一直以来，文萃在钱上都是个很精明的人，比如她很少会拿家里的钱给自己父母。即使他提出年节给岳父母一些钱，尽一下孝心，她也会提出："他们退休金那么高，根本花不完。"反而会以"补贴"的方式，从父母那里要钱拿到他们的小家。这份精明决定了，进入她兜里的钱，再想拿出来就很难了。蒋鹏程在这一点上根本拗不过文萃。

争吵之后，一地鸡毛，不，是一地红酒。蒋鹏程真想当时就离开家回资永去。他不知道为什么要回到省城这个家，这个家里有什么让他留恋的。他只知道如果这时间回资永宿舍去，万一让人看到，反倒会惹出是非和麻烦，毕竟在云州关注他的人很少，而在资永，关注他的人太多了。有心人甚至会故意出现在他散步的路线上，装作跟他偶遇。他当然心知肚明，而且颇为反感。于是，他的健身地点只能是宿舍，连政府的球场也不能去了。

他觉得自己过得可怜又可悲，说起来也算事业有成了，可是竟没有一处地方属于他自己，云州的家不属于他，资永的宿舍也不属于他，哪里是他安身的地方，哪里是他可以放松的地方，哪里是他可以开心的地方呢？天下之大，好像一处都没有。

不过，蒋鹏程现在来不及想这些了，他只能去想怎么解决眼下的问题，必须得把钱还上。从小到大，他被钱难住的时候太多了。他觉得自己非常悲哀，他对生活的努力程度，对工作的敬业程度，哪一点比那个姓罗的差？

几百万在人家那里，轻而易举就能拿出，没准更大数额的钱，对人家也不是难事。可是对于他呢，却为难得要死。

他曾听说过，老柳头儿持有的现金数额是资永最多的，老柳头儿对数字支付没有信任感，更喜欢人民币握在手里的踏实感。虽然蒋鹏程没有去证实过传言的真实性，可他相信这应该就是实际情况。

蒋鹏程感叹：有钱的生活多好啊，确实像人们常说的，钱可以解决大部分烦恼。如果没解决，那就用更多的钱去解决。

问题总要解决。

思虑很久，蒋鹏程终于想到一个办法：如果钱还不上，那就用事把姓罗的嘴巴堵上，把姓罗的情还上。他姓罗的是有钱，钱可以办成很多事，但不是全部事。

接下来，资永县的几个大工程、一家国有商场的公开拍卖，蒋鹏程都暗中帮了罗耀辉一把。不过，他很小心，一再叮嘱别太显山露水了，不露才是高手，低调才是王道。

蒋鹏程太想尽快把姓罗的嘴巴堵住了。一系列事情做下来，反而把他与罗耀辉的关系拉近了。走近之后，他渐渐发现了罗的独到之处，明白了为什么老柳头儿会选罗做上门女婿。

蒋鹏程承认，罗耀辉太善于揣摩人心了。罗的关心问候，无论是精神上的还是物质上的，都会在恰当的时间以恰当的形式出现。而且，对给予他女儿的帮助，只字未提。这让他渐渐相信，罗的嘴巴是严的，不像资永县的某些人，跟他一起吃顿饭都恨不得敲锣打鼓，大肆宣传，告知全世界。

和罗耀辉同样善于揣摩人心的，还有资永县的其他人。

蒋鹏程经常会去省、市开会，如果是省里的会，结束后他通常直接回家，如果去市里开会，不论多晚，哪怕他非常疲倦，都会返回资永。

知道他这个习惯后，就有一些人提前帮他在市里安排好食宿。对于这样的安排，他最初是拒绝的。他宁可累些奔波些辛苦些，也不想和更多的人牵扯上复杂的利益关系，那会让他更累。可他渐渐发现，市县奔波确实有些不便，不便在他和某些领导同仁及各方人士的见面。那种见面，总要回避一些人。

蒋鹏程的心思再次被罗耀辉揣摩到了。

蒋鹏程清楚地记得第一次进入市国际酒店某个独立空间时的情形。与之前进入国际酒店不同，这一次，罗耀辉先是带着他从地下停车场进了一个独立电梯，坐着电梯直达十六层，而后直接进入了贵宾套房。套房面积三四百平方米，由数间房组成，卧室、客卧、客厅、书房、洗浴等设施一应俱全。

"蒋县长，跟您汇报下，这是咱们星辉公司在市里的会所。您尽管放心，这里绝对机密，只有星辉的核心人物才知道。"

蒋鹏程打量着房间，不禁感慨金钱的魅力，这里的每一寸都是金钱铺就的。

"没想到国际酒店还有这样的房间。"

"这是咱们星辉自己装修的，跟酒店签订了二十年的租赁合同。安保、保洁都是咱们星辉负责，酒店方不得介入。"

蒋鹏程好奇道："两条通道？"

"是的。可以坐酒店大堂的电梯上来，但只能看到第一道密码门，根本进不来。即使进来了，还有第二道密码门。另外就是刚刚我陪您上来的路，从地下停车场直通这里，外人根本不知道。"

蒋鹏程点点头。这样机密的所在不正是自己需要的吗？与重要领导谈事、与企业家会面，各种各样的私事都可以在这里进行，不必担心被偷窥、监控和打扰。

"今天都这么晚了，您就别回资永了，就在这里将就一晚。明天您不是还要在市里开会吗？"

蒋鹏程没有回答，默默接受了罗的"将就"。

夜晚，他一个人站在卧室的落地窗前，环视全市夜景，突然有些恍惚了。以他这么多年的付出，为资永所做的工作和努力，这些难道不是他应该得到的吗？

罗的微信电话打了过来："蒋县长，衣帽间里有适合您的衣服。换下来的，你随便放在外面，明天会有人过去打理。"

蒋鹏程走进衣帽间，见到的一切更让他感叹罗的细心，这里居然已经摆放好了适合他的衣裤，从里到外，从皮带到领带，一应俱全。

那一晚，蒋鹏程睡得很香。他终于找到了属于自己的、能配得上他的私人空间。虽然所有权不是他的，但是他用到了，这就够了。

他接受了罗的安排，但对罗安排里的另一个项目明确表示反感。

那是他第三次在会所住宿的时候，一个年轻漂亮的女孩子也进来了，面对他的提问，对方回答："我是罗总安排的服务人员。"

"什么服务？"

"我是中医按摩师，可以按您的要求提供服务。"女孩子在"要求"两个字上加了重音，笑眯眯地看着他。

他的脑子里顿时想起了曾经的"女接待"，冷着一张脸："不需要，请你出去吧。"

他在心里冷哼一声，中医按摩师，谁知道是哪一路妖精。他没见过也听过，一些女人白天从事正当职业，身份光鲜，受人尊重，夜晚却出卖自己的身体进行桃色交易。对于这种人鬼两面的女人，他可不想碰。这方面的麻烦，他经历一次就够了，不想受"二茬罪"了。

女孩"哦"了一声出去了，留给蒋鹏程一个失落的背影。毕竟，客人不需要，意味着她的收入成了零，弄不好还会挨一顿臭骂，指责她惹恼了客人。

罗的电话十分钟后就打了进来："领导，您是对这个服务员不满意吗？要不我再给您换个更懂事的？"

"你懂事点儿就行了。我就想好好休息，不要弄些个乱七八糟的人到这里来。"

从那以后，这个会所里再没有进过"接待女""服务女"。能进到这间会所里的，都是省、市、资永县的各界名流。

第九章

社鼠城狐浮出水面

1/

黎明智本想把小杨同志的事一直隐瞒下去，让事情随着时间淡化。可他发现，事情的发展跟他想的并不一样。他处理感情问题的能力太差了，必须请老婆大人伸出援手。

跟靳红坦白这件事的过程中，黎明智讲事实、重理性，每句话都小心斟酌，生怕某个措辞不够精准，表达不够准确，引发误会。

靳红在一旁耐心专注地听着，除了接过小智哥送到她手上的水果时说了声"谢谢"，没做任何打断。

黎明智开始做最后的陈词："怎么说小杨护士也算救了我两次，我救她算是还了她一次人情。可是，这种事我一个大男人去劝反而容易惹麻烦。你懂我的啊。"他补充的最后一句有点死乞白赖了，是让她一定得懂他。全世界都不懂，她也得懂他。

靳红当然懂。她盯着他看了一分钟，好像要从他脸上发现新线索，盯到最后"扑哧"一声笑了出来。

黎明智的心跟着她的表情上下翻腾，像坐过山车一样，直到看到她的笑，他悬着的心才算落了地。

他把手机推到靳红面前："请老婆大人检查我跟小杨护士的微信聊天记录。"

靳红毫不犹豫地推了回去："我倒要给小杨护士这次的眼光点个赞呢。小智哥确实很优秀，可惜名草有主了。要不然，你们也可以发展一下嘛。"

话说到这里，她已经彻底明白，他们的婚姻确实经历了一场不大不小的考验，差一点儿从固若金汤变为支离破碎。如果小智哥和小杨护士之间真的发生了什么，故事的结局可能就要改写了。

黎明智一脸窘迫："又打趣我。我倒是真心希望小杨同志能找到一个真正包容她的伴侣。小妹，你一定要理解我啊。"

至此，黎明智已经坦白了感情上的"溜号"和点到即止，明确表达了个人的诉求。这正是靳红感到欣慰的地方。既然她是他的爱人，帮他解决这样的问题，有何不可呢？夫妻之间，一荣俱荣，一损俱损，本就是命运共同体。

并不是她靳红多么大度无私，而是她清楚，好的婚姻需要彼此的包容、扶持和理解。是人都会有七情六欲，都会有审美疲劳，都会有各种说不清道不明的小私心、小杂念。即使是在感情中极其保守的小智哥，再怎么理智，对婚姻、对家庭再怎么忠诚，终究也是个男人，面对诱惑时难免会心猿意马。作为他的老婆，她要尽可能帮他排除诱惑。婚姻出现了小伤口，该消毒便消毒，该剜肉便剜肉，只要不是原则问题，一切都能治愈。

在靳红的认知里，夫妻也好，情侣也罢，只要彼此心在一起，方向一致，没有破坏原则、打破底线，就值得坚守。

她提议说："我去处理吧。"

黎明智顿时感到如释重负："谢谢小妹，那就辛苦你了。"

"好好工作，别想其他的。小智哥，以后无论是在资永还是在任何地方，都要低调行事，不要给任何人可乘之机，像鸟儿爱护羽毛一样爱护自己的名誉。我不图大富大贵，只图个平平安安。"

"谨遵老婆大人命令，我一定慎独慎始慎终，谨言慎行，自觉抵制歪风邪气！"他打了个少先队礼，这是他极少流露的轻松状态。

　　靳红在资永的日程排得很满，拥抱着送别小智哥去上班后，她精心打扮了一番，然后对着镜子反复练习笑容，确定笑容亲和得体。最后又喝了一杯咖啡，收好小智哥交给她的宿舍钥匙下楼取车。

　　在资永县人民医院找到小杨护士易如反掌。工作性质决定，各科室医护人员一览表清晰可查。照片里的小杨护士，标准的"天使服""天使帽"，标准的职业微笑。

　　靳红站在人员一览表前看了很久，小杨护士的外表确实讨喜，清纯无辜，满脸胶原蛋白。单从外表看，就像一只人畜无害的小白兔，让人无端生出一种保护欲。这样的女孩子如果心机满满，便会被人划归到"绿茶""白莲花"系列。她小杨护士，应该划入哪一类呢？

　　杨依依见到靳红表现得紧张无措，靳红落落大方的自我介绍也没能缓解这份紧张局促。

　　"依依你好，我是黎明智的爱人，我叫靳红。今天是特意过来向你表达感谢的，感谢你对我们家老黎的两次救命之恩。"

　　"您太客气了，这都是我们医护人员的分内事。"杨依依脸上是职业微笑，两只手却在护士服衣兜里不停地动着，这细节出卖了她。

　　"你有时间吗？方便跟我谈一谈吗？不会占用太长时间，半个小时就可以。"靳红提议。

　　杨依依一时愣住了，犹豫之后回答："我还有两名患者要处理一下，然后再去跟护士长请假，您看可以吗？"

　　半个小时后，两个女人坐在了医院正门旁边的小咖啡厅里。靳红要了一杯黑咖啡，杨依依要了一杯卡布奇诺，另外又要了两份看着精致漂亮但估计谁都不会吃的小点心。

　　靳红拿出了一份包好的礼物。那是某品牌的项链，原本是她为亦心准备的生日礼物，不贵重，但设计独特，深受年轻女孩子们的喜爱。一直放在车后备箱里，没想到提前派上了用场。

"谢谢，但我不能收。这样做违反院里的规定。"

"不是什么贵重的礼物，只是一点儿小心意，是我和老黎送你的礼物。老黎很赞赏你，说你非常敬业。果然不假，你确实是把患者放在第一位。"靳红的赞美之辞脱口而出，完全不用打草稿。

"您过奖了，医护人员都是这样的。"

"那倒也是，职业性质决定的。老黎跟我讲了你的事。我们俩都是女人，你的故事让我很感慨，越是善良的女人，越是容易受伤害。不过，在感情方面能够治愈你的，其实不是别人，而是你自己。"

杨依依的心里"咯噔"一下，这太出乎她的意料了。她没料到黎明智会把他和她的交往全部告诉了靳红。她觉得自己就是个小丑，丢人丢到家了。人家根本不接受自己的示好。脑子里的胡思乱想令她一时间不知道怎样应对眼前的窘境，便开始使用沉默大法，沉默是金，是银，是以不变应万变。

"听说你在比赛中获奖了。祝贺你！我有一些媒体朋友，如果您想参加一些媒体节目，或者做一些媒体访问，我可以帮你联系。"

"不用了，谢谢。"

"说起来，这是我们第二次见面了，上一次还是大巴车坠河事故那天。那天你是冲在一线的医护人员，令人敬佩。你才貌俱佳，秀外慧中，我今天见你的第二件事是受我们家老黎之命，给你当个红娘呢。老黎叮嘱我，一定帮你物色一个好人选。"

杨依依再次愣住了，心里五味杂陈。

靳红继续说："我还真认识一个特别适合你的小伙子，是我老师的儿子，现在是大学助教。小伙子是个博士，个人形象很不错。他和家人的想法就是找一位老师或医务工作者。你不用担心异地问题，以他家的能力，完全可以把你的工作从资永调到云州。"

杨依依面色通红。

"你看这样好不好，我们加上微信，回头我把小伙子的照片给你发过去，小伙子的微信名片也发给你，你们聊聊看。我老师为人善良，将来肯定是

245

个特别好的婆婆，小伙子性格比较内向，是个大学霸，说起来跟我们家老黎性格有些像，他俩身高也差不多。"

杨依依脸更红了。说心里话，在婚恋市场上，男方这样的综合条件让她蛮心动的。一瞬间，她发现自己活得也很现实，现实到心思说变就变了。

"回头你们加上微信聊。这是我第一次当红娘，听人说现在的介绍方式都是这样，简单直接，方便沟通。"

聊天的同时，两个差点儿成为情敌的女人已经成了微信好友。

处理婚姻插曲的方式一定是多种多样，靳红的办法算得上高明了。

婚姻也好，爱情也好，出现问题的时候，最好的解决办法不是吵不是闹，最好的办法是有事说事，有问题解决问题。能把问题解决好的人才是真正的生活高手。

现实生活中，很多人都会纠结在感情里，什么都想要，却忘记了自己的核心需求。有句话叫甘蔗不能两头甜，靳红既然接受了小智哥有责任心、包容、性格略显木讷，就要接受他不能把感情问题处理得特别好。

靳红的资永之行圆满成功，既解决了夫妻之间的感情问题，又击退了潜在的"入侵者"，宣示了主权。

感情注定会有波折，只要波折之后是圆满，便是达成所愿了。生活不就是如此吗？遇到波折的时候，跨过去、走下去，路自然就平坦了。

一个问题解决了，新的问题又来了。

刚刚与杨依依告别，靳红的手机上就出现了一个陌生号码。作为一名律师，出于职业习惯，除了手机号码提示有多人标记为"诈骗号码"之外，她都会接听。

"您是靳红律师吗？"传来并不熟悉的女声。

"我是。请问您是哪位？"靳红开门见山。

"您好，我是资永县的钟老师。我们在陈晓蕾家见过，在我家也见过。"

听到前一句，靳红完全没有印象，直到陈晓蕾的名字出现，她才记起钟老师是谁："您好，钟老师。"

"靳律师，我不绕弯子了。跟您直说，我有个请求。"

靳红语气平和："您不要急，慢慢说。"

钟老师问："您能不能帮帮晓蕾这个孩子？那些人发现晓蕾住在我家，这几天开始到我家这儿闹来了。我倒无所谓，为了我的学生平安，我能忍着、挺着，可是那些人闹得我家邻居都不得安生。人家都去小区物业投诉了，要求让我家搬走，我实在是扛不住了，求求您帮帮这孩子。"

"钟老师，我也没什么好办法。"靳红实话实说。

钟老师叹息一声："我不是非得麻烦您，我是实在没办法了。我联系过她的亲属了，谁都不肯帮忙。"

"您联系过县上的相关部门吗？"

"联系过了，没用。她的情况太特殊了，资永谁敢帮这个孩子啊，都怕惹火上身。"

靳红沉默。

"这个电话是我瞒着晓蕾打的，您看您能不能在省里找个地方安置一下这孩子，至少让她躲一段时间。或者您看能不能帮着联系联系，让孩子在云州重新读书，这孩子不考大学太可惜了。"钟老师恳求道。

"我正好在资永。这样，我们见面谈，一起想办法。既然这件事是为了陈晓蕾，就不能瞒着她，咱们三个人一起见面，您看方便吗？"

挂了电话，靳红走进了资永县城的一家饭店，她特意要了一个小包间。

服务员提醒说包间有最低消费。靳红说就按饭店的规矩来，帮她找个最小的包间。

2/

靳红等了很久，钟老师和陈晓蕾才出现在包间里。

钟老师一脸歉意："让您久等了。我家一直有人盯着，我们好不容易才出来，出个门像做贼似的。"

红瘦

三人都清楚，怕被人发现的不是钟老师，而是陈晓蕾。那些大巴车坠河事故遇难者家属仍旧没放弃对她这个"凶手女儿"的围追堵截。作为还可找到的"出气筒"，他们想打她、骂她、报复她、撕裂她。

几样招牌菜上完，靳红叮嘱服务员："暂时不需要服务了，把门关上就可以了。"之后，又招呼钟老师、陈晓蕾随便吃。

可是，三个人对着美食都没有动筷子。

钟老师一脸难为情："靳红律师，对不起，我才知道您儿子跟晓蕾是同学，也在事故中……"没说出口的话一样具有完整的表达作用，其中有抱歉、有解释、有慰问。

陈晓蕾倒是落落大方："阿姨，我刚知道钟老师联系您了。本来我就想自己去云州或者去省外打工，这样也好，就借今天的饭局跟钟老师还有您道个别。你们不要担心，我马上就十八岁了，是个成年人了，可以养活自己了。"

钟老师长长地叹了口气："晓蕾，你是不是误会了？老师不是要撵你走，我也是没办法了，一方面是迫于邻居们的压力，另外也担心我保证不了你的安危。无论怎样，我都非常不赞成你去打工，你应该继续读书，只有读书才能真正改变你的命运。"

陈晓蕾说："老师，这么多天一直是您照顾我、保护我。您为我做的一切，我都记在心里了。您是我尊敬的好老师，我非常感激您。我只是太过意不去了，是我拖累您了，对不起。"

钟老师说："孩子你想多了，是出现了这样的情况，老师也不知道怎么解决了，才请靳律师帮忙的。"

陈晓蕾说："我也想读书，可是现在情况不允许，还是曲线救国吧，等我赚了钱再去读书。"

钟老师说："那不一样。现在还没到你必须去打工的地步，我们试试其他办法。"

陈晓蕾说："我已经拖累您了，不能再成为别人的累赘。"

小包间里静悄悄的，落针可闻。

靳红打破了安静："我和钟老师的意见一样，你应该继续读书，这也是雨泽当时来资永找你的意图吧。"

"嗯。黎雨泽他……"陈晓蕾低下头，说不下去了。

讨论的最终结果是靳红当天带陈晓蕾回云州，陈晓蕾的私人物品由钟老师快递过去。

靳红上高速前才给黎明智发了微信："有事，先回云州。盼夫归！"

没过多久，黎明智的微信电话打了过来："小妹，刚接到通知，明后天省里领导来检查，这周末恐怕又回不了家了。你慢点开车，注意安全，到家告诉我。"

一路沉默，两人平安到家。

陈晓蕾第一次走进了靳红家里，也是黎雨泽的家。

靳红安排陈晓蕾睡在客房，叮嘱陈同学不要急，自己正在帮她联系高三就读的事，她的情况有点特殊，弄起来有些麻烦，已经在找人"运作"了，应该很快就会有消息。

陈晓蕾洗完澡出来，无意中听到靳红仍在为自己的学业操心努力，心中涌起一阵感激。

"我当然知道难办，所以才请姐夫你出手帮帮忙嘛……绝对的好孩子，成绩好、人品好，只会给学校增光……对啊，北清的苗子……好，等你好消息。姐夫辛苦了！"

挂了电话，靳红对陈晓蕾说："你上学的事，我正在联系。你也抓紧复习功课，毕竟你离开学校那么久了。"

陈晓蕾连忙道谢。

"差点儿忘了。你现在什么都没有，怎么复习啊？跟我来。"靳红推开了家里唯一一扇关着的门，"这是雨泽的房间，他的东西都在，他高中的书也都在，你先拿着复习。不过，用过之后要放回原位。你能理解我为什么这么要求吧？"

"我明白，阿姨，谢谢您的信任。"陈晓蕾深深地鞠了一躬，"我真的可以用雨泽的书吗？"

"可以。用完放回原位。"靳红重复道。

"阿姨，能允许我自己在他房间待一小会儿吗？"

靳红陷入了长时间的沉默。

"那我先回房间了。"陈晓蕾的声音很小，有种掩饰不住的失落。

"好吧，别待太久。"靳红终究还是答应了。

现在，靳红把帮助陈同学联系学校的事当成儿子的遗愿来做。要不然，她找不到更好的理由。她的思想境界没那么高，做不到心里只有爱没有恨。可恨能解决问题吗？好像什么也解决不了。反而是帮儿子一个个实现他的心愿才能弥补她心里的洞，亏欠儿子的洞。

她姐夫在北江省教育厅工作。姐夫很快在电话里明确告诉她，陈同学不可能去省重点高中学习了。那样不符合规定，现在教育资源那么少，好的教资都集中在重点学校，每个指标都有人盯着，要想进，得是副省级以上的领导或者教育厅厅长出面。后来，姐夫给了她一个折中的办法，去研究一下私立高中，并表态尽量帮助陈同学争取到免费的名额。私立学校为了争取好生源，对优秀生源免除各种费用已经是公开的事。毕竟陈同学以前可是重点高中的尖子生，办成这件事还是很有希望的。

当天晚上临睡前，陈晓蕾将一个信封交给了靳红："阿姨，这封信是姐姐的遗书，我在整理姐姐的遗物时发现的。我怕出意外一直随身带着，因为姐姐在遗书里写了一些人和事，我担心造成麻烦，一直偷偷收着，也不知道对您有没有什么帮助。"

"我可以看吗？"

"可以，也请您看完还给我。毕竟是姐姐的亲笔信，我想留作纪念。"

那晚，床头灯下，陈晓蕾的亲笔信一字不落地被靳红反复阅读。信的内容让靳红大惊失色。

覃亦心看到手机上推送的新闻，脑子瞬间炸开了。

新闻标题：官员豪华酒店私会情人，开房费用域内企业买单。

有文有图有真相。

以下是内容：

　　某年某月某日，是北江省资永县常务副县长黎某智充满刺激和浪漫的一天。这天，在北江省城云州某豪华酒店，黎大官人与情人杨某依缠绵相会。黎某智自以为高明，命令县内企业老总开房买单。不料想，此举动已经被心明眼亮的资永人民识破并公之于众。

　　杨某依为资永县人民医院护士，某次网红比赛位列三甲，弹得一手好琵琶，可谓色艺俱佳，古装扮相甚是可人。

　　黎大官人与杨某依相识于资永县的某次饭局。席间推杯换盏，眉来眼去，几杯酒下肚，杨某依已是面若桃花，更添几分姿色。黎大官人色胆包天，见色起意，早已忘了家中还有妻儿，更忘记了共产党员、国家公职人员的身份，党纪国法的要求，与杨某依互换微信，从此深情款款，日夜私语。

　　这次豪华酒店相会恰逢黎大官人在省城开会，绝不放过一次相会机会，将滥情进行到底……

　　据了解，黎大官人的夫人乃是北江省著名律政俏佳人，有此秀外慧中娇妻美眷，黎大官人仍死性不改，频频出轨，可谓十足的色狼一枚，渣男一个。殊不知，黎大官人的一举一动尽在资永人民的掌控之中，至此，黎大官人与杨某依恶行败露，丑恶嘴脸尽现。

　　还有三张配图，配图一是黎大官人与杨某依在酒店大堂有说有笑；配图二是黎大官人与杨某依在医院天台拥抱缠绵；配图三里有开房记录、资永县某企业老总的身份证照片，以及黎大官人与企业老总等人的合影。

　　这条新闻瞬间被不同网络媒体转载推送，铺天盖地砸进网络终端，砸进不同人群的手机里。

　　覃亦心接到了妈妈的电话。妈妈通常是用微信跟她联系，如果打电话了，一定是事件紧急。铃声刚响，她便接通了电话。

　　"看到新闻了吗？"妈妈没讲新闻内容。

"看到了。妈，怎么办啊？"覃亦心的意思是她能做什么。

"估计你小姨也看到了，现在网络舆论太可怕了。第一，不要让小姨离开你的视线，看住她，她禁不起打击了，盯着她别让她做傻事；第二，长辈的事，小辈不要参与，不要评论，要相信你小姨和小姨夫会处理好；第三，我马上有台手术，七个小时左右，术后再联系。"

电话刚挂断，俞彬的微信电话也打进来了："怎么一直不接？"

"刚才我妈打电话了。"

"新闻看到了吗？"

"看到了。好像上热搜了。"

"这种涉官、涉腐、涉富、涉明星的新闻最容易爆了。"

"俞彬，怎么办啊？会不会对小姨、小姨夫不利？"问出这句，覃亦心意识到，自己遗传了妈妈和小姨的基因，无论出现任何情况，先对外后安内。首先护着的还是家里人，包括小姨夫。

"可能会引起一系列事件。第一，你先冷静，不要轻信网络上的消息，先让子弹飞一会儿；第二，相信组织会调查出真相，等待结果；第三，估计小姨也看到新闻了，你好好陪陪她。小姨夫那边，暂时不要去打扰，这时候组织上肯定会找他，你就不要再添乱了。"

覃亦心接完两个电话后真的冷静了一些，不禁感慨妈妈和俞彬怎么做到那么理智的。她已经慌得不行了，又气又恼又心急。

小姨也像妈妈和俞彬一样镇定吗？

覃亦心进入靳红办公室，电脑页面上赫然正是关于小姨夫的新闻，不，是爆炸绯闻。然而小姨却分外冷静，仿佛在看与己无关的新闻。

覃亦心担心地看了看，小姨却像没发现她的到来，仍继续专注地盯着电脑显示屏，过了好久才说出两个字"阴谋"。这两个字不像说出来的，更像是从牙缝里挤出来的。

覃亦心不清楚小姨"阴谋"两个字指向哪方。

靳红这才把杨依依的故事简单讲了一下，当然，刻意回避了某些不适宜晚辈知道的情节。"天台那张照片是你小姨夫在救杨依依。亦心，现在的情况很可怕，你小姨夫在资永县已经被人跟踪监视了，不过监视他的人是谁呢？他们到底要做什么？"

3/

同样提出疑问的还有广大网民。

网上的热帖、热评引起了省、市和资永县委、县政府的高度重视，一方面由县委宣传部做好舆情监控，把事件发展控制在可控范围内，找到相关门户网站，做好删帖相关工作，防止事件发酵扩大，降低不实信息带来的影响。另一方面，由县纪委负责，对这一事件进行全面调查。涉事当事人，黎明智、杨依依、乡镇企业老总及相关人员全部接受了调查。

舆情监控，调查行动，都阻挡不了广大网民的八卦之心。这时候正是键盘侠们"大展身手"的好时机，反正是在虚拟世界，反正人人都处于隐蔽状态，网络上的发言又不一定要负责任。于是，有人对黎明智破口大骂，有人把枪口指向了杨依依，各种污言秽语不堪入目。

杨依依本来就是个网络红人，私人账号被人狂轰滥炸，键盘侠们疯狂发挥手指功能，极尽恶意攻势。这些网友也真是厉害，竟然把杨依依与初恋男友的情史也搬到了网上。可以说，杨依依被人剥了个底朝天，家庭住址、电话号码、医院名称、所在科室全被曝光，完全没有隐私可言。

事件发生两天后，杨依依在网上发布了个人声明。

本人杨依依，职业护士，与黎明智先生相识于资永县大巴车坠河事故现场。当时同在进行救护工作，绝非网上所传酒局之上。

照片一为本人参加网红比赛颁奖仪式结束后，与黎明智先生在酒店大堂偶遇。

照片二为本人为情所困，想于天台自杀，被黎明智先生所救。当时情况为黎明智先生拦下我，而非相会拥抱。感激黎明智先生救命之恩。

对于救命恩人黎明智先生及其爱人、亲属朋友所造成的困扰，本人致以诚挚的歉意。

近期网络媒体所作报道与事实不符，我保留追究权利，也请大家不要胡乱猜测。

网上于是又有了新评论。

"如果真是天台约会拥抱，怎么可能会穿着护士服呢，这太不符合常理了，怎么也得打扮得美美的吧。"

"公共平台不适合约会，官员怎么可能这样不注意隐私，再怎么猴急，也得找个背人的地方，不会这么弱智吧。"

最后，网络上关于黎明智、杨依依的关系形成两大派系。一派高举网络新闻大旗，断定他们是情人关系；另一派断定黎、杨二人被人监控了，被人栽赃陷害了，对方的目的当然是打倒黎明智。始作俑者，必然是黎、杨二人的对头。

不得不佩服纪委的效率，调查结果很快出来了，由资永县委宣传部通过媒体通报，公开澄清相关事实：

一、黎明智、杨依依之间不存在情人关系。

二、图片一，黎明智、杨依依在酒店大堂纯属偶遇，当天黎明智在云州参加全省会议，证明人为当天同时参会的全省其他市县区相关人员及资永县参会人员。当天，杨依依是参加网络红人颁奖比赛，证明人为活动主办方和领奖的其他人。图片二，杨依依欲从天台自杀，被当时住院患者黎明智所拦。图片三，企业老总系公务到云州出差，与黎明智、杨依依二人无关。

杨依依也给靳红发了道歉信息："靳律师，非常抱歉，因为我，给您和黎县造成了这么大的风波。"

靳红直接打过去电话："你也是受害者。你在医院里还好吗？"

"还好吧。我已经打算辞职了。我想离开资永，去外地应聘。"

"我想了解一下你有什么不对付的人吗？医院里或生活中。"

电话另一边沉默了一会儿。

"我在医院就是做自己分内的工作，没跟谁有利益之争。"

靳红相信杨依依没有说谎，毕竟杨依依只是个小护士，连护士长都不是，谁会跟她争呢？显然，"新闻制造者"的打击目标就是小智哥。

靳红坚定地站在黎明智身后，即使面对亲姐的安慰，她也是一样回答："我相信老黎，他是被陷害的。"

公开澄清真的能澄清一切吗？

覃亦心把问题推给了俞彬："现在大家确实都知道小姨夫是冤枉的。可究竟是谁在栽赃小姨夫，你们纪检部门难道不应该查一查吗？难道就由着坏人逍遥法外吗？"

俞彬拍拍她的额头，一脸宠溺："你怎么知道没有查？那是组织上的事，做事要讲证据讲程序，你就不要乱操心了。现在最难的人是小姨夫和小姨，你呢，乖乖做好小姨的助理和贴心外甥女，同时做好你自己就好了。"

"那公正呢？正义呢？"

俞彬转移了话题："还记得那次暴雪后我们一起爬山吗？"

"当然记得。那次雪很大，天很冷，踩着雪上山特别浪漫。记得当时我还摔了两个屁墩儿，幸亏你扶着我，要不摔惨了。"

"那一周后我们再上山呢？"

"雪化了好多，山路都露出来了。"

"对头！你要相信，再大的暴雪也只能遮盖大地一段时间。阳光最终会把遮盖山路的冰雪都融化掉，还山路本来的面目。"

靳红的脑子被问号不断冲击着："陷害小智哥的人是谁？谁会使出监控这样的手段？"

晚上回家，她来到儿子的房间，静坐发呆。陪伴儿子的照片时，她的目光落在那本《基督山伯爵》上。她随意翻着，上面有儿子的笔迹，熟悉

红瘦

又亲切。

> 法利亚神父说，欲知谁想害你，想想你的被害对谁有利。

这句话下面有一条波浪形下划线。

靳红突然开窍了，她把所有事件像珠子一样串联起来。

在小智哥之前的零星讲述里，老柳头儿陪同他考察工作不久，罗耀辉一改之前的态度，向小智哥表达了星辉的歉意和"诚意"。比如曾经邀请小智哥去星辉在资永的私人会所共进晚餐，还提出如果小智哥有换房换车的想法，无论在云州还是国内其他城市，他都可以帮忙。类似的话，罗讲过不止一次，但小智哥每次都是委婉拒绝。

罗这样直白赤裸地献媚为何，谁会不懂呢？

黎明智害怕这样的献媚，天知道"献"会不会是"陷"，真要是接了人家的"献"，可就真"陷"进去了。

黎明智曾跟她讲过："罗的气度和为人，比他岳父老柳头儿差了不止一星半点。罗的性格有些阴鸷，做事也不够磊落。这种性格的人往往阴狠毒辣。对他来说，只要不是同一战线的，就是敌人，要做的不只是防备，还有打击报复。"

这样进行了一系列推理后，罗倒是符合新闻制造者的特点。只是证据呢？最终一切都要靠证据来证实。

这次突发事件的组织调查并没有影响黎明智的正常工作，一切都在有秩序地进行着。秩序凌乱的是黎明智的心。白天，他跟往常一样开会、检查、调研、解决问题。到了晚上，回到宿舍，他时不时会感到脊背发冷。太可怕了，原来他在资永县的一举一动都在别人的监控跟踪下，而他自己竟然一点儿都没察觉。他自问在资永工作期间算得上洁身自爱了，但怎么还是招惹上了这样的是非呢？

黎明智在资永县变得更加谨慎小心，如履薄冰，如临深渊。本来就不太好的睡眠质量变得更差，经常会在半夜突然醒来。他时常会在深夜感叹，自己在资永人单势孤、孤立无援。他的亲人朋友都在省城云州，生活圈子也是。他想念可以畅所欲言的好哥们儿和以前一直关心关照他的老领导、好同事。

他身心俱疲，萌生退意，想要离开资永这个伤心地。曾经他是多么意气风发，初到资永时，他真心想为这块土地、这里的人民做些事、做成些事。现实却狠狠地给了他一巴掌，让他清醒地认识到，他个人的能力太有限了。自从到资永以来，很多工作在推进的过程中不是遇到这样的阻碍，就是那样的阻力，可以说是步步维艰。工作上的难倒也罢了，本来这世界上也没有一项工作是好做的。可是，监控、跟踪和陷害又该怎么说呢？

纪委还给了他一个清白，幕后的始作俑者也许会短暂歇息一下。之后呢？他们还会做出什么事来？还会有什么连环计等着他去钻？他们还会把什么脏水泼到他身上呢？

幸亏，他还有一个安定的大后方。如果说，儿子去世后靳红的变化一度让他心凉，这次突发事件爱人给予他的坚定支持令他重获温暖。事件发生后，靳红给他打电话，说的第一句话是："我相信你！你在资永照顾好自己。"这也让他坚定了决心，等事情告一段落，他一定要回到云州陪伴小妹，这辈子再也不分开了。小半生已过，他禁受不起失去了。

儿子的同学佟仁自从送来辣椒的书籍、照片后，每隔一段时间都会来靳红办公室坐坐，每次都会给她一些惊喜，有辣椒课桌的照片，有辣椒在操场上做广播体操的照片，还有辣椒跟同学打闹的小视频。靳红很感动，也很感谢这个叫佟仁的暖心男孩，能把同学情看得这么重，在辣椒去世后，还不断来看望她这个"失独母亲"。

佟仁不止一次跟她说："阿姨您有什么需要我做，随时找我。"

两人还加了微信，佟仁每天早上都会发早安的问候给她，虽然有时候这个男孩子的问候来得有些晚，但哪个年轻孩子不喜欢赖床呢？

她想，难怪儿子会跟佟仁成为好朋友，真是同类人找同类人，天使吸引的都是天使，儿子就是个天使，吸引到的佟仁也是个天使。

这天，佟仁又来到了靳红的办公室，这次带来的是他的大学录取通知书，原来他跟辣椒报考的是同一学校同一专业。

"阿姨，本来我跟雨泽约好将来一起读研读博，就业也在一个城市里，做一辈子的好兄弟。"

靳红有些哽咽："孩子，我明白。谢谢你经常来看我。"

"阿姨我经常做同一个梦，梦见最后看到雨泽的那一幕。"

"谢谢你记得他。记得电影里说过，只要世界上还有人记得他，他就还在。真的谢谢你一直记得他。"

"阿姨，我……"佟仁欲言又止。

"有什么事吗？"

"阿姨，我这次是来跟您坦白的。"

通过之后的对话，靳红才知道了另外一个真相。

"是雨泽把生的机会给了我。我不会游泳，雨泽为了救我，把已经抓到的木板给了我。阿姨，对不起，请原谅我，直到现在才说出真相。我的命是雨泽给的。如果还有一次机会，我宁愿死的人是我。"佟仁跪在靳红面前痛哭流涕。

那天，佟仁离开前，靳红再也没有说一句话。她能理解佟仁，求生是每个人的本能。她也能理解他为什么到现在才讲出真相，或许是压力，或许是自私。到底是什么原因不重要，她靳红的宝贝儿子不在了，那才是重点。

那天晚上，靳红回到家，进到儿子房间，在儿子的照片前又一次号啕大哭，哭得撕心裂肺。

雪上加霜的事件接踵而至。

靳红和老郑彻底闹翻了。靳红扔给老郑的一句话是威胁式的："老郑，你来选。要么你放弃星辉的案子，要么我走。"

老郑冷哼一声，说："律所合伙人容易找，星辉这样的大客户难遇。吃进肚子里的肉，你让我吐出来？靳红你太天真了。"

律师合伙人分分合合早是常态，说穿不过是个"利"字。但因为靳红的资历与名气，她与老郑闹翻这件事震动了云州乃至整个北江省律师界。

靳红给老郑回敬了一份"厚礼"：她做了陈晓蕾的代理律师，起诉龙王镇政府和星辉公司。

4/

蒋鹏程到资永县任职县长两年以后，时任县委书记到另一个市任职副市长，由他蒋鹏程主持县委工作，成为一名代理书记。

蒋鹏程作为代理书记主持县委工作期间，工作更加繁忙，县委县政府的工作一肩挑，责任重大，使命光荣。资永县上上下下对他的称呼由"蒋县长"变成了"蒋书记"，与他握手的手臂们一个个伸得更长、更有力，周边围绕的人更多了，还有各个层面的领导、同级、下属开始动用各种关系，请他在后续县内干部调整中多关心、多关注，言外之意便是请他在以后的提拔中多关照。

对于"蒋书记"这个恭维的称呼，各种热闹的示好和腔调，蒋鹏程内心很受用。"戴高帽"谁会不喜欢呢？"真香定律"谁能逃得过？不过，这样的受用是不能表现出来的，更不能沾沾自喜。

蒋鹏程在会议上明确强调："当前，我县党员干部称呼不规范、庸俗化的趋势明显扩大。不规范的党内称呼，使原本严肃的话题、严肃的工作，变得不严肃了。一些称呼既破坏了党内民主和党内关系的严肃性，又影响了党群关系和党的整体形象，不利于党内政治生态的净化和党的作风的转变。请同志们在对领导的称呼上，严格执行组织决定，在我们资永县，必须坚决杜绝语言贿赂，切实增强党员领导干部的平等观念，提高权力意识，营造党内民主的良好风气。"

这次强调之后，人们对蒋鹏程的称呼又回归到"蒋县长"，这令他长长地舒了口气。他可不希望"蒋书记"这个称呼传到市里、省里，那对他个人仕途的发展将会非常不利，会显得他太猴急了，他可丢不起那个人。

蒋鹏程非常清楚，从主持县委工作的代理书记到县委书记的转正之路，

红瘦

看着只是半步之遥，实际上却充满了变数和玄机。领导任职这件事，就像
食客们远远看着面点师傅做面食，没揭开锅盖之前，谁都说不清楚锅里面
装的是馒头、花卷、豆包、烧卖还是饺子。一切都是盲猜，跟猜盲盒颇为
相似。能否顺利接任县委书记一职，最终还是得看组织的安排，上层的最
终决定。

这期间，罗耀辉等人表达了对他的支持："国外有竞选，竞选需要大量
的资金投入，咱们也可以效仿嘛。"

罗的建议被蒋鹏程坚决否定。

绝对不能买官，也不能跑官、要官。当然，必要的运作不可或缺，可
是，蒋鹏程运作的同时，人家也在运作。这就要看谁的运作更到位，谁的
力量更强大，这个力量还包括身后的力量，甚至是一个群体的力量。

当时，坊间有两类传言。一是他能顺利接任，毕竟县长接任书记是有
传统的。另一个是他恐怕不能顺利接任，毕竟他的资历在县长中还是比较
浅的，在基层工作的经历比较少，总体把控能力还需要再历练。

蒋鹏程心里比谁都清楚，后一个传言符合他的实际情况，这也是他个人
成长的短板。人人都有短处，关键是如何扬长避短，让上面看到自己的长处。

那段时间，蒋鹏程把精力全部投入到了工作上。为了招揽高精尖企业
入驻资永，他亲自跑项目、找关系，以情招商，以实招商，以服务招商。
域内企业遇到了难事，他组织相关部门通宵开会，一对一解决实际难题。
为了解决老旧小区改造，他一个小区一个小区地查看情况，了解百姓需求，
向上争取资金，监督进度。

人民群众的眼睛是雪亮的。蒋鹏程的努力和奉献赢得了老百姓的赞誉：
"蒋县长这样为咱老百姓办实事的领导就应该提拔，当大官。"

事与愿违。半年后，省里"空降"县委书记。

表面上，蒋鹏程还和以前一样忙碌于工作，为资永县的发展奔波着、
付出着。内心深处却觉得代理半年县委书记却没能转正，很没面子。他明
白自己没能接任县委书记并不像某些人说的，是因为自己太实在，只知道
工作，不知道运作。他蒋鹏程还没傻到那个程度，规矩他当然懂。他的运

作是在暗地里进行，可谁的运作不是暗地里进行呢？运作这件事，你可以做，人家也可以做。最终坐在了那个位置上的人才是最后的赢家。在县委书记"争夺战"中，他输了。

自那以后，蒋鹏程心态变了。他觉得太对不住自己了，太委屈自己了。自己在资永这么拼命忘我地工作，这么"虐待"自己，究竟为了什么？

他蒋鹏程的苦并非来自物质上，也不是来自工作上。这两方面的苦，他都吃得下。他在普通工人家庭中长大，后来组建了自己的小家，收入稳定，衣食无忧，换了两次住房，在物质上已经相当满足了。任职县长以来，他更是享受到了以前想都不敢想的物质待遇，更有一些人对他前拥后护。工作对他来说不是苦差，而是乐事，工作让他更有激情、活力和动力。

他的苦来自人性，来自男人的天性。他在跟自己的天性做斗争。

对着外人，蒋鹏程介绍文萃是自己的"爱人"。内心里，他对文萃的定位是"合法妻子"，不把她当成爱人。爱人和合法妻子本应该是和谐统一的，在他心里却有着明晰的界限。这界限具体的划定时间，他自己也说不清。总之，他不爱她，也不觉得她有什么值得他去爱。至少，经年累月的婚姻走下来，他在她身上实在找不到一丁点儿可爱之处了。也许曾经可爱过，但在多年的争吵中，她那点可爱早已经消磨殆尽了。如今的文萃在他心里，只剩下蛮不讲理、专横霸道、贪得无厌。

自到资永以来，蒋鹏程宁愿在工作中消耗精力也不想碰文萃，甚至当文萃身着性感睡衣在他面前晃来晃去时，他会故意假装睡着。他宁可自己憋着，也不想碰她。

是的，他厌恶她。

可是，他离不开她。不是不想离开，是因为她不允许他离开。他曾在她情绪平稳的时候，很正式地试探着表达了离婚的意愿，表示自己愿意净身出户，还可按年按月付足额的钱给她和女儿。他就是再苦也不会苦了她们娘俩的日子，一定让她们过得富足。他甚至诚心诚意地说："万一我出了什么事，如果你是前妻，就不会受到牵连。我有这个想法，全是为了你和女儿着想。"

文萃眼睛瞪得老大，白眼仁都出来了，样子非常骇人："姓蒋的，你要是敢提离婚，我就毁了你！是公开吵闹还是持续举报，二选一还是双响炮，我奉陪到底。"

蒋鹏程他还敢吗？他不敢了。虽然相关法律明确规定婚姻自由，可那是对普通人，对于官员是不自由的。"后院起火""家门不幸"的事件层出不穷，他不想成为那种故事的主人公。于是，他装作家庭幸福，夫妻恩爱，甚至在文萃面前假装无能。

说来也怪，某些方面，他在文萃面前是真"不行"了。

"老婆，我真不行了。不得不服老啊，让你受委屈了。"

开始时，文萃很介意，甚至会爆粗口，骂他是个中看不中用的男人。

他真的中看不中用吗？

不，他蒋鹏程只是在她面前表现出没用，见到漂亮女人，虽然没有亲身尝试，可身体反应告诉他，他"行"。后来，他自己在网络上查了一下，"行"或"不行"，与是否身体疲劳或精神紧张有关。

蒋鹏程对文萃的厌恶令他"不行"。夫妻做成了演员，人生注定是拧巴的、别扭的。

压抑本能导致蒋鹏程经常会在半夜或清晨的时候产生强烈的渴望，他想要把身体里的无名火喷射出去。或者梦里出现某个身材火辣的女人，他只想把对方抱在怀里狠狠蹂躏。

蒋鹏程快把自己憋疯了。可他宁愿疯掉也不想碰文萃，从分床到分房，再到异地，经常一两个月不回家。文萃慢慢好像也适应了。但家里的大事件、大开销、大规划他蒋鹏程都在操劳着，履行着丈夫和父亲的职责。

蒋鹏程也设想过，如果自己有幸遇到一个红颜知己该多好啊。

可是，他不敢再轻易碰女人了，一个"接待女"让他仍心有余悸。被威胁、被恐吓的经历，他不想再重复一次了。而对于资永县一些向他示好的女官员，他实在觉得对方只适合做工作上的合作伙伴。在他眼里，进了官场的女人便多了男人的狠，少了女人的柔。没有雷霆手段，怎么推进工作，靠装小白兔吗？站得住脚的女人，有几个是小白兔？即使有，也是在扮猪吃老虎。

他不希望自己像某些人一样，被某些女人抓住小辫子，任其摆布，今天要钱，明天要车，后天要房，大后天要职务，一个文萃就已经让他烦透了。

也就是在那一时期，资永大桥的建设也陷入了困境，蒋鹏程和老柳头儿走进了彼此的生活圈子。第一次举杯畅饮便是在资永县星辉公司的私人会所里。那天吃了什么、喝了什么，他早就没有了印象，印象最深的是当天的服务员。

两个年轻的小姑娘，一样的红衣白裙，一样的纤细腰肢，不同的是一个齐耳短发，一个梳着马尾。女孩子这样的穿着装扮，让他一下子回到了大学时代。

让蒋鹏程惊喜的是，那个梳着马尾的长发女孩跟当年的靳红颜为神似，可又有些不同，不同在于这个女孩子更羞涩、更腼腆。

那天，蒋鹏程虽然频频举杯，也频频接受别人的祝酒，可眼神就是会不自觉地黏在那个马尾女孩身上。

蒋鹏程夸奖："老柳，咱们星辉真是太注重形象了，连会所的服务人员都是出类拔萃啊。"

老柳头儿也不谦虚："蒋县长，您这还真夸对了。咱这两个小姑娘是今天特意从公司调过来专门为重要客人服务的。"

"好好培养，大有可为啊。"蒋鹏程脱口而出了这句耐人寻味的话。

培养的结果很快体现在蒋鹏程与星辉的交往中，只要是私密些的酒局上，为蒋鹏程服务的一定是这两个小姑娘。对于这样的安排，蒋鹏程不再表示认可或反对，且由着星辉安排吧，能过过眼瘾也好。

另一方面，文萃跟星辉的交往也越来越紧密。罗耀辉成了文萃每个周末的固定麻友。文萃在麻将和奢侈品中找到了快乐，与蒋鹏程争吵的频率大大降低，主要原因还是她太忙了，忙着打麻将、购物、美容，忙着准备女儿回国的各项事宜。

蒋鹏程难得清净，只是时不时会提醒文萃和女儿："要低调些，那些个大牌并不好看。"

"行啦，明白你的意思。标签早都扔了。我都跟人家讲了，我用的是仿制品，A货，满意了吧？"文萃没好气地回答。

女儿则对他一通责怪："爸你活得多拧巴，不敢穿不敢用的，赚钱不就是为了花吗？社会主义不就是要让老百姓过上好日子嘛，我这是响应国家号召，推动社会消费，为祖国的经济发展做贡献。"

蒋鹏程知道自己管不住这对母女，也就注定下不去星辉的船了。既然下不去，就结成利益同盟吧，一荣俱荣，一损俱损。

于是，某次蒋鹏程连续喝三场，回到市国际酒店包房的时候，他醉眼蒙眬地看到，那个熟悉的马尾女孩出现在了房间里。

蒋鹏程舌头有些硬，问："你是谁？我好像见过你，你是？你是那个谁。"

马尾女孩答："蒋县长好，我是小陈，星辉的工作人员，罗总让我过来的。"

蒋鹏程一把捏住她的脸，端详着，盯了近一分钟。女孩子退一步，他进一步："你是靳……我在做梦吗？"

女孩答："我不姓金，我是小陈。蒋县长……"

那天晚上，蒋鹏程折腾了很久，直到第二天早上醒来，他才看清楚身边的女孩。她睡着了，她的身子被他弄得青一块紫一块，印证着他昨晚的疯狂和放纵。

他仔细打量女孩，才明白自己为什么把她错认成靳红。两人确实非常像，但眼前的女孩更漂亮，肤色粉白，皮肤细腻光滑，气质娇弱柔媚，让人生出怜爱之心。

就是在那一刻，蒋鹏程心里有了一个念头，既然自己过得这么苦，那就把这个女孩当成生活奖励给自己的一颗糖吧，他要让她做自己在资永的小爱人。

第十章

皓月清辉福圆好梦

1/

陈晓蕾入学的事，三天时间就办好了。

靳红明白，姐夫的身份起了很大的作用。虽然陈晓蕾入学的事合情合规，但是如果没有熟人，一天拖一天，拖也能把人拖疯了。以前想办什么事，是人难见、脸难看、事难办。现在倒是人好见、脸好看了，不过，事依旧难办。对于这种状况，只能往好的方向去想，只能进行自我调整至少在改变、在完善了，相信以后会越来越好的，要不社会怎么进步呢？改变和进步需要时间，至于时间等不等人，除了当事人谁会关心呢？人家是拖，又不是不办。难不成件件都要投诉到市长热线。即使投诉了、解决了，万一对方来个秋后算账呢？

教学进度讲究科学性、整体性、连贯性，不可能为了某个人进行调整。孩子上学的事情根本拖不起，毕竟拖来拖去，耽误的不只是学业，更是孩子的将来。何况，陈晓蕾已经耽误了一年时光，再经不起耽误了。

靳红愁得不知如何解决的问题，在姐夫那里很快就解决了。作为一个成年人，她好像连感慨都没有了，对于生活里的诸多"规则"，人到中年的她早就见多不怪、习以为常了。

对于"熟人社会"，费孝通先生在《乡土中国》里有过精准恰当的表述。关系、圈子和人情，谁能脱离得开呢？毕竟没有人生活在真空里，人和人的关系组成了社会关系。姐夫教师出身，同学、朋友全在那个圈子里。同一个圈子，你帮帮我，我帮帮你，关系越处越近，各种事情自然就会好办很多。当年辣椒小学入学时，因为生日差了半个月，她和黎明智说尽了好话都没解决，也是姐夫出面帮忙才解决的。从那以后，涉及教育方面的事，靳红都找姐夫帮忙。只要不违反原则，能帮的姐夫都尽力帮。姐夫曾经感叹："有些问题是制度问题，咱们解决不了。只要不违法、不违纪、不违规，咱们能办的就尽量帮忙办，就当是行善积德了。"

"原计划明天我陪你一起去学校，但厅里明天有会，我有个汇报，你带陈同学去行不？要不然等后天我陪你一起去。"姐夫问。

"姐夫你忙你的，我自己送就行。已经开学了，早去一天是一天。"

"也是。我把杜校长的手机号和微信名片都发给你。"

"好。我一会儿就打个电话，先加上微信问候一下。"

"杜校长是我同学，跟你姐也认识。她知道咱们的关系，应该不会有问题。有任何情况，你随时联系我。"

当靳红把这个消息告诉陈晓蕾时，陈晓蕾眼睛里的光芒比天上的星星还要闪亮。

"阿姨，谢谢您。我太高兴了，真没想到我还能重返校园。"她对着靳红深深地鞠了一躬。

"真不用客气。我再嘱咐你几句，让你有个心理准备。私立高中里有些同学家境优渥，行事做派可能会张扬些，你不用去理会，多看人家的优点，学习人家的长处，专心学习，专心做自己。"

"我懂的。谢谢阿姨，还有雨泽。"她眼里的光此刻化为泪水，盈满了眼眶，挂在长长的睫毛上。

第二天，靳红和陈晓蕾顺利进入云州市崇德私立高中。保安问了她的姓名，便带她们直接去了校长室。

杜校长非常重视两人，亲自给她们倒水，客气地介绍了学校的情况，讲了对陈晓蕾的安排，叫来了班主任与她们见面。之后，又派人带着她们办理入学的各项事宜，领校服、领食堂饭卡……整个流程又细心又周到。分别时说："给你姐姐、姐夫带好。"

靳红早就了解到，学校实行封闭式管理，学生周一到周五在学校，周五晚上离校，周一早上返校，所以她为陈晓蕾准备的生活用品早就放在了车后备箱里。

安排好住宿临离别时，靳红又一次叮嘱："晓蕾，你好好学习，周五放学我过来接你。"

回家路上，靳红习惯性地把车拐到了开往律所的路上，开到半路才醒悟，还回什么律所呀，所里哪还有自己的位置呢？据说她那间办公室倒是一直空着。自从跟老郑闹翻，她就直接离开了所里，亦心的实习期正好也结束了。不过，靳红手头的工作没停，虽然离开了律所，但跟进的另外几个案子仍旧由她做。对接手的案子不能半途而废、弃之不理，这是一名职业律师最起码的职业操守。

云州几家律所都向靳红发出了邀请函，她说想歇一阵子，考虑之后再做决定。人家看她不远不近的态度，明确表示待遇薪酬方面都可以谈。她答："好，不过也要过阵子再谈。"

靳红当然希望薪酬待遇可以更好，这也是个人价值最直接的体现。但这并不是她考虑的全部内容，她是没想好接下来是自己开律所还是加盟别人。这不是小事，她要全盘考虑，以前的她工作第一，以后她会把家庭看得更重。

靳红有个习惯，不把工作带回家，所以，她接受了一个朋友为她提供的工作室。每天往返于工作室和家之间，是她在切换工作和生活频道，也是给自己不同的空间。

相较之前，这样的生活纯粹简单了很多。她偶尔会一边喝着黑咖啡，一边想等到资永这件案子做完，余生要把重心放在家，放在小智哥身上，另外，就是查找儿子未了的心愿和梦想，一件件代替儿子实现。

陈晓蕾重返学校就是她替儿子辣椒实现的一个心愿。这令她感觉轻松了不少，她有点儿期待跟黎明智见面了。自从上次她突袭黎明智在资永的宿舍后，两人已经十天没见面了。靳红想把发生的事跟小智哥好好唠一唠，关于陈晓蕾，关于辣椒的心愿，关于律所和老郑，关于她调查到的新情况，最关键的是陈晓蕾交给她的那封遗书。陈晓蕾的遗书涉及内幕太多，涉及人物也多，如果公布于众，必然会引发一场"地震"，震动的将不只是资永县。

一直以来，家里的事情靳红和黎明智都是商量着来，两人都极少擅自做主。这次把陈晓蕾带回家，安排重返校园，是她为数不多的自作主张。她把这次的动机归结为帮儿子圆梦。现在事情办好了，她想面对面跟黎明智说。毕竟，有些事在电话或微信里说，容易引起一些误会。这段时间，夫妻俩之间的误会不算少，她希望他们夫妻俩往后能够同心同行。

她几次在电话里问："小智哥，你什么时候回家啊？"

"周末吧，争取周末回。"

结果到了周末，黎明智又是加班没能回家。连续的加班并没有让靳红想太多，毕竟经过上一次的突袭，她的心结已经打开了。

事实上，不用她问，黎明智自己也想回家，他也装了一肚子话想跟她说。他感觉再不说出来，肚子里就盛不下了。

经过那一晚的缠绵，夫妻俩的感情明显回暖，他们重新找回了丢失的默契。那晚，她在他怀里变回了那个灵动妖娆的小娘子。黎明智感受到了靳红的爱和深情，这让他又高兴又难过。高兴的是，她的爱还在；难过的是，他担心接下来发生的事会毁掉这一切。儿子去世之后，黎明智加班的内容有两项，一项是公开透明的，一项是悄悄进行的。一个在明，一个在暗，平行互助，交织并列。私下的搜集整理和了解调查，让他终于厘清了资永大桥建设项目的来龙去脉。

很不幸，作为分管这块工作的常务副县长，他黎明智失职了。他被蒙蔽、被欺骗、被架空、被晾在一边，从不相信到不得不相信，真相是如此触目惊心，令人胆寒。人真复杂，如何看清一个人的真面目，是个技术活儿。

黎明智要做的是为失职承担后果，而在此之前，他想再好好看看家、看看老婆，再跟老母亲打个电话，说几句家常。他不知道自己的决定是对是错，更不知道接下来等待他的是什么。

这是黎明智到资永县工作之后回去最早的一次。回家前，他特意打微信电话问靳红晚上想吃什么，在家里吃还是外面吃。

靳红的声音里透着快活："太阳打西边出来了，咱俩多久没一起吃过晚饭了，就在家吧。小智哥，你想吃什么？我去订好拿回家，你别做了，又忙又累的。你几点能到家？"

"我都下高速了，说你想吃什么吧，我做。"他太清楚她了，如果要她来准备，一定是从饭店订，要不就是外卖。相比之下，亲手做的家常菜最香。

"哇，这么早，我不是做梦吧？你做什么我就吃什么。"她语气里的惊喜放大了。

"好，你晚上早点儿回家。"

这顿晚餐黎明智准备得很充分。按照以前的习惯，他们夫妻俩在家两个菜就够了，一荤一素，再配个汤。这晚，他做了六个菜，量少样多，营养丰富，寓意为六六大顺。菜都是靳红喜欢吃的，鲜羊肉炖白萝卜、回锅肉、清炒南瓜、腊肉杏鲍菇、蚝油生菜、木耳炒鸡蛋。另外，还特意开了一瓶红酒。

靳红是踩着点儿进家的，她像个馋猫似的弯下身子凑到菜前闻着香味。

"简直了，天下第一美味。小智哥，你的手艺绝了！"

餐前很愉快，餐中很欢乐。吃到五分饱，同喝半瓶酒，两人异口同声："你先说！"

最后，还是靳红先讲，黎明智做听众。

她先讲了自己知道的所有关于陈晓蕾的事，黎明智安静听着。靳红从他的表情里读出了他情绪的起伏。

耐心听靳红讲完，黎明智说道："小妹，你能做到这么大度，让我挺欣慰的，之前我一直担心你会走不出来，现在看，你比我想象中要坚强。"

靳红愣在那里，眼睛透过泪水看向她的小智哥。她说："人活得这么苦，为什么还要来到这世上呢？记得看过一段话，说人来到这个世界之前就已经知道自己的人生剧本了，可还是选择来，是因为这世界上有值得的人和事。"靳红的手放在了黎明智手上，轻轻拍了拍。

"小妹，我还做不到那么大度。那个女孩，我们可以资助她，但是……至少我在家的时候，不希望看到她也在。"

"我答应你。"

靳红讲的第二件事，是她跟老郑闹掰，离开律所的事："我做了陈晓蕾的代理律师。"

"好，按你的计划做。"直到这时，黎明智才把自己这次回来的真正目的告诉了靳红，将一沓厚厚的材料放到了靳红面前，"儿子去世后，我就在调查资永大桥建设项目的全部情况，从拆迁到建设，从竣工到发生事故，再到拆迁户不断上访，很多时候跟你讲的加班，都是在忙这件事，现在基本摸清楚了，这次回来主要想把相关的事情告诉你，同时把这些材料交给你。"

靳红接过材料，只是简单地浏览了一下，便已经确认里面的一些手续是动过手脚的，有些甚至是伪造的，与之前星辉公司提供的资料出入非常大。

对着厚厚的材料，两人四目相对，好久无言。接着黎明智握住了靳红的手，这一握格外用力。

"小妹，必须承认，我有失职的地方，把关不严，我准备去跟组织上汇报情况。"

2

蒋鹏程在网上看到过一段关于甲骨文中"父"字的论述，读起来颇觉有意思。

甲骨文的"父"字右部是一只手的形状，左部是一竖，像一只手拿着一根棍子。含义不言自明，父亲是手拿着棍子的人。手拿着棍子干什么呢？自然是管教小孩。老话说"棍棒底下出孝子"，说明小孩需要严厉管教才能成人成才。蒋鹏程不赞成打小孩，却赞成使用适当的惩罚方式，对小孩的不良行为和思想进行修正，所谓"小树不修不直溜"，确实有道理。

蒋鹏程一直以来的遗憾，便是作为一个父亲，他没把蒋小文管教好。

幸好，女儿蒋小文回国之后好像改变了很多，真的没再惹出什么事端来，这让他稍有安慰。女儿总算长大了，至少，除了喜欢奢侈品，在男女关系方面倒没再出过问题。

蒋鹏程万万没想到女儿在男女关系方面走向了另一个极端，明明到了该恋爱的年纪反倒不恋爱了。每每催问，女儿给他和文萃的理由都是，有闺密的女人不需要男朋友。

对于蒋小文这种说法，蒋鹏程一笑了之。世界上真正见证彼此成长，互相成就的闺密少之又少，成为敌人、互相拆台的反倒比比皆是。闺密之间一旦产生矛盾，翻脸速度比翻书还要快，为财能翻脸，为名能翻脸，为利能翻脸，为情撕到头破血流也不是不可能。

总之，这个世界上没有永远的朋友，当然也不见得有永远的敌人。闺密是朋友的一个类型，怎么可能会好到不需要男朋友呢？

女儿对他这套说法根本不屑一顾："老爸，你这样的人老谋深算，永远不会对人真心，不会懂得闺密的意义，给你讲也是对牛弹琴。"

对此，蒋鹏程不再辩驳，他担心说多了引得女儿腻烦，只是提醒："害人之心不可有，防人之心不可无。总之，君子之交淡如水。"

"好闺密怎么淡如水，淡如水还有滋味吗？白开水喝着会嗓子疼。好闺密是咖啡、奶茶，是让人上瘾的美味，就应该亲密无间，共享一切。"

"你还是太天真了，不要说闺密之间应该保持适当的距离，就是亲人之间也应该保持相对的距离。有一份安全距离，你敬我，我敬你，大家才能相处得和谐融洽。"

女儿说："好好好，都听你的。"然后又低头投入到火热的微信聊天里。

每当此时，他便知道，女儿真听不下去了，自己也不能再讲下去了，只是心里一直存有一丝担心。墨菲定律说：如果事情有变坏的可能，不管这种可能性有多小，总会发生。

蒋鹏程的担心好像是为了验证这条定律应运而生的一样。一条微博迅速火爆全网，起因恰好是闺密反目。

红瘦

"北江省交通厅蒋副厅长的女儿蒋小文住豪宅，开豪车，用名表、名包，穿名衣、名鞋，年纪轻轻钱哪里来的？因为她有个好爸爸，现在拼什么都不如拼爹，不拼干爹拼亲爹。"九宫格配图：蒋鹏程女儿的一柜子名牌鞋、名牌包和名牌服饰。

新闻一出现在网上第一时间就炸开了。

蒋鹏程知道后气得火冒三丈，即便如此，他也没有打骂女儿，而是动用各种私人关系，找公关公司删帖。但是，公关公司很快传来消息，根本来不及删了，传播速度太快了，新闻已经占据了各大媒体头条。蒋鹏程只好公开接受采访，说："蒋小文买的都是网上的仿制品，A货，真的买不起。小孩子家喜欢炫耀，就被一些别有心机的人给利用了。作为父亲，教女无方，自己一定会虚心接受舆论监督、网友建议，教育好女儿。"

但是，网友人肉搜索的能力简直太强了，很快便挖出来蒋小文在二手网售卖的各种名牌包和其他物品，包装盒、价单一应俱全。这些截图一传到网上，新闻热度更高了。

"闺密反目牵出反腐大案""名牌背后的'亲爹'究竟是何方神圣""谁在为'官二代'的土豪生活买单"……各式各样的新闻铺天盖地轰炸而来。

这次，文萃的父母都站出来了："我们老两口的退休金全给了外孙女，她是我们家的掌上明珠，这些都是我们出钱给孩子买的。"

前后不一致的说辞导致越描越黑。

直到这时，蒋小文才害怕了，才将实情告诉了蒋鹏程："闺密喜欢的男生追求我，然后我们就反目了。"

蒋鹏程从牙缝里挤出两个字："孽种。"

不久后，人们发现，已经连续几天没在交通厅看到蒋鹏程的身影了。

又过了一段时间，北江省交通系统连续爆雷。

覃亦心注意到，媒体曝出的照片里，有一个人特别眼熟。她想了很久，终于记起那人是她跟小姨第一次去蒋副厅长办公室时见到的某市交通局邓副局长。媒体的新闻稿介绍，邓副局长是蒋副厅长团伙成员之一，也是案发线索之一。

3/

黎明智看到陈晓蓓的遗书，第一时间是不敢确信，他问："确定这是陈晓蓓的遗书吗？确定不是伪造的，是她亲笔写的？"

黎明智之所以这么问，是因为那份遗书的字迹。

陈晓蓓的字迹稚气未脱，怎么看也不像一个成年人的笔迹，更像是出自小学生之手。一个个字就像一只只小蚂蚁，最有趣的是每只小蚂蚁都圆圆滚滚的，像是吃饱了食物之后的样子。如果是老花眼看这样的字迹，怕是得戴上老花镜再拿起放大镜，才能获得最佳的阅读效果。

"百分百确定。我看到的第一眼，也跟你一样怀疑这是伪造的，就特意问了晓蕾。她告诉我，这就是她姐姐的字迹，别人想模仿都模仿不来，伪造难度实在是太高了。"

黎明智止不住笑了，他第一次见到成人写出这样的字体。都说字如其人，不知在陈晓蓓身上是否应验了。

"我看过照片和视频，陈家姐妹俩模样长得很像，比较起来，姐姐更漂亮些，身材也更好，镜头里素颜特别美。晓蕾说她姐姐属于不上相那种，照片和视频里都不如现实生活中漂亮，可见一定是个美女。姐妹俩在学习上却有很大的反差，妹妹是个学霸，姐姐从小就不爱读书，初中都是磕磕绊绊读下来的，所以很早就进入了社会。"

接下来的情况，遗书里有相对具体的陈述。

陈晓蓓中学毕业之后就走上了社会，做过各种工作，涉足行业众多，手机店销售员、酒店前台、红酒推销员、网络主播……每一样工作做的时间都不长，直到她进入了星辉公司。

因为学历低，外表出众，陈晓蓓入职星辉公司的第一份工作是前台接待。工作第一天，便被罗耀辉发现了。

接下来并没有上演"霸道总裁爱上我"的戏码，要知道能与霸道总裁在商场上并肩战斗的女人绝对不会是个"傻白甜"。

单纯的陈晓蓓在遗书中竟然硬是为罗对她的"感情"披上了真爱的外衣，诸如，罗都是怎样关心她的，早上接晚上送，雨天送伞，冷天送衣，节日送礼物、发红包……事事都体现出罗对她的细心呵护。另外，还把她从前台调到了总经理办公室，不让她受累，给她加薪，诸如此类。最让她感到荣耀的事，是罗耀辉在与一些重要人物私下会面的时候，会把陈晓蓓带在身边，介绍她与那些在官场或商场上叱咤风云的人物相识。

罗耀辉给陈晓蓓的关心和关爱既俗套又土气，不要说骗不过靳红这个中年女人的火眼金睛，即便是涉世未深的覃亦心也能一眼识破。

罗只是把陈晓蓓当成了花瓶，当成了取悦各路"高人"的玩偶，让她陪吃、陪喝、陪聊、陪说笑，性质跟公关差不多。可是这些招数用在二十岁不到的陈晓蓓身上却屡试不爽，与其说她相信罗对她是真爱，是重视，不如说他把她给洗脑了更准确。

关于自己的婚姻，罗耀辉对陈晓蓓倒是挺坦诚。

> 他说跟老婆并没有爱情，当年娶她是感念老柳董事长对他的知遇之恩。他说老婆嚣张跋扈，根本没有女人味，就是一个男人婆。他有过无数次离婚的念头，都因为老董事长打消了，毕竟他是一个重情重义、知恩图报的人。他说一直以来就喜欢我这种单纯可爱的女孩。他答应我，等有一天老董事长驾鹤西游了，一定娶我为妻，给我一个幸福的未来。

遗书后面的内容显示，两人的感情和关系发生了变化。陈晓蓓也列出了一些资永县以及北江省政商两界的重要人物。

两人相处的过程中，陈晓蓓发现，罗耀辉是个花心大萝卜。都说兔子不吃窝边草，可是罗对公司里的漂亮女孩总是兴致浓烈，无论高矮胖瘦都要撩上一撩，弄出各种暗戳戳的风流韵事。这让陈晓蓓非常伤心，她曾经不止一次哭过、闹过，罗每次都采取安抚手段，说一切都是那些女孩的手段，她们的目的是在公司站稳脚跟。他对天发誓，心里只有陈晓蓓，将来一定会娶陈晓蓓，要不然怎么跟若干个领导、老总见面都会带着陈晓蓓，而不是其他人呢？为什么各种机密事件都只让她知道，而不会告诉别人呢？因为她才是星辉公司未来的老板娘。

对此，陈晓蓓半信半疑，要说罗耀辉走到哪里都带她确实是真的，有什么事情不瞒着她、背着她也是真的，让她接触形形色色的人物也是真的。可要说心里只有她一个人，好像又不对，对于罗，她真的没有安全感。

> 耀辉让我要配合他，为了我们将来的幸福要忍辱负重，只有这样才能证明我是爱他的，要不然就是我不爱他。我怎么不爱他呢？我都为他放弃了我们的孩子，难道这都不算爱吗？

从遗书可以得知，这个时候的陈晓蓓根本不懂得罗耀辉给她的不是爱，而是一种情感操控。

黎明智和靳红都想到了被称作"煤气灯效应"的情感操控手段，内心感叹道，任何人都要有自己的事业，有自己的生活圈子，不要在经济上、精神上依赖任何人，更不要过于相信其他人。

关于"煤气灯效应"，网络上可以查到专门的解释。指的是一种情感控制，而且是由双方构成的一场"双人探戈"。这个概念可追溯至美国导演乔治·库克 1944 年执导的一部电影《煤气灯下》。影片中的男主角安东为谋取女主角宝拉所继承的财产，通过暗示等方式营造妻子疯了的假象，使其怀疑自我和现实，最终在精神上完全依附于他。罗耀辉对陈晓蓓的情感操控跟电影男主角安东对妻子宝拉的情感操控如出一辙。更令陈晓蓓意想不到的是，在罗耀辉的世界里，她不过是一个工具，一个有着贿赂功能的人形工具。

陈晓蓓的遗书有些混乱，但根据时间大致可以推断出，她是在认识罗两年后，在星辉私人会所里作为服务员认识了蒋鹏程。而在此之前，她曾多次陪罗出席类似的场合，偶尔还会陪酒。

红瘦

后来，他向我提出要我做蒋县长情人的时候，我是拒绝的。我大哭大闹，他紧紧抱着我，安抚我。他告诉我，他要求我做的所有事情都是为了我们将来的幸福，他在为我们的未来做打算，要求我一定要配合他，取悦蒋县长。他说蒋县长高兴了，他就高兴。

之后，场景切换到了某国际酒店套房里。蒋鹏程到底是酒后无德，还是本性暴露，细密的文字还原了一切。

蒋县长在第二天早晨给了我一个鼓鼓的信封，让我去买些漂亮衣服和首饰，还说，我穿红色上衣、白色裙子最衬肤色，最有女人味。他最喜欢女孩穿红色上衣和白裙子。我不喜欢这种配色，因为不像这个时代的装扮，倒像是老电影里年轻人的装扮。我更喜欢韩系服饰。可蒋县长说他与初恋第一次见面时，对方就是这样的打扮，还让我以后按这个色系穿。

看到这里，黎明智看了靳红一眼，他记起当年在火车站第一眼看到她时，她就是红衣白裙的装扮。接站的学长蒋鹏程接了十几个学妹、学弟，可是当时悉心照顾的人只有靳红，把别人都当成了透明人。天啊，直到这时，黎明智才知道小妹在蒋学长心里是扎下了根的。

靳红想的却是当一个女人爱上一个男人，不用男人去骗，女人自己就会骗自己。女人中尤其是小女孩最容易掉进感情的旋涡里无法自拔，不懂及时止损。

事实上，罗耀辉深谙交际规则、酒局规则，公司里年轻漂亮又放得开的女孩被他以恋爱名义哄骗到手的不是一例两例。到手之后，被培养成公司公关的女孩更是前仆后继，一批接着一批。其中的佼佼者名叫刘娜，刘娜深知自己想要的是什么，她通过罗耀辉结识了不少商场、官场中人，而后用星辉公司做跳板，进入了省里另一家公司，赚取了第一桶金。当然，这都是靳红在看到遗书之后又通过调查才了解到的。

只有陈晓蓓一个选择了自杀。

陈晓蓓一直想从罗耀辉那里得到一份真情实感，哪怕她家被列为违建，遭遇了龙王镇政府的强迁，仍然相信罗耀辉会向她伸出援手，替她伸张正义。她并不知道，把她搂在怀里的人才是一切的始作俑者。她最终等来的是罗以此为要挟，让她成了两个男人的"共享情人"。

一路的背叛，一路的失望，令陈晓蓓万念俱灰，生无可恋。她的精神世界彻底坍塌了。

他问我，他和蒋县长谁更厉害，我更喜欢谁。他太不要脸了。不，不要脸的人是我，我没有资格活在这个世界上，我愧对父母，希望晓蕾能代我尽孝。既然活着没有希望，只好一死了之。我死了，他会伤心吗？会记得生命里有过我吗？

对于陈晓蓓的离世，真正伤心的人只有她的父母和妹妹陈晓蕾。而她的遗书，也将是改变作孽者命运的重磅炸弹。

靳红开车驶入了北江省纪委大院。夫妻俩在车里深情相拥。

黎明智说："小妹，你要好好的。"

靳红说："我等你回家。"

黎明智下车，带着搜集来的各种材料和陈晓蓓的遗书，走进了省纪委大楼，背影坚定。

靳红直至看不到他的背影了，仍坐在车里，目光望向远处。她的眼睛在那一刻滂沱成海。

4

靳红与黎明智分开十分钟后，她仍旧待在北江省纪委大院，她不知道还要多久才能见到她的小智哥。这时，她突然接到了杨依依打来的微信电话。

"您好，我是杨依依。"

靳红愣了一下："你……还好吧？"

杨依依的回答很实在："我，不太好。我是跟您和黎县长辞行的。"

"发生什么事了？"

"我准备入职苏州一家医院，主要是想换个环境，毕竟资永太小了。"

"原来是这样，恭喜你了。外面天辽地阔，你专业能力强，一定能发展得更好。"

"谢谢您，也谢谢黎县长，祝你们永远幸福。"

靳红猜想，杨依依一定是先打给了小智哥，小智哥没接听，才打到了她这里。从这一点就能看出，杨依依的心结已经打开了。

她倒觉得，对杨依依来说，这是个不错的转折。经历过的事、遇到过的人会让杨依依重新思考人生，走好以后的每一步。这样的女孩，未来一定会是幸福的。

回到家，靳红得知了新消息。

"柳存礼全家出国了。老柳头儿和老伴带着外孙子和外孙女们先走的，两个女儿女婿随后。"

为了陈晓蕾的案子，靳红离开律所后就主动找到受理新滩村村民索赔案的律师，准备联合向星辉公司和龙王镇政府同时发起诉讼，要求赔偿。双方达成了信息共享、资料共享的共识。

对于柳存礼全家出国躲避风头的举动，靳红并不意外，因为类似的情况屡见不鲜。之前她曾经在新闻里看到过，某省级领导落马前，当年主政一方的商人们纷纷远走国外。这种操作好像已经成了固定套路，人们纷纷效仿借鉴，好像远走国外就能把一切抹平了。这些人是太天真还是心存侥幸，靳红懒得评价，因为她相信正义不会缺席。

星辉公司的病根不是一天作下的，外表多荣耀，内里多严重。病入膏肓的人只能等死，那病入膏肓的企业和企业家呢？在做那些事的时候，他们会想到自己是在巧取豪夺，是在赚取肮脏腐化的钱吗？不，他们想不到，他们只会觉得荣耀，觉得自己能够瞒天过海。他们早忘记了法网恢恢疏而不漏，忘了烂透心的摩天大厦崩塌是早晚的事。

合作方同时传来了一个好消息："虽然老柳头儿全家出国了，但还是有一些老总在火车站和机场被拦截了。"

等待的时间真是煎熬，幸亏，靳红等待的时间并不久。

晚上八点，黎明智的电话打了过来。手机铃声一响，她便接听了。

"小妹，你来接我。"

两人再见面，黎明智把靳红紧紧地抱在怀里。她能感觉到他的胳膊那样强有力，像要把她箍进骨头里似的，箍得她快要喘不上气了，箍得她觉得骨头都要碎了。

过了好久，黎明智才说出四个字："两世为人。"

而后，省纪委调查组紧锣密鼓地进入资永县，很快查实了蒋鹏程等相关领导，在资永大桥项目上和省内其他许多工程上，都有大量的利益输送问题，导致出现了众多不良的政治生态，最明显的表现是经商氛围不健康，有资本的大公司不断扩张，而想寻求发展的小公司基本毫无机遇。

星辉公司在蒋鹏程主政资永县期间达到了事业顶峰，其涉及的案子不光资永大桥一件，其他众多建设项目也存在猫腻。

案情调查结束后，俞彬才向黎明智和靳红透露了蒋鹏程案件的经过："案件的调查其实很早就开始了。"

靳红问："是从大巴坠河事故发生后开始的吗？"

"比那还要早，是另外一个市交通局邓副局长交代的线索。直到大巴坠河事故发生，好多事情才浮出水面。小姨夫向省纪委递交的材料、陈晓蓓的遗书、蒋鹏程女儿蒋小文炫富事件等，都是重要的线索和证据。"

靳红感叹："纪委查案太缜密了。"

俞彬说："职责所在。现在，蒋鹏程和一些相关的领导，还有参与资永大桥项目的龙王镇干部都将进入司法阶段。柳存礼、罗耀辉都作为行贿人到案，并被起诉了。"

靳红说:"拆迁村民和陈晓蕾家的赔偿也进入了相关的司法程序。"

黎明智说:"作为分管国土、交通、建设的领导,我负有把关不严的责任,组织上对我的处分,我完全支持。"

靳红看向他,她希望他说的是心里话。毕竟,作为一名老党员,诫勉谈话和党内警告处分足以令他面红耳赤。同时她也在等待他之前的承诺:调回云州。

俞彬说:"还有一个细节,是蒋鹏程交代的。最初确实是他出主意让星辉公司去找小姨做代理律师的。"

靳红说:"这也是我一直没想通的地方。之前老郑也告诉过我,但是后来也是蒋鹏程劝我不要做星辉的案子。前后矛盾,完全不一致,不符合他的性格。"

俞彬突然看向了黎明智:"因为他知道小姨是护夫狂魔。如果让小姨误会里面有小姨夫的事,小姨就会尽量为星辉公司摆平。可惜他失算了。"

黎明智哈哈大笑:"看来,蒋鹏程还是不了解小妹啊,小妹是护夫狂魔,更是正义使者。就算是我犯法了,她也不会放过的。"

笑过之后,黎明智又是一脸难过:"太可惜了。蒋鹏程学长是很优秀的一个人,从年轻时就非常优秀。在他手下工作,都会被他逼成工作狂人,而且他也是真心教手下怎么解决问题、处理矛盾,个人能力非常强。客观公正地说,他曾经做出过不少成绩,为资永的发展也做了很多工作。可惜啊,可惜。"

当天晚上,靳红终究还是没忍住,她在黎明智怀里轻轻地问:"小智哥,你什么时候回云州?"

"再给我点儿时间,让我再想想。"

尾　声

深秋，资永河边的小树林里，落叶纷纷。落叶静静地躺在地上，像婴儿躺在母亲的怀里，轻松宁静。落叶跟落叶嬉戏，跟微风玩耍，跟突然降落的雨滴多情。

黎明智通过微信约靳红在这里见面。

黎明智说："有件大事要告诉你。"

靳红问："什么事？弄得这么神秘，还要约在小树林，像幽会。"

黎明智说："那就幽会，谁规定老夫老妻就不能幽会不能浪漫了。"

两人都很准时，像大学时他们约会时那样。黎明智特别欣赏靳红这一点，她不像一些女生非要迟到，非要让男生等待。

靳红说："没想到会下雨，我去车里取伞。"

黎明智拦住她："不用。雨不大，咱们在雨中踩着落叶散步，多好。"

靳红说："这还是我小智哥吗？这就是所谓的直男浪漫吗？"

黎明智拍了拍胸口，说："我心里一直很浪漫嘛。"

靳红说："说正事。告诉我，什么重大决定？"

黎明智停下脚步，跟靳红面对着面，拉着她的双手："小妹，我决定辞职。"

沉默。

"我决定去做公益事业。"

沉默。

"你不赞成吗？"

他把她的双手捧起，呵出热气吹着暖着。

靳红盯着他，突然笑起来，开心得像个婴儿："小智哥，我永远支持你。"

黎明智感动得眼里带泪，他脑子里翻腾着各种词汇，忠于内心、忠于灵魂、重启人生、重绘蓝图……没等他说出口，靳红已然蹲在地上呕吐不止。

他轻轻拍着她的后背，问："是不是开车累着了？"

她摇头。

他责怪她："又乱吃东西了，是不是？"

她摇头。

他有些着急了，问："到底怎么了？咱们赶紧去医院。"

她还是摇头。

又过了好一会儿，她才平静下来。她站起身，看着他，笑里含泪。

靳红说："小智哥，咱们回家吧。我害口，想吃虎皮辣椒了。"一片红枫叶落在她的身上，叶子上面沾着雨滴，映射出润泽的光芒。